Nachhaltigkeit liegt uns am Herzen.

Hergestellt in Deutschland
Gedruckt auf FSC®-Papier
Lösungsmittelfreier Klebstoff
Drucklack auf Wasserbasis

Natürlich
magellan

Mario Fesler

Extrem gefährlich!
Maus mit Mission

Für Mathis

Extrem gefährlich wird es auch hier:

www.extrem-gefaehrlich.de

MARIO FESLER

EXTREM GEFÄHRLICH!

MAUS MIT MISSION

Valentin Stoll

Mit Illustrationen von
Eva Schöffmann-Davidov

magellan

PROLOG: WILLKOMMEN IN SCHÖNHAIN!

Eduard Weißgerber war klug, was für einen Mann Jahrgang 1859 aus einfachen Verhältnissen nicht selbstverständlich war. So klug, dass er aus dem kleinen, unbedeutenden Malereibetrieb seines Vaters, kaum dass er ihn übernommen hatte, eine florierende Farbenfabrik mit Hunderten Angestellten machte. Das wiederum machte Eduard Weißgerber reich, und das war damals noch seltener, als klug zu sein.

Die Menschen strömten auf der Suche nach Arbeit in das einstmals beschauliche Dörfchen Eiterbach, und so wurde es zu einer Stadt, der Eduard Weißgerber erst eine Kirche baute, dann ein Rathaus, dann eine Schule, dann einen Stadtpark. Denn Eduard Weißgerber war nicht nur reich, sondern auch großzügig, liebenswürdig und gut. Das war damals wie heute eine absolute Ausnahme.

Aber auch wenn Eduard Weißgerber klug, reich, großzügig, liebenswürdig und gut war – eines war er nicht: schön.

Sicher, er war auch nicht abgrundtief hässlich. Aber eben auch nicht schön. Sein Bauch wuchs, obwohl er jede freie Minute radelte oder schwamm oder wanderte (Fitnessstudios gab es damals noch nicht). Schon mit zwanzig waren ihm die meisten Haare ausgefallen, weshalb er die wenigen übrig gebliebenen entweder als schmalen Kranz an den Kopfseiten tragen musste oder so kämmen, dass es total blöd aussah. Und sein Schnurrbart stand immer struppig ab, egal, wie oft er ihn wieder glatt strich.

Also war Eduard Weißgerber alles, außer schön. Und seltsamerweise sehnt man sich immer am meisten nach dem, was man nicht hat. Für Eduard Weißgerber war das eben Schönheit.

Er machte aus Eiterbach die schönste Stadt der Region. Weil die schönste Stadt natürlich nicht so einen grausigen Namen haben konnte, kaufte er ihr den passenden: Schönhain. (Mit Geld konnte man damals alles kaufen. Heute auch, aber man muss besser aufpassen, dass es keiner merkt.) Er heiratete Geraldine, die schönste Frau der Welt. Begegnet war er ihr in Paris unter dem neu eröffneten Eiffelturm, wo sie ihn geheimnisvoll angelächelt hatte. Nachdem er bei Geraldines Vater um ihre Hand angehalten hatte (über eine Heirat entschieden damals nur die Väter und das war damals schon furchtbar ungerecht), kehrte er mit ihr in das schönste Haus der Stadt zurück, die ja nun die schönste Stadt der Region war.

Aber weil Eduard Weißgerber immer noch nicht genug Schönheit hatte, fragte er seine frischgebackene Frau um Rat. »Warum bist du nur so schön?«, seufzte er eines Abends vor dem Schlafengehen.

»Weil ich die richtigen Mittelchen dafür habe«, antwortete sie mit dem bezaubernden Akzent, den sie ihr Leben lang behalten sollte. Dabei zeigte sie auf die Tiegel, Dosen und Flaschen, die ein eigenes Regal in ihrem Ankleideraum neben dem Schlafzimmer beanspruchten.

Eduard schaute Geraldine verblüfft an. Dann ließ er sich erklären, was in all ihren Tinkturen, Lotionen und Cremes steckte, und entschied, dass er keine Farben mehr produzieren wollte. Die machten nur Häuser und Wände und Dinge schön. Eduard wollte Menschen schön machen.

Er benannte seine Firma und sich selbst in »Blanche« um. Das war französisch wie seine kluge Frau, bedeutete schlicht »weiß« und klang edel, elegant und schön. Nachdem das erledigt war, machte Eduard sich daran, Schönheit für Menschen herzustellen.

Eduard und Geraldine bekamen einen Sohn. Er hieß Oswald. Er war klug, reich, großzügig, liebenswürdig und gut. Und sah so mittel aus.

Oswalds einziger Sohn wiederum hieß Ferdinand. Ein reicher, großzügiger, gutherziger Mann von durchschnittlichem Aussehen, aber hellem Verstand.

Ferdinand bekam dann Alexander – ein Mann, dessen überschaubare Attraktivität durch Intelligenz, Güte und Reichtum mehr als wettgemacht wurde.

Vierunddreißig Jahre später hielt der stolze Alexander Blanche seinen gerade geborenen Sohn in den Armen. Als der Kleine seine strahlend blauen Augen aufschlug, wurde er fast geblendet.

Das Baby lächelte, und während seinem Vater bei diesem Anblick das Herz dahinschmolz, erkannte er fasziniert: Der Kleine hatte schon Zähnchen. Winzige, perfekte Perlen, die in seinem lachenden Mund aufgereiht waren.

Dieses hübscheste Baby der Welt erhielt den Namen Antoine. Im Gegensatz zu allen anderen hübschesten Babys der Welt wurde es nicht dick und ungelenk, als es größer wurde. Es verlor beim Wachsen nicht die perfekte Symmetrie seiner Gesichtszüge, und als Antoine mit sechs Jahren die ersten Milchzähne ausfielen, wuchs kein einziger schiefer Zahn nach. Aus den winzigen Perlen wurden nur größere Perlen, ebenso strahlend weiß wie ihre Vorgänger, ebenso makellos angeordnet. In der Pubertät bekam Antoine keinen einzigen Pickel, sondern behielt seine samtweiche Haut. Während andere Jungen im Stimmbruch monatelang klangen wie ein Nagel, der über eine Schiefertafel kratzt, tauschte Antoine von einem Tag auf den anderen den fröhlich hellen Klang seiner Kinderstimme gegen den wohltönenden Bariton eines Mannes von Welt ein, beruhigend und geheimnisvoll zugleich.

Antoine Blanche erreichte mühelos, wonach seine Vorfahren immer so leidenschaftlich gestrebt hatten.

Antoine war schön. Und natürlich wie seine Vorgänger reich, berühmt, großzügig und klug.

Nur gut – gut war er leider nicht.

EINE MAUS MUSS RAUS

Ein leises Klappern weckte 38-3. Noch schlaftrunken öffnete er die Augen. Er sah sofort, dass etwas anders war.

Die Tür des Käfigs stand offen.

Das war ungewöhnlich, begriff sogar 38-3 mit seinen gerade mal acht Wochen.

Ein grauhaariger Mann, den er unter den Weißkitteln noch nie gesehen hatte, der aber trotzdem einen weißen Kittel trug, sah ihn mit freundlichen Augen durch die offene Tür an.

»Willkommen in der Freiheit, Maus. Nutze sie!«, sagte er.

38-3 wandte sich an seine drei schlafenden Brüder, die mit ihm den Käfig teilten. »Ein alter Mann hat den Käfig aufgemacht«, rief er ihnen zu.

»Dann soll er ihn wieder zumachen«, grunzte 38-4.

»Und schrei hier nicht so rum«, ergänzte 38-2.

38-1 schlief wie üblich einfach weiter und merkte gar nichts.

»Er hat den Käfig aufgemacht«, murmelte 38-3 noch einmal, diesmal eher für sich.

Der Mann stellte sich unter die am Eingang des Raumes angebrachte Kamera und zog ein kleines silbernes Kästchen aus der Tasche.

Er wog es in der Hand und warf es dann mit leichtem Schwung nach oben.

Wie durch Zauberei blieb das Kästchen an der Unterseite der Kamera hängen und sah aus, als wäre es schon immer da gewesen. Das grüne Lämpchen unter dem gläsernen Auge flackerte kurz auf.

Der Alte nickte zufrieden, trat wieder in das Sichtfeld der Kamera und öffnete nun bei den Käfigen an der gegenüberliegenden Seite jedes einzelne Türchen. Die Bewohner – meistens ebenfalls Mäuse, aber auch Hamster und Meerschweinchen – schliefen entweder weiter oder schauten den Herrn fragend an.

»Was machen Sie da? Sie haben in diesem Teil der Forschungsabteilung nichts zu suchen.«

Der schneidende Ton ließ 38-3 zusammenzucken. In der Tür stand die Frau, die er fast jeden Tag sah. Eine etwas pummelige Frau mit furchtbar verrauchter Stimme und einer noch furchtbareren Frisur. Am schlimmsten war aber ihr Geruch: Sie roch nach Katze. Angeblich hielt sie eine ganze Heerschar von ihnen nur ein paar Türen weiter. Manchmal verschwand eine der Mäuse oder einer der Hamster, wenn sie schon viel erlebt hatten und die Kraft nachließ. Dann holte die Frau sie, heimlich, mitten in der Nacht. Keines der Tiere war jemals wiedergekommen.

Der Mann, der die Käfigtüren geöffnet hatte, schien nicht erschrocken zu sein. Er drehte sich zu der fiesen Frau um und sagte ganz sachlich: »Ich bin immer noch Chef der Forschungsabteilung. Ich lasse die Tiere frei.«

»Er lässt die Tiere frei«, wiederholte die Frau, anscheinend für den jungen Mann im eleganten Anzug, der in diesem Moment hinter ihr durch die Tür kam. Er lächelte, aber es war ein Lä-

cheln, das 38-3 schaudern ließ, nicht nur, weil seine strahlend weißen Zähne die Maus im Halbdunkel fast blendeten. Der Lächler stellte sich in die Mitte des Raumes und betrachtete die aufgestapelten Käfige aufmerksam.

»Fällt Ihnen etwas auf?«, fragte er den Alten. Der sah ihn nur ruhig an, während der Elegante seine eigene Frage beantwortete.

»Vierzig Käfige. Alle offen – Sie sind ein flotter Bursche für Ihr Alter –, aber kein Tierchen fehlt. Keines will raus aus seinem Elend, obwohl die Tür offen steht.«

Tatsächlich hatte keine Maus, kein Hamster und auch kein Meerschweinchen sein Drahtgestell verlassen, bemerkte 38-3. »Deshalb nutzt man solche Tiere für Zwecke wie unsere«, erklärte der Elegante, während er ohne Hast begann, die Türen der Käfige an der linken Seite wieder zu schließen.

»Weil sie den Menschen so ähnlich sind.«

»Ihre Versuche mit diesen armen Tieren sind genauso unnötig wie das, was Sie damit vorhaben«, sagte der Alte. »Warum reicht es Ihnen nicht, die Menschen schöner zu machen?«

»Weil Schönheit allein in Zeiten wie diesen nichts nützt«, erklärte der Elegante, während er weiter die Türen eine nach der anderen wieder verriegelte. Er gab der Frau mit einem Nicken zu verstehen, dass sie es ihm auf der gegenüberliegenden Seite nachmachen sollte.

38-3 konnte die Augen nicht von dem Mann lassen. Es hatte etwas sonderbar Faszinierendes, ihm zuzusehen, wie er geschmeidig die Türchen in aller Ruhe schloss, während er mit seiner beruhigenden Stimme eine seltsame Melodie summte.

Die Schreckliche summte nicht. Sie schlug mit einem verbissenen Zug auf den Lippen, zwischen denen eine qualmende Zi-

garette steckte, die Käfige klappernd zu. In der Mitte trafen sich die beiden und gingen nun auf die rechte und linke Seite der Käfigwand, in der auch 38-3 steckte.

»Sie hätten mich längst über diese Tierversuche informieren müssen«, fauchte der Alte. »Und egal, was Sie sich auch einreden: Sie haben unrecht.« Er trat entschlossen in die Mitte des Raumes.

»Wenn Sie das so sehen, können wir wohl nicht mehr zusammenarbeiten«, seufzte der Elegante traurig und verriegelte das nächste Türchen. Jetzt standen nur noch zehn Käfige offen.

»Das werden wir auch nicht.« Der Alte ballte die Hände zu Fäusten. »Ich kündige.«

»Ein Problem weniger«, murmelte die Frau, stieß eine Rauchwolke aus und verriegelte einen weiteren Käfig. Nur noch sechs waren auf.

»Sie werden scheitern!«, rief der Grauhaarige. »Und die Tiere werden alle umsonst gestorben sein.« Sein Arm richtete sich nun auf die Käfige. Seine Fingerspitze deutete direkt auf 38-3, der bemerkte, dass der Kittel des Alten zu groß war. Der Ärmel stand etwas ab.

38-3 hatte genug gehört. Mit Sicherheit hatte er nicht alles verstanden, aber das musste reichen. Eine weitere Käfigtür fiel mit leisem Klappern zu.

38-3 nahm Anlauf und sprang.

HAUPTSACHE EIN WUNSCH

MAX

Eigentlich wollte Max Kühl es seinen Eltern ja nur einfach machen. Er war zehn und wusste mittlerweile, wie das lief. Pünktlich vier Wochen vor seinem Geburtstag am 5. Mai fiel es seinem Vater auf. Immer am Frühstückstisch und immer, wenn er hastig den letzten Schluck Kaffee nahm. Dann streifte sein Blick noch einmal über das Datum der Tageszeitung, die er gerade innerhalb von exakt siebenundzwanzig Minuten durchgearbeitet hatte, als wolle er sich ganz genau einprägen, zu welchem Tag denn nun die Börsenkurse gehörten, die er gerade – als einzigen Teil der Zeitung, den er außer den Fußballergebnissen las – studiert hatte.

»Oh, du hast ja auch bald wieder Geburtstag«, sagte sein Papa und rief das dann noch mal überrascht in den Flur. »Serafine, Max hat bald wieder Geburtstag!«

Als wäre das eine Neuigkeit, die Max' Mutter noch nicht mitbekommen hatte. Mama warf sich gerade in den Blazer, sagte dann »Stimmt, stimmt« und ordnete an, dass Max sich bitte zum Abendessen überlegt haben sollte, was er sich wünschte. An seinem vierten oder fünften Geburtstag – ein Alter, an das sich Max nicht mehr erinnern konnte – hatte er sich vielleicht noch total gefreut und lange darüber nachgedacht, was man sich denn so

wünschen konnte. Jetzt, wo er wusste, was kam, lastete dieser mütterliche Befehl so schwer auf seinen Schultern wie ein Todesurteil. Zumal er sich, seit er denken konnte, dasselbe wünschte und es einfach nie erfüllt wurde.

»Tschüss, ihr Schätze!«

Mama war wie immer die Erste, die das Haus verließ. In genau fünf Minuten würde Papa den Autoschlüssel von der Anrichte nehmen, und dann hätte Max noch seine zehn Minuten für sich, bevor der Fahrdienst zur Schule kam.

Seine Eltern betonten immer, wie wichtig Umweltschutz war, und spendeten jedes Jahr zu Weihnachten für Regenwaldprojekte oder Klimaschutzorganisationen. Max fand das sehr unlogisch. Da Mama und Papa beide bei der Firma Blanche arbeiteten, die Schönheitsprodukte herstellte und der größte Arbeitgeber der Region war, hätten sie auch nur ein Auto nehmen und ihn noch dazu an der Schule absetzen können, denn die lag auf dem Weg. Damit wären der Fahrdienst und das zweite Auto überflüssig gewesen, die Umwelt ein bisschen weniger verschmutzt, und schon wäre die Weihnachtsspende vielleicht gar nicht mehr wichtig.

Den Fahrdienst fand Max aber so oder so unlogisch, seit sie in das neue Haus gezogen waren. Da brauchte er zu Fuß zur Schule maximal zehn Minuten – zumindest vermutete er das, ausprobiert hatte er es noch nie, weil seine Eltern das viel zu gefährlich fanden. Was für einen fast Elfjährigen gefährlich daran sein sollte, einen sehr breiten Bürgersteig zehn Minuten entlangzulaufen, hatten sie ihm aber nicht so richtig erklären können.

»Tschüss, mein Junge! Lern was Schönes!«, rief Papa.

Die fünf Minuten waren vorbei. Max sagte auch Tschüss, fragte sich, was wohl die schönen Dinge waren, die man zu Papas

Zeiten noch in der Schule gelernt hatte, und räumte die Spülmaschine ein. Dann zog er ein Desinfektionstuch aus dem Spender neben dem Kühlschrank, wischte die Tischplatte ab und warf es in den Mülleimer. Er holte den Rucksack aus seinem Zimmer, guckte, ob alles eingepackt war – natürlich war es das, Mama kontrollierte abends ja immer –, und ließ sich mit einem Seufzer auf den Küchenstuhl fallen, um auf das Hupen des Fahrdienstes zu warten.

Wenn das Leben immer so langweilig ist wie jetzt, dachte Max, hat man eigentlich keinen Grund, elf zu werden.

SHAKIRA

Zur gleichen Zeit in einer anderen Ecke der Stadt warf sich Shakira Bitter die Tasche über die Schulter, packte Harvey, ihren riesigen Stoffhasen, am rechten Ohr und schlug die Tür hinter sich zu. Onkel Wichmann rief ihr noch etwas nach, aber wichtig konnte das nicht sein. Nichts, was Onkel Wichmann sagte, war wichtig.

Shakira hatte schlechte Laune. Das war nichts Besonderes, denn Shakira Bitter hatte immer schlechte Laune. Mindestens Stufe 7, aber eigentlich war Stufe 8 der Normalzustand. Unter Stufe 7 kannte Shakira die Welt gar nicht, aber vielleicht war sie ja, wenn sie schlief, auf Stufe 5 oder so. Montags allerdings war Stufe 9 angesagt. Da musste sie nicht nur die beknackten Kinder in der Schule, die mindestens genauso beknackten Lehrer und den beknackten Onkel Wichmann ertragen, sondern nachmittags auch noch zur beknackten Psychologin. Das war ein-

deutig mehr Beknacktheit, als ein hochbegabtes Mädchen aus schlechtem Hause ertragen konnte. Das Beste am beknackten Montag – ach was, das Beste an allen Werktagen – war eigentlich der Schulweg. Zwanzig Minuten nur für sich, einmal durch die Innenstadt, in der zu dieser Uhrzeit bis auf die Straßenreinigung niemand unterwegs war. Die interessierten sich für gar nichts außer für saubere Gehwege, auch nicht für eine seit letztem Samstag Zehnjährige, die einen demolierten Monsterhasen am Ohr hinter sich herschleifte.

Shakira zog ihr Haargummi am linken Zopf fester. Es leierte langsam aus. Natürlich hätte sie Onkel Wichmann fragen können, ob er ihr ein neues kaufen würde, das hätte der sofort gemacht, aber vorher müsste sie zwei Stunden mit ihm im Internet durch siebenundsechzig Onlineshops surfen. Dabei würde er ständig fragen, wie sie das fände oder das, und dabei nervös zwei Kilo Salzbrezeln zermahlen, weil er ihre ständig wiederholte Antwort »Wird schon gehen« nicht begeistert genug fand. Da wartete sie lieber, bis ihr Haargummi zu Staub zerfiel.

Enttäuscht merkte Shakira, dass sie über den Haargummi-Gedanken bereits am Rathausplatz angelangt war. Die Hälfte des Schulweges hatte sie schon hinter sich gebracht. Bald war sie wieder unter Menschen und sie konnte Menschen nicht ausstehen. Menschen waren so überflüssig. Aber da man einem kleinen Mädchen nicht zutraute, das für sich selbst zu entscheiden, musste sie mit ihnen leben. Zumindest so lange, bis sie ihr Abi mit 1,0 und ihr Studium der Biochemie mit Auszeichnung abgeschlossen hatte. Dann würde sie eine schöne Waffe erfinden und an das Land verkaufen, das am meisten dafür bot. Von dem Geld würde sie sich eine einsame Insel anschaffen und

dann wäre sie da, wo sie sein wollte. Weit, weit weg von anderen Menschen.

Shakira blieb stehen. Am Ende der Fußgängerzone in der Turmgasse tat sich etwas in dem leer stehenden Laden, in dem mal eine Drogerie gewesen war. Sie sah sich prüfend um, ob jemand sie beobachtete, und ging dann langsam näher.

Tatsächlich: Das »Ladenfläche zu vermieten«-Poster war verschwunden. Hinter der staubigen Schaufensterscheibe erkannte Shakira eine Schubkarre, Schaufeln, Zementsäcke. Da wurde richtig gewerkelt. Hinter Plastikplanen entdeckte sie – waren das tatsächlich Tierkäfige? Und stand dahinten auf dem Boden nicht ein riesiges Aquarium?

Shakiras Herz klopfte. Sie trat ein paar Schritte zurück und blickte nach oben auf das Schild, das letzte Woche noch nicht da gewesen war.

»Zoohandlung Tierfreund« stand darauf. Und auf einem darunter angebrachten Klebeband »Eröffnung in Kürze!«.

Auch wenn Shakira es niemals zugegeben hätte: Ihre schlechte Laune war schlagartig auf Stufe 7 zurückgefallen.

Max' bester Freund Pascal Schön hatte sich übers Wochenende fünf Spiele für sein Smartphone runtergeladen. Da er schon fertig war mit den Hausaufgaben, hatte er anscheinend vor, diese in den verbleibenden fünfundvierzig Minuten durchzuzocken. Mit mörderischer Geschwindigkeit tippte und wischte er über sein Display, während Max noch nicht einmal mit Mathe durch war.

Dann fehlten ihm noch Spanisch und Sachkunde, und es war jetzt schon abzusehen, dass er bis zum Nachmittagsunterricht bei Weitem nicht fertig wurde.

Wie machte Pascal das nur? Wann war Max' Freund nur so ein Überflieger geworden? Anfang März hatten sie noch gemeinsam über den Hausaufgaben gestöhnt und jetzt brauchte Pascal nur noch halb so lange. Er schummelte nicht einmal. Er legte einfach ein Heft nach dem anderen auf den Tisch, fing an zu schreiben und war dann fertig. Max beneidete ihn. Er würde jetzt auch lieber mit dem Handy spielen. Obwohl: Auf seinem Handy befanden sich nur Lernspiele. Das war eigentlich das Gleiche wie Hausaufgaben, nur ab und zu mit einem Soundeffekt als Belohnung.

»Alter, du warst ja schon immer langweilig«, sagte Pascal, ohne den Blick von seinem Spiel zu wenden. »Aber gerade bist du fast so öde wie dieser Weltraumschwachsinn.« Er wischte, um sich das nächste Spiel vorzunehmen.

»Ich bin noch nicht fertig!«, knurrte Max gereizt.

»Ja, das ist hart so unter lauter Hochbegabten«, gab Pascal zurück und freute sich darüber, in seinem nächsten Spiel einen Kopfschuss hinbekommen zu haben.

»Letztes Jahr warst du auch noch nicht hochbegabt«, murmelte Max. Und ergänzte im Kopf: *Und letztes Jahr warst du auch nicht so ein Arsch.* Da hatte Pascal Max, wenn er mal wieder nur eine Drei minus im Aufsatz hatte, noch damit getröstet, dass es bei ihm gerade mal für eine glatte Vier gereicht hatte.

»Hochbegabung ist gar nicht so einfach«, referierte Pascal. »Man muss sich zwischen noch mehr Kram entscheiden, den man später mal beruflich machen könnte. Und viele Hochbegab-

te sind auch totale Freaks. So wie Shakira Asozial. Und bevor du so wirst, bleibst du besser normalbegabt.«

Max' Blick wanderte ans Ende des Aufenthaltsraums. An den Tischen zwischen den Topfpflanzen und Bücherregalen saßen Gruppen von zwei bis vier Kindern. Nur am letzten Tisch saß jemand alleine, abgesehen von der ewigen Gesellschaft eines viel zu großen Stoffhasen, der eher aussah wie ein Requisit aus einem Gruselfilm als ein Kuscheltier. Shakira Bitter. Eigentlich gingen auf die McKinsey-Privatschule ja nur Kinder aus Familien, die ziemlich viel Geld hatten, aber sie war irgendwie im Rahmen eines Förderprogrammes aufgenommen worden, nachdem sie eine Klasse übersprungen hatte. Nun saß sie schon seit fast neun Monaten wie ein Fremdkörper in Max' Klasse, hatte keine Freunde, dafür aber jede Menge Feinde. Sie schien das nicht zu stören. Sie meldete sich weiterhin bei jeder Frage als Erste, egal, wie viele böse Blicke sie dafür von ihren Klassenkameraden erntete, fauchte jeden an, der es wagte, sie unvermittelt anzusprechen, und hockte jede Pause alleine auf einer Bank und starrte mit ihrem gruseligen Blick in die Welt. Natürlich war sie auch schon fertig mit den Hausaufgaben. Mit auf den Knien gefalteten Händen wartete sie auf den nächsten Gong.

Bevor sie entdecken konnte, dass Max sie beobachtete, guckte er schnell wieder auf sein Heft, das sich einfach nicht mit den richtigen Lösungen füllen wollte.

»Was wünschste dir denn jetzt zum Geburtstag?«, fragte Pascal, nachdem er seinen zehnten Kopfschuss in Folge gefeiert hatte.

»Wie immer: ein Haustier«, sagte Max.

»Mannomann, bist du öde«, kommentierte Pascal.

»Ich kriege es ja eh nicht«, seufzte Max und ließ vorsichtig

noch einmal den Blick zum anderen Ende des Raumes wandern. Shakira betrachtete nun die Tischplatte, als könnte sie diese damit zu Staub zerbröseln. Dafür hatte Max jetzt das merkwürdige Gefühl, dass ihr Horrorhase ihn anstarrte, obwohl der nur noch ein Auge hatte, das an einem Faden herunter auf die Wange hing.

Er seufzte. Wenn er nicht bald fertig wurde, musste er abends nach Japanisch noch den Rest der Hausaufgaben erledigen. Dazu fehlte ihm echt der Nerv.

Er vergaß Shakira Bitter und machte sich an die Arbeit.

ENTTÄUSCHTE HOFFNUNGEN

MAX

Es war fast halb sieben abends, als Max mit seiner Mutter nach Hause kam. Kaum zehn Minuten später drehte sich erneut der Schlüssel im Schloss und Max' Vater trat in den Flur. Auf dem Herd brutzelte schon die Soja-Reis-Pfanne, das heutige Tagesmenü. Jeden Samstag brachte ein Lieferservice für die ganze Woche die fertig abgepackten, tiefgekühlten Gerichte, die immer unterschiedliche Namen trugen und nach Max' Meinung trotzdem alle gleich schmeckten, nämlich sehr gesund. Während Mama in der Pfanne rührte, hatte sie in der anderen Hand ein Übungsheft und fragte Max die Vokabeln seines heutigen Nachmittagskurses ab.

»Halskette?«, fragte Mama.

»*Nekkuresu*«, sagte Max.

»Tapfer?«, fragte Mama.

»*Isamashii*«, sagte Max.

»Tankstelle?«, fragte Mama.

Verdammt, das war wieder so ein ewig langes Wort. Er kam nicht drauf.

»Warum muss ich eigentlich nach der Schule noch Japanisch haben? Ich lerne doch schon drei Sprachen«, fragte Max.

»Weil Japan der Wirtschaftsraum der Zukunft ist«, erklärte

sein Vater und hängte seine Jacke über den Stuhl. Augenrollend nahm Mama sie und brachte sie an die Garderobe.

»Und außerdem macht es dir doch Spaß, oder?«

Max grübelte. War es vielleicht Zeit für ein offenes Wort? Er überlegte immer wieder, mit seinen Eltern zu sprechen, aber die Wahrheit war, dass er ihnen nicht wehtun wollte. Sie freuten sich schließlich immer so, wenn sie wieder eine Idee für ihren einzigen Sohn hatten, und gaben für diese Ideen auch nicht gerade wenig Geld aus. Deswegen brachte es Max einfach nicht übers Herz, seinen Eltern zu sagen, dass ihm Japanisch am Montag genauso viel Spaß machte wie Töpfern am Dienstag, Triangel für Fortgeschrittene am Mittwoch und »Die lustige Welt der Naturwissenschaft« am Freitag, nämlich gar keinen. Eigentlich mochte er nur den Fußballverein am Donnerstag und den auch immer weniger, seitdem Pascal spielte wie eine gesengte Sau und ihn ständig foulte. Dadurch galt Pascal zwar auch im Fußball mittlerweile als Hochbegabung, aber mehr Spaß hatte es trotzdem mit dem Pascal gemacht, der in schallendes Gelächter über sich selbst ausgebrochen war, wenn er mal wieder durch ein Eigentor alles versemmelt hatte.

Mama schaltete die Herdplatte aus und schaute wieder ins Vokabelheft. »Geburtstagsgeschenk?«, fragte sie.

»Ähm … ähm …« Eine große Leere herrschte in Max' Kopf. Er konnte sich einfach nicht erinnern. Diese mütterlichen Vokabeltests waren echt deprimierend.

»Ich weiß es nicht«, gestand er.

Mama lachte und klappte das Heft zu.

»Das musst du auch gar nicht auf Japanisch wissen. Hast du es dir überlegt? Was du haben willst?«

Okay, nächster Versuch, dachte Max. »Eine Katze«, antwortete er mit fester Stimme.

Seine Eltern sahen sich vielsagend an, und Max war klar, dass auch dieser Schuss nach hinten losging.

»Menno«, protestierte Max. »Ich werde elf. Ihr habt gesagt, wenn ich alt genug bin, können wir auch über ein Haustier nachdenken.«

»Wir haben drüber nachgedacht und festgestellt, dass es keine gute Idee ist«, erklärte Mama.

»Ein Haustier ist eine große Verantwortung«, unterstützte Papa sie.

»Ihr behauptet doch immer, es ist wichtig, Verantwortung zu übernehmen«, entgegnete Max.

»Deswegen führen wir dich Stück um Stück an mehr Verantwortung heran. Aber erst musst du Verantwortung für dein Leben übernehmen und dann für das von anderen Lebewesen.«

Gerade wollte Max erklären, dass er ja gerne auch für sein Leben mehr Verantwortung übernehmen würde, dafür aber leider zu wenig Zeit hatte. Gerne könnte er schon morgen damit anfangen, indem er einfach selbst zur Schule ging. Doch bevor er sprechen konnte, klingelte das Telefon. Papa lief in den Flur.

»Kühl«, meldete er sich. Er klang immer sehr fröhlich, wenn er ans Telefon ging, weil sein Chef gerne abends noch anrief.

»Oh. Papa. Hallo.« Jetzt klang er nicht mehr so fröhlich.

»Opa!« Max dafür umso mehr. Er hatte nie verstanden, warum Papa immer schlechte Laune bekam, wenn er mit seinem Vater telefonierte. Max fand Opa Wunibald klasse.

»Ja, ich habe immer noch den Job bei dem Verbrecherverein. Ja, Serafine auch. … Jetzt tu mal nicht so, bis vor Kurzem hast du

auch noch für Antoine Blanche gearbeitet … Gibt's sonst noch was außer Vorwürfe?«

Max' Vater kehrte zurück an den Küchentisch und setzte sich mit dem Telefon in der Hand. Seine Stirn zog immer tiefere Falten. »Zum letzten Mal, Papa: Das sind Geschäftsgeheimnisse! Ich weiß davon nichts, und falls ich was davon wüsste, dürfte ich es dir nicht sagen. Wenn es dich so brennend interessiert, hättest du ja nicht kündigen müssen!«

Papa sah nicht nur immer runzeliger aus, sondern wurde auch zunehmend rot. »Ich bin kein Streber! Ich nehme nur meinen Job ernst.«

So war das eigentlich immer, wenn Opa anrief. Erst bekam Max' Vater schlechte Laune, dann wurde er rot und laut, und gleich würde er sagen, dass das keinen Sinn hatte.

»Das hat keinen Sinn, Papa. Nein. Was? Nein, keine Geburtstagsfeier. Die feiern in der Schule. Wie jedes Jahr. Ich leg jetzt auf. Tschüss.«

»Wittert er wieder die Weltverschwörung?«, fragte Mama.

Papa senkte sein Gesicht in die Hände und nickte.

»Warum musste er so jung Kinder in die Welt setzen? Wenn er jetzt neunzig wäre, könnte ich ihn einfach ins Altersheim stecken.«

»Das dauert dummerweise noch dreißig Jahre«, sagte Mama und verteilte den Inhalt der Pfanne auf drei Teller.

»Und was dich angeht, Schatz«, sie schaute Max an, »leider keine Katze. Aber wir haben da schon eine Idee, dein Vater und ich.«

Das klang für Max eher wie eine Drohung.

38-3 beobachtete, wie der Chef seufzend sein Telefon beiseitelegte.

»Der wird's nie lernen«, brummte er, bevor er sich wieder seinem Computer zuwandte. Der Bildschirm übertrug Tag und Nacht die Geschehnisse im Forschungslabor der Firma Blanche Industries. Mittlerweile wusste 38-3, dass sein Chef dort vor seiner Kündigung genauso heimlich eine Kamera angebracht hatte wie im Tiertrakt.

38-3 lief noch einige Runden im Hamsterrad, um die zweitausend Trainingsumdrehungen für heute zu vollenden. Dann sprang er mit einem eleganten Dreifachsalto in der Luft heraus und landete sanft auf den Hinterpfoten. Schade, der Chef hatte nicht hingesehen. Sonst applaudierte er manchmal.

38-3 kletterte den Tisch hinunter und lief zum Chef, krabbelte dessen Hosenbeine hoch und setzte sich neben die Tastatur. Geistesabwesend tätschelte der Chef seinen Kopf und betrachtete weiter den schwarz-weißen Ausschnitt auf dem Bildschirm, der die schreckliche Katzenfrau an ihrem Labortisch zeigte. In der letzten Zeit hatte der Chef sich ganz auf sie konzentriert.

Neben ihr arbeitete noch eine weitere Frau, blond und mit Pferdeschwanz, die 38-3, als er noch im Käfig mit seinen Geschwistern gesessen hatte, immer ganz nett gefunden hatte. Der Chef hatte ihm erzählt, dass die beiden Schwestern waren, obwohl sie sich gar nicht ähnlich sahen.

Die Blonde hielt einen Kolben mit einem Pulver vor sich und betrachtete ihn ehrfürchtig. »Das könnte der Durchbruch sein. Was meinst du, darf ich es Antoine zeigen, Eva-Maria?«, fragte sie die Schreckliche. Ihre Stimme klang durch die Übertragung

ein bisschen verzerrt, war aber trotzdem gut zu verstehen. »Er wird sich so freuen!«

Die Angesprochene kniff die Augen hinter ihrer Brille zusammen. »Sibylle!«, fauchte sie scharf. »Werd endlich professionell! Wir sind nicht dafür da, Antoine eine Freude zu machen. Es ist praktisch, wenn er glaubt, du wärst in ihn verknallt, aber langsam habe ich das Gefühl, du tust nicht nur so. Also reiß dich zusammen, und mach das, wofür wir sehr gut bezahlt werden!«

»Jetzt sagt doch endlich mal, wofür Antoine euch bezahlt«, murmelte der Chef.

»Außerdem ist vom Durchbruch noch keine Rede. Denk an die Nebenwirkungen. Antoine will sie an einem neuen Versuchsobjekt testen, das er gefunden hat. Strohdumm und lammfromm. Diese Testreihe mit der festen Form müssen wir noch abwarten, dann erst sind wir so weit.« Sie stand auf. »Komm, er wartet auf uns in der Lobby.«

Die Frauen verschwanden aus dem Blickfeld der Kamera.

Der Chef wandte sich vom Computer ab und schaute 38-3 schuldbewusst an. »Sie haben immer noch nicht mit den Versuchen aufgehört«, seufzte er. »Und sie verlieren kein Wort darüber, was sie eigentlich vorhaben. Ich befürchte, es wird Zeit, mein Kleiner.« Er sah 38-3 ernst an. »Deine Ausbildung ist beendet, mehr kann ich dir nicht mehr beibringen. Ich hätte es dir gerne erspart, aber du musst los. Doch vorher brauchst du natürlich noch etwas.«

38-3 schaute ihn fragend an.

Der Chef lächelte ihn an. »Einen Namen«, erklärte er dann und streichelte 38-3 sanft hinter den Ohren. »Natürlich bist du die Maus des Todes« – so nannte der Chef 38-3, seit dieser sich

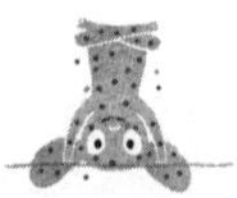

mit einem gewagten Sprung in seinen Ärmel für ein neues Leben entschieden hatte –, »aber das ist ja kein Name. Was hältst du … hiervon?« Der Chef wühlte in einigen Zettelchen, die auf dem Schreibtisch lagen. Dann hatte er den richtigen gefunden und hielt ihn hoch.

»Juan« stand darauf.

38-3 legte den Kopf schief.

»Chu-An!«, erklärte der Chef. »Das ist Spanisch. Da spricht man das J wie ›Ch‹ aus. Einer der vielen Gründe, warum diese Sprache so unverschämt feurig wirkt.«

Juan. Gesprochen: Chuan.

Das klang verwegen, geheimnisvoll, abenteuerlich.

Dieser Name passte wie angegossen, dachte die Maus, die bislang nur eine Zahl gewesen war.

EXPERTENMEINUNGEN

MAX

»Haustiere sind was für Babys«, sagte Pascal und kaute genussvoll auf einem seiner beiden Tomate-Schinken-Sandwiches mit Rucola. Es war die erste große Pause am Montag, und Pascal hatte Max seit letzter Woche mindestens schon tausendmal reingedrückt, wie bescheuert er seinen Wunsch fand.

»Ich krieg ja eh keins«, seufzte Max und saugte schlürfend den letzten Schluck Sojamilch aus seinem Trinkpäckchen.

»Dann wünsch dir mal was Anständiges. Zum Beispiel ein Smartphone.«

»Ich hab ein Smartphone«, sagte Max.

»Das Ding?« Pascal zeigte grinsend auf das Telefon, das Max am Gürtel hängen hatte. »Das ist kein Smartphone. Das ist ein elektrischer Babysitter.«

Pascal hatte leider gecheckt, dass Max' Eltern ihn mit seinem Handy jederzeit orten konnten. Als er es einmal zufällig in der Umkleide am Sportplatz vergessen hatte, wurde es ihm keine zwanzig Minuten danach von einem ziemlich genervten Polizeibeamten in den Nachmittagsunterricht gebracht. Zwei Wochen später war ihm das Gleiche passiert, als sie mit der Schule eine Exkursion in den Stadtpark gemacht hatten und es ihm irgend-

wie aus der Tasche gefallen war. Es war derselbe Polizist, der es brachte, er sah noch genervter aus als beim ersten Mal, und als er es Max in die Hand drückte, raunte er ihm ins Ohr: »Entweder du nagelst dir das Ding am Oberschenkel fest oder schenkst deinen Eltern einen Meditationskurs.«

Ja, Max' Handy war nur ein Überwachungsgerät. Aber Pascal nervte gerade wieder tierisch mit seiner Überheblichkeit.

»Man kann damit auch telefonieren«, entgegnete Max trotzig.

Sein Freund hob die Augenbrauen, während er seine Brotdose aufklappte. »Ja, aber nur mit deiner Mutter, deinem Vater oder dem Notruf. Ich sag doch, elektrischer Babysitter.«

Pascal nahm eine rot-weiß gestreifte Tablette aus seiner Dose, spülte sie mit einem Schluck Energydrink herunter und wandte sich dem zweiten Sandwich zu.

»Wozu brauchst du deine Tabletten eigentlich?«, fragte Max, um das Thema zu wechseln.

»Gegen mein ADS«, erklärte Pascal, »damit ich nicht mehr so hibbelig bin.«

Pascal war so einiges, fand Max, vor allem in letzter Zeit ein ziemlicher Arsch, aber eigentlich immer die Ruhe selbst.

»Du bist aber gar nicht hibbelig«, sagte er. »Und du warst es auch nie.«

»Findest du.« Pascal wischte sich einen Krümel vom Kinn. »Eltern vertragen halt nicht viel. Schon gar nicht meine.«

Es klingelte. Pascal klappte die Brotdose zu und Max warf sein Trinkpäckchen in den Mülleimer.

»Jetzt kriegen wir Mathe zurück«, murmelte er bedrückt. Er hatte bei der letzten Klassenarbeit mit Hängen und Würgen gerade mal drei der fünf Aufgaben geschafft.

»Bald kann ich mir mit Einsen mein Zimmer tapezieren«, erklärte Pascal, der solche Sorgen nicht mehr kannte.

SHAKIRA

Auch Shakira hatte völlig andere Sorgen als die immer hervorragenden Noten unter ihren Mathearbeiten. Aber diese Sorgen kamen erst so richtig zum Tragen, als es Montagnachmittag wurde. Denn da erwartete Shakira ihr persönlicher Albtraum, die Therapiestunde bei Frau Dr. Schön. Frau Schön sah aus wie ihr Name und hatte irgendwo ein Diplom als Kinder- und Jugendpsychologin gewonnen, davon war Shakira überzeugt.

»So, unsere Stunde ist fast schon wieder um«, seufzte Frau Schön gerade mit professionellem Bedauern und rückte sich die modische Brille zurecht. Es war schon wieder eine neue. Ebenso neu wie ihre Bluse, ihre Jacke und ihr Rock. Die Frau musste zu viel Zeit und Geld zum Shoppen haben, dachte Shakira. Genau wie ihr arroganter Sohn Pascal, mit dem Shakira dummerweise das Klassenzimmer teilte.

»Willst du noch über etwas reden?«, fragte Frau Schön und sah Shakira aufmerksam an, die Harvey fest wie in einen Schraubstock geklemmt an sich presste.

»Ich verstehe nicht, wofür Sie eigentlich so viel Kohle bekommen, wenn Sie selbst die einfachsten Sachen nicht kapieren«, sagte Shakira betont langsam. »Ich wollte noch nie mit Ihnen über etwas reden. Ich will es jetzt nicht. Ich werde es auch nächste Woche nicht wollen. Ich komme hier nur her, weil das Jugendamt es verlangt und mein Onkel nicht den Mumm hat, denen vor den Latz zu knallen, dass ich meine Hochbegabtenförderung auch verdiene, wenn ich meine Zeit nicht hier verschwende.«

»Die Fortschritte sind beachtlich«, stellte Frau Schön fest, als hätte sie bei Shakiras Bemerkung die Finger in den Ohren gehabt und laut »La, la, la, ich hör nicht zu« gesungen. »Wir bleiben bei der Dosierung.«

Sie schob Shakira den Tablettenspender hin. Er war in sieben Kästchen unterteilt, über denen jeweils ein Wochentag stand. In jedem Kästchen lagen für morgens, nachmittags und abends jeweils zwei rot-weiß gestreifte Tabletten.

»Die schmecken jetzt übrigens besser«, erklärte Frau Schön fröhlich.

»Tabletten schluckt man einfach runter«, entgegnete Shakira. »Die müssen nicht gut schmecken.« Sie stand auf und nahm den Spender vom Tisch.

»Ich freue mich auch auf nächste Woche«, sagte Frau Schön wieder, als wäre sie in einem völlig anderen Gespräch.

Wie konnte man mit so einem Dachschaden nur Psychologin werden, dachte Shakira, während sie den Hasen hinter sich herschleifend die Praxis verließ.

HAPPY BIRTHDAY!

MAX

Der nächste Tag war der 5. Mai, und das bedeutete, dass Max Geburtstag hatte. Geburtstage begannen immer fünfzehn Minuten früher als andere Tage. Zumindest wenn der Geburtstag auf einen Wochentag fiel, wie eben diesmal den Dienstag. Fünf Minuten dauerte es, bis Max' Eltern sich so ungeschickt in sein Zimmer geschlichen hatten, dass ihm genügend Zeit blieb, in aller Ruhe wach zu werden. Sie schoben den rumpelnden Servierwagen neben sein Bett, zündeten in mehreren Versuchen mit dem knackenden Elektrofeuerzeug die Kerzen auf dem laktosefreien Schokokuchen an und flüsterten sich gegenseitig ständig zu, dass der andere doch bitte etwas leiser sein möge. Als sie das »Happy Birthday« anstimmten, war Max bereits hellwach, spielte aber mit jahrelanger Übung sehr überzeugend ein überraschtes Geburtstagskind. Fünf weitere Minuten dauerte es, bis das Ständchen gesungen, die Glückwünsche und Umarmungen absolviert und von jedem ein Stück Kuchen verzehrt waren. Nun wurde es Zeit für das Geschenk, bemerkte Papa. Einen Moment lang hoffte Max, dass das Wunder geschah, Mama zur Tür lief, sie einen Spaltbreit öffnete und ein Katzenjunges mit einem herzzerreißenden Maunzen hereintapste.

Stattdessen zog seine Mutter einen Umschlag unter der Ku-

chenplatte hervor und legte ihn mit erwartungsvollen Augen auf Max' Decke. Das war jetzt schauspielerisch eine echte Herausforderung. Aufwachen, obwohl man schon wach war, spielte sich leicht. Freude, obwohl man enttäuscht war, nicht. Vor allem, wenn die Angst vor dem dazukam, was seine Eltern sich stattdessen – mithilfe Dutzender pädagogischer Ratgeber – ausgedacht hatten.

Papa schaute auf die Uhr. »Ich verstehe, dass du es spannend machen willst, Sohnemann, aber so langsam müssten wir …«

Max entschied sich für eine starre Miene, als er den Umschlag öffnete. Er hoffte nur, sie sah nicht allzu gruselig aus.

Geburtstagslieder waren ja eh nicht für ihre intelligenten Texte bekannt, dachte Shakira rund zwei Stunden später. Aber das schuleigene Ständchen der McKinsey-Schule war nun wirklich das dämlichste Lied der Welt. Trotzdem schmetterte es die ganze Klasse – abgesehen von ihr – aus voller Brust. Auch wenn das Geburtstagskind Max Kühl genauso doof war wie alle anderen Kinder, bekam es zumindest ein Milligramm Respekt von Shakira, dass es peinlich berührt guckte, bis das Ganze endlich vorbei war. Dann klingelte es zum Glück auch schon zur Pause. Während die Klassenkameraden noch artig gratulierten, schob sich Shakira mit Harvey vorbei und setzte sich auf die Bank im Foyer, wo man sich aufhalten durfte, wenn es wie heute regnete.

Max stellte sich mit seinem Freund Pascal, bei dem sich Sha-

kira jedes Mal fragte, wo dieses Erbsenhirn plötzlich seine guten Noten herhatte, in ihre Nähe.

»Ein Personal Trainer?« Pascal lachte. »Der jeden Samstag mit dir Sport macht? Das ist dein Geschenk? Herzlichen Glückwünsch, damit wäre dann endlich auch dein Wochenende im Eimer!«

Max schaute noch deprimierter drein. Tja, mein Bester, dachte Shakira für sich, so ist das Leben nun mal. Erstens nimmt es lieber, als es gibt, und wenn es doch mal gibt, dann garantiert etwas, was du nicht haben willst. Wie zum Beispiel einen Onkel Wichmann als Ersatz für deine Eltern.

Sie schaute auf den Boden und betrachtete ihre Füße. Neben diesen tauchte plötzlich ein weiterer Fuß auf. Ein absurd großer Fuß. Nein, ein absurd großer Schuh – weiß-grün gestreift mit verknoteten Luftballons statt Schürsenkeln.

MAX

Ein Clown in der Schule! Max starrte den Mann mit dem grell geschminkten Gesicht, der Pluderhose und den riesigen Schuhen verdutzt an und musste dann unwillkürlich lächeln. Er mochte Clowns, und sein Lächeln wurde zum Lachen, als dieser zweimal auf seine rote Nase drückte und es dabei zweimal hupte.

»Gott, ist das gruselig«, sagte Pascal. Der mochte keine Clowns.

»Herzlichen Glückwunsch vom Opapa!«, rief der Clown. Er zog seinen lilanen Zylinder vom Kopf und verbeugte sich so tief, dass er fast mit der Stirn den Boden berührte. Ein donnernder Furz entfuhr ihm. Max kicherte. Der Clown richtete sich mit einer schamhaft vor den Mund gehaltenen Hand wieder auf.

»Ich hoffe, das ist ein Albtraum«, erklärte Pascal.

Der Clown zog die Hand zur Seite, dahinter lag ein Grinsen. Dann griff er in den Zylinder und überreichte Max eine Karte.

»Was machen Sie hier? Das ist Schulgelände!«, rief es vom Gang. Die Pausenaufsicht Frau Bär schob sich durch das Gedränge der Schüler. Der Clown zwinkerte Max noch einmal zu und rannte dann so schnell davon, wie man es mit solchen Schuhen wohl erst mal lernen musste. Frau Bär lief ihm hinterher, auch wenn es aussichtslos war.

Max starrte verdutzt auf die Karte.

»Dein Geschenk wartet in der Zoohandlung Tierfreund in der Turmgasse 7.« Pascal, der sich mittlerweile damit abgefunden hatte, nicht zu träumen, schaute über Max' Schulter auf die Karte.

»Du hast zehn Minuten, es dir zu holen«, las Max weiter. »Wenn du es nicht rechtzeitig zum Laden schaffst, ist dein Geschenk verloren!«

Er ließ die Karte sinken. »Was soll das heißen? Wie soll das denn gehen?«, stieß er hervor. »Wir dürfen in der Pause doch nicht das Schulgelände verlassen!«

»Ach komm schon. Frau Bär verfolgt gerade einen Clown«, sagte Pascal. »Und die Turmgasse ist echt nicht weit. Also los!«

»Aber mein Handy! Wenn meine Eltern merken, dass ich das Schulgelände verlasse, fängt mich die Polizei noch vor der Zoohandlung ab.«

»Versteck es auf dem Klo«, riet Pascal. Um ein bisschen Stress zu verbreiten, ergänzte er: »Noch neun Minuten.«

»Papa und Mama haben den Grundriss der Schule! Die schicken auch die Polizei, wenn ich mich zehn Minuten nicht vom

Klo rühre!« Max überlegte fieberhaft. »Kannst du es nicht solange nehmen?«

»Spinnst du, Alter? Ich will wissen, was dein verrückter Großvater dir schenkt. Ich komm mit«, erklärte Pascal.

Max schaute ihn verzweifelt an. »Aber wenn du nicht hierbleibst, gibt es kein Geschenk!«

»Tja, das nennt man ein Dilemma.«

Max riss sich das Smartphone vom Gürtel und starrte auf die dort angezeigte Uhrzeit. »Nur noch acht Minuten«, jammerte er.

»Ich nehm dein blödes Handy in der Zwischenzeit«, sagte eine Stimme.

Es war die verrückte Shakira, die auf der Bank vor ihnen saß.

»Oh, sie kann sprechen. Außerhalb des Unterrichts. Ich träume doch«, bemerkte Pascal.

»Warum willst du das tun?«, fragte Max das Mädchen. »Du hast noch nie irgendwas Nettes für jemanden gemacht.«

»Ich tue auch für dich nichts Nettes. Aber mich interessiert nun mal, was für ein Geschenk in der Zoohandlung Tierfreund auf dich wartet. Als Gegenleistung will ich es eine Stunde für mich haben. In der Hausaufgabenzeit.«

»Nein, das geht nicht«, entschied Max schnell.

»Doch, das geht. Du brauchst eh immer ewig für deine Hausaufgaben.«

»Da hat sie recht«, kommentierte Pascal.

»Also los«, befahl Shakira. Sie packte ihren Stoffhasen am Kopf und riss ihn herunter. Darunter klaffte ein Loch.

»Wie freakig ist das denn?«, sagte Pascal.

Max zögerte. Doch dann warf er sein Handy in den Hasenhals und spurtete los.

DAS GESCHENK

MAX

»War hier nicht immer eine Drogerie?«, fragte Max keuchend, als sie wenige Minuten später vor der Zoohandlung standen.

»Heute Neueröffnung« prangte in großen Buchstaben auf einem Schild vor der Tür. Ein paar Luftballons waren daran gebunden. Der Laden war trotzdem völlig leer. Kein Besucher hatte sich eingefunden, was vielleicht auch daran liegen mochte, dass im ganzen Laden kein einziges Tier zu sehen war.

»Du kommst echt nicht viel raus«, sagte Pascal. »Die Drogerie gibt's schon ewig nicht mehr.« Er sah auf die Uhr. »Noch eine Minute.«

Max stieß die Tür auf. Ein leises Klingeln ertönte.

Eine sehr dicke Frau mit fröhlichem Lächeln kam aus einem Hinterzimmer zum Tresen. »Kundschaft!«, flötete sie in einer unnatürlich hohen Tonlage.

»Nicht wirklich«, erklärte Pascal. »Wir wollen nichts kaufen. Nur was abholen.« Er stieß Max in die Seite. Der war noch ganz in den Anblick der Frau versunken, denn sie kam ihm irgendwie bekannt vor. Obwohl er sich sicher war, noch nie einen so dicken Menschen gesehen zu haben. Sie hatte kein Doppelkinn. Sie hatte ein Dreifachkinn. Auf dem letzten der drei Kinne wuchs eine

Warze. Die größte Warze, die Max jemals gesehen hatte. Auf dem Namenschild an der Bluse, die sich enorm spannte, stand »Dorothea Wuchtbrumm«. Den Namen hatte Max noch nie gehört. Verdattert reichte er ihr die Karte des Clowns.

Sie hob die linke Augenbraue und grinste.

»In letzter Minute! Ach, was sage ich. In letzter Sekunde! Aber geschafft ist geschafft.«

Sie verschwand im Hinterzimmer.

»Wahrscheinlich hat sie alle Tiere aufgegessen«, vermutete Pascal.

Max schaute ihn böse an, weil Pascal sich nicht mal die Mühe machte, solche Gemeinheiten zu flüstern.

»Da haben wir es!« Frau Wuchtbrumm stellte ein in grünes Geschenkpapier gewickeltes Paket auf den Tresen. Es war ungefähr doppelt so groß wie ein Schuhkarton. Also ein Schuhkarton für Clownschuhe. In das Geschenkpapier waren einige kleine Löcher eingestanzt. Luftlöcher!, dachte Max. Dadrin ist etwas, das lebt und atmet. Sein Bauch kribbelte vor Aufregung.

»Soll ich dir noch ein Ständchen singen?«, fragte Frau Wuchtbrumm.

»Auf gar keinen Fall«, sagte Pascal.

»Ich muss leider los«, sagte Max.

»Dann nicht.« Die Verkäuferin lachte. »Aber herzlichen Glückwunsch und viel Spaß damit!«

Max bedankte sich und nahm das Paket. Er fühlte Stäbe unter dem Papier. Und ganz leicht schien es darin zu ruckeln. Da war wirklich etwas Lebendiges drin! Sein Herz machte einen kleinen Satz. Vielleicht hatte Opa alle Bedenken von Max' Eltern in den Wind geschlagen und ihm doch noch eine Katze geschenkt!

»Eine Frage noch«, sagte Pascal.

»Ja bitte?« Die Frau beugte sich leicht vor.

»Wie erfolgreich kann eine Zoohandlung sein, in der keine Tiere sind?«

Er zeigte auf den Raum, in dem ausschließlich leere Aquarien, leere Käfige und leere Körbe standen.

»Gott behüte!«, rief Frau Wuchtbrumm. »Das stresst die armen Dinger nur, wenn sie sich den ganzen Tag begaffen lassen müssen. Wer sich ein Tier wünscht, kann uns das sagen, und dann schaut Herr Tierfreund, was er tun kann.«

Max bedankte sich ein weiteres Mal und wollte los. Aber Pascal war noch nicht fertig.

»Eine allerletzte Frage.« Pascal ignorierte Max' ungeduldiges »Die Pause ist gleich vorbei«.

»Heißt ihr Chef wirklich Herr Tierfreund?«

Die Frau lachte schallend.

»Natürlich nicht! Ich heiße doch auch nicht Dorothea Wuchtbrumm. Das nennt sich Marketing, Kindchen.« Sie lachte noch, als Pascal und Max den Laden verließen.

SHAKIRA

Shakira war stinksauer. Der kleine Schwachmat schien zu glauben, er könne sie um den Deal betrügen. Weder kam er mit dem Geschenk nach der Pause zu ihr noch in Bio noch in der kleinen Pause danach noch in Geschichte. Glaubte er vielleicht, sie würde ihm das Handy einfach so zurückgeben, wenn er nur lange genug so tat, als wäre sie Luft?

Da hatte er die Rechnung ohne Shakira gemacht. Ihr stand eine Stunde mit dem Geschenk zu, so viel war mal sicher.

Fünfzehn Minuten, nachdem die Hausaufgabenzeit begonnen hatte, packte sie ihre Sachen zusammen und baute sich vor Max auf.

»Das unheimliche Mädchen steht vor uns«, erklärte sein Freund unnötigerweise. Er hatte auch gerade seine letzte Gleichung gelöst, während Max noch an der dritten von acht herumkaute, wie Shakira mit einem kurzen Blick in sein Heft feststellte. Shakira wuchtete ihren Hasen auf den Tisch. Er machte klickende Geräusche, die Pascal irritiert dreinschauen ließen.

»Das soll ein Kuscheltier sein? Mit was ist der denn gefüllt? Mit Kieselsteinen?«

Shakira ignorierte die Frage, klappte den Kopf hoch, fischte Max' Handy heraus und hielt es ihm hin.

»Her mit dem Geschenk«, befahl sie.

»Ich kann es erst zu Hause auspacken«, sagte Max.

Sie hob die linke Augenbraue. »Willst du wirklich wissen, was ich mit Leuten anstelle, die ihre Versprechen nicht halten?«

»Aber ich kann es noch nicht aufmachen«, wiederholte sich Max. »Falls das drin ist, was ich vermute, bringen meine Eltern es gleich zurück in die Zoohandlung, wenn sie mich nach dem Töpfern abholen. Mache ich es erst zu Hause auf, habe ich vielleicht den Hauch einer Chance, dass ich es behalten darf.«

Shakira schüttelte genervt den Kopf. »Jetzt mach dir mal nicht ins Hemd. Was man auspacken kann, kann man auch wieder einpacken«, erklärte sie. Sie griff nach dem Paket und hob es mit beiden Händen hoch. Es war ganz leicht. »Ich verzieh mich damit jetzt auf den Hof, während du dir über die Rechenaufgaben

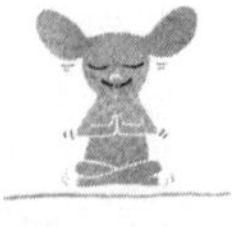

den Kopf zerbrichst. Danach bekommst du es im Originalzustand zurück.«

»Gibst du es mir auch wirklich wieder?«, fragte Max zweifelnd, während Shakira sich den Hasen unter den linken Arm klemmte, da sie ja nun keine Hand mehr frei hatte.

»Bleib cool«, sagte sie. »Wenn ich einem von euch reichen Schnöseln was klaue, hat sich's doch mit der Hochbegabtenförderung.« Sie marschierte los.

»Hey!«, rief Pascal. »Ich will auch wissen, was dadrin ist!«

Shakira drehte sich um. »Und dafür willst du zusammen *mit mir* rausgehen und von allen gesehen werden, wie du *mit mir* die ganze Hausaufgabenzeit verbringst?«, erkundigte sie sich.

»Nein, das will ich nicht«, protestierte Pacal.

»Dann wäre das ja geklärt«, bemerkte Shakira.

Also ging sie alleine raus, zur abgelegensten Ecke des Schulhofs, wo Büsche sie vor den Blicken der anderen schützten. Sie packte das Geschenk sorgfältig aus und achtete darauf, dass die Tesastreifen nicht die Farbe vom Papier lösten. Als sie den grünen Bogen herunterklappte, konnte sie sich ein Lächeln nicht verkneifen – eine so ungewohnte Gesichtsregung, dass ihr fast die Mundwinkel davon wehtaten.

ENTHÜLLUNG

MAX

Es hatte tatsächlich geklappt. Shakira hatte Max das Geschenk in einem Zustand zurückgegeben, dass man ihm überhaupt nicht ansah, ob es schon einmal ausgepackt worden war oder nicht. Als Mama ihn vom Töpfern abholte, klopfte Max das Herz bis zum Hals. Was, wenn sie von ihm verlangte, das Paket sofort zu öffnen? Doch seine Mutter war so in Gedanken, dass sie gar nicht bemerkte, welchen absoluten Oschi von Geburtstagsgeschenk ihr Sohn auf den Parkplatz schleppte.

»Stell dir das vor, das halbe Budget will Antoine mir kürzen!«, rief sie ihm entgegen. »Wir haben im letzten Jahr zum fünften Mal in Folge einen Rekordgewinn eingefahren und jetzt so was!«

Max' Mutter war in der Firma Blanche für die Werbung im Bereich Damenkosmetik zuständig. Das interessierte Max zwar genauso wenig wie Papas Job – er machte die Werbung für Herrenkosmetik –, aber er dachte, ein paar Rückfragen würden zusätzlich von der ungewöhnlichen Last in seinen Händen ablenken.

»Und warum kürzt er dann dein Geld?«

»Oh, dafür gibt es gleich drei Gründe«, erklärte sie aufgebracht. »Erstens: Die Männerkosmetik läuft nicht so gut wie erwartet. Aber statt deinem Herrn Papa mal zu sagen, dass er sich anderes einfallen lassen soll als ›Männer lieben Schönheit‹, kriegt der einfach einen Batzen von meinem Geld!«

Sie waren am Auto angekommen. Mama drückte auf den Schlüssel, und der Wagen signalisierte mit einem kurzen »Oink-Oink«, dass er offen war.

»Zweitens: Antoine reichen unsere Schönheitsprodukte nicht mehr. Er hält Nahrungsergänzungsmittel für den Markt der Zukunft und hat sich für deren Entwicklung zwei schrecklich teure Superwissenschaftlerinnen eingekauft. Als ob es nicht in jedem Billigsupermarkt um die Ecke Vitamintabletten und Magnesiumpulver gäbe!«

Sie riss die Fahrertür auf, pfefferte ihre Handtasche auf den Beifahrersitz und warf sich hinters Steuer. Max öffnete die Hintertür, schob vorsichtig sein Geschenk hinein, setzte sich daneben und schnallte sich an. »Und drittens?«, fragte er.

»Drittens kauft Monsieur Antoine das örtliche Wasserwerk!« Jetzt schrie sie fast. »Als ›Geste der Dankbarkeit gegenüber unserer schönen Heimat‹! Mit Umbauarbeiten und Eröffnungstamtam für Millionen! Hätt's nicht auch ein Blumenstrauß für den Bürgermeister getan? Nein, wir kaufen das Wasserwerk. Und weißt du, wovon?«

Mama startete den Motor und fuhr los. An der Ausfahrt vergaß sie sogar, den Blinker zu setzen, was verriet, wie wütend sie war.

»Von deinem Geld«, antwortete Max.

»Du bist ein kluges Kind«, sagte Frau Kühl.

Max dachte an Shakira und Pascal und murmelte »Nein, bin ich nicht«.

Seine Mutter hörte es gar nicht.

Sie war immer noch mit Schimpfen beschäftigt, als sie zu Hause ankamen, und bemerkte nicht einmal, dass Max auf der Einfahrt fast über das Geschenkband mit der Aufschrift »Ein Herzenswunsch wird wahr« stolperte, das sich vom Paket gelöst hatte.

»Hereinspaziert, meine Süßen!«, flötete sein Vater, als er den Schlüssel in der Haustür hörte. »Wir haben etwas zu feiern!«

»Ja, den Geburtstag unseres Sohnes!«, sagte Mama.

»Nicht nur das, Serafine, nicht nur das«, erwiderte ihr Mann und bat sie auf die Terrasse. Eine Flasche Champagner stand in einem Kühler bereit, daneben zwei Sektgläser und für Max ein Fläschchen Bio-Apfelsaftschorle.

»Ratet mal, wer heute eine Gehaltserhöhung bekommen hat …«, sang Papa fast und entkorkte den Champagner mit einem lauten »Plopp«.

»Du hast *was*?« Während seiner Mutter fast die Kinnlade herunterfiel, stellte Max vorsichtig das Geschenk neben die Terrassentür und schob mit dem Fuß die Yuccapalme davor.

»Toll, oder?«, bemerkte sein Vater. »Unser Junge hat Geburtstag und wir schon nächsten Monat mehr Geld in der Kasse.«

»Die kürzen mir das Budget und geben dir eine Gehaltserhöhung? Obwohl dein Bereich Miese macht? Obwohl du eh schon mehr verdienst als ich?«

»Das ist doch egal«, behauptete Papa. »Es bleibt ja in der Familie.« Mama schüttelte den Kopf. Dann blieb ihr Blick an dem Riesenpaket hängen, das von der jämmerlichen Palme natürlich kaum verdeckt wurde.

»Was ist das denn?«, fragte sie ihren Sohn.

»Opas Geburtstagsgeschenk«, antwortete Max. »Er hat es … mir heute in der Schule vorbeigebracht.«

»Oh«, sagte Papa. »Die haben Großvater einfach in die Schule gelassen?«

»Die müssen dringend ihr Sicherheitskonzept überdenken«, fand seine Mutter. »Aber gut, da ist es und will ausgepackt werden. Ich glaube, ich setze mich besser hin.«

Sein Vater musterte das Geschenk, als befände sich eine Bombe darin, die sie jede Sekunde in den Tod reißen könnte.

Max stellte das Paket auf den Tisch, befreite es vom Geschenkpapier und schnappte eine Sekunde später hörbar nach Luft.

Drei Personen befanden sich in Juans Sichtfeld. Das war gut, denn auch die Prognose des Chefs hatte von drei Personen gesprochen. Eine Frau um die vierzig, sehr bleich, was einen ungesunden Lebensstil vermuten ließ. Ein glatt rasierter Mann in etwa demselben Alter mit dafür schon ganz schön ausgedünntem Haar und ebenfalls sehr ungesunder Gesichtsfarbe. Und ein Junge, der zwar auch zu blass aussah, dafür aber übers ganze Gesicht strahlte.

»Ich dachte, es wäre eine Katze«, sagte er jetzt. »Aber eine Maus ist auch super!«

Das musste Max sein. Max Kühl. Die Zielperson.

»Bruno, du rufst sofort deinen Vater an«, befahl die Frau mit eisiger Stimme. Auch diese Reaktion hatte der Chef prognostiziert. Klarer Fall, Serafine Kühl. Die Mutter der Zielperson. Und der Mann, der sich gerade das Telefon geholt hatte, war dann – gut, das hatte die Frau ja schon verraten – Bruno Kühl.

»Sag Opa Danke von mir«, rief der Junge und wollte sich den Käfig schnappen. Die Hand seiner Mutter griff ihn am Arm.

»Schatz« – sie klang angestrengt beherrscht –, »die Maus bleibt hier.«

»Aber es ist doch mein Geschenk«, widersprach der Junge.

»Geh hoch in dein Zimmer«, ordnete die Frau an. »Ich komme gleich, und wir reden.«

Juan sah, wie die Zielperson frustriert die Fäuste ballte. Aber dann verließ sie doch ohne weiteren Protest die Terrasse.

»Hallo, Papa«, sagte Herr Kühl ins Telefon. »Nein, spar dir das ›Schön, dass du anrufst‹. Was soll das? Wenn wir entscheiden, er kriegt kein Haustier, kriegt er kein Haustier. Auch nicht von dir.«

Ab jetzt wurde es spannend. Ab jetzt waren die Prognosen des Chefs ungenau geworden. Sie hatten drei Versuche. Schlugen alle drei fehl, war die Mission in Gefahr.

Beruhigendes Gemurmel drang aus dem Telefon, das aber keine Wirkung auf Herrn Kühl zu haben schien.

»Nichts mit ›Hab dich nicht so‹. Kein Tier. Wir bringen es morgen zurück ins Geschäft.« Bruno Kühl betrachtete das Geschenkband, auf dem auch das Logo des Ladens prangte. »Zoohandlung Tierfreund, was ist das überhaupt für ein bescheuerter Name?«, murmelte er.

Juan unterdrückte ein Seufzen. Versuch eins – die freundliche Überredung – war damit fehlgeschlagen.

»Ist das dein Ernst?« Bruno lachte ungläubig auf und hielt die Hand auf den Hörer. »Er sagt, er enterbt mich, wenn ich es zurückbringe.«

Serafine Kühl sprang auf und riss ihrem Mann das Telefon aus

der Hand. »Wunibald, so wie du dein Geld zum Fenster rauswirfst, ist da eh nichts zu erben!«, rief sie ins Telefon. »Und außerdem: Ich verdiene sehr gut, dein Sohn verdient sehr gut – seit Neuestem sogar sehr, sehr gut –, wir verkaufen für ein Erbe nicht unser pädagogisches Konzept!«

Bruno Kühl nickte entschlossen.

Verdammt. Juan wurde langsam nervös. Auch Versuch zwei war fehlgeschlagen.

Serafine gab das Telefon an ihren Mann zurück. Sie ging in die Küche, holte ihren Laptop und klappte ihn auf. Vermutlich googelte sie schon die Adresse der Zoohandlung.

»Du hast es gehört, Papa. Außerdem: Was interessiert mich jetzt dein Erbe? Du bist knapp sechzig und kerngesund.«

Zeit für Versuch drei. »Der letzte Ausweg« hatte ihn der Chef genannt, und man hatte ihm angehört, wie ungern er ihn gehen wollte.

Brunos Gesichtszüge versteiften sich. Dann rollte er unwillig mit den Augen. Seine Stimme wurde lauter. »Oh, Papa. Jetzt ist echt mal gut. Das ist geschmacklos und sogar unter deiner Würde.«

»Was sagt er jetzt schon wieder?«, fragte Serafine ihren Mann.

»Dass das Geschenk sein Letzter Wille ist. Und seinen Letzten Willen dürfen wir ihm nicht abschlagen.«

»Das machen wir auch nicht«, befand Serafine. »Wenn er in dreißig Jahren todkrank ist, werden wir mit Freuden seinen Letzten Willen erfüllen.«

Sie tippte weiter auf ihrem Notebook herum.

»Er meint, er hat keine dreißig Jahre mehr«, flüsterte Bruno ihr jetzt zu. »Sondern nur noch wenige Wochen.«

Wie angestochen drehte Serafine sich um. »Das ist wirklich geschmacklos!«, rief sie.

Plötzlich piepte ihr Notebook und kündigte eine E-Mail an. Serafine wendete sich stirnrunzelnd dem Bildschirm zu.

»Du hast uns *was* geschickt?«, fragte Bruno ins Telefon. Er schaute seine Frau an, die noch ein bisschen blasser geworden war.

»Eine Mail von deinem Vater«, murmelte sie. »Es ist ein ärztliches Attest.« Sie hob den Kopf und nun sah sie gar nicht mehr wütend aus. Sondern traurig.

»Er hat wirklich nur noch wenige Wochen«, sagte sie leise.

Als er die Schritte seiner Mutter auf der Treppe hörte, sprang Max rasch ins Bett, zog sich die Decke über die Beine und griff sich das Buch, das neben seinem Bett lag. Er ärgerte sich über sich selbst. Er hatte die Terrasse nur deshalb bereitwillig verlassen, weil er überzeugt davon gewesen war, von seinem Zimmerfenster aus lauschen zu können. Aber er hatte so gut wie nichts verstanden.

Seine Zimmertür ging auf. Mama kam herein, sah sich um und stellte den Käfig dann auf den Schreibtisch vor das Fenster.

»Ich denke, das ist der beste Platz«, sagte sie. Sie setzte sich zu Max aufs Bett.

Er schaute sie ungläubig an. »Ich darf die Maus behalten?«, fragte er.

Seine Mutter nickte. »Das heißt nicht, dass ich das richtig finde. Aber vielleicht ist es ganz gut, wenn du in nächster Zeit einen

kleinen Freund hast.« Sie strich ihm über den Rücken. Das hatte sie schon lange nicht mehr gemacht und es tat gut. Max drückte sich fest an sie. »Danke!«, rief er. »Ich werde mich um sie kümmern. Versprochen!«

Seine Mutter drückte ihm einen Kuss auf den Kopf. »Das weiß ich doch«, sagte sie und stand auf.

An der Tür blieb sie stehen. »Aber jetzt wird nicht mehr mit der Maus gespielt. Ich habe ihr das Futter gegeben und das Trinkwasser aufgefüllt. Es ist Bettzeit. Morgen kannst du dich dann um sie kümmern.«

Natürlich war Max enttäuscht – aber er durfte die Maus behalten, das war das Wichtigste. Also tat er, was seine Mutter gesagt hatte. Er wollte sein Glück schließlich nicht überstrapazieren.

ERSTE KONTAKTE

SHAKIRA

»Liebe Kinder«, sagte ihr Klassenlehrer Herr Steiner am Donnerstag in der dritten Stunde, »nächste Woche ist es so weit. Der erste Kontakt mit dem wahren Leben steht euch bevor.«

Erzähl du mir nichts vom wahren Leben, dachte Shakira. Aber sie war klug genug, es nicht auszusprechen. Vor den Lehrern musste man sich in Acht nehmen. Die hatten die Hand am längeren Hebel, wie alle Erwachsenen. Wenn sie hier aussprach, was sie dachte, war es ratzfatz vorbei mit Förderung und der Aussicht auf einen Studienplatz und ein Leben frei von Abhängigkeit. Sie hatte sogar ein bisschen Verständnis für Herrn Steiners doofen Spruch. Außer ihr saßen hier ja nur Kinder, die wirklich nichts vom wahren Leben wussten. Die von ihren Eltern das eigene Hinterteil nachgetragen bekamen, weil sie es sonst nicht gebacken kriegten. Mit drei Haupt- und zwei Zwischenmahlzeiten am Tag, einem perfekt auf sie abgestimmten Kursprogramm, das ihre gesamte Freizeit durchstrukturierte, und einem klaren Plan, wo sie in drei, fünf, zehn und dreißig Jahren stehen würden. Die kannten keine Väter, die brüllten. Mütter, die zusammenbrachen. Eltern, die abhauten, und einen völlig überforderten

Onkel Wichmann, bei dem man landete, weil kein Heim einen haben wollte.

»Der größte Arbeitgeber der Region öffnet wie jedes Jahr seine Pforten für euch, damit ihr die spannende Arbeitswelt in einem Kosmetikkonzern und eure möglichen zukünftigen Tätigkeitsfelder kennenlernt.«

Herrn Steiners Stimme klang merkwürdig monoton und Shakira blickte auf. Kein Wunder, ihr Klassenlehrer las aus einer Broschüre vor, auf der groß das Logo der Firma prangte.

»Euch erwartet ein Tag voller Spannung, Spaß und aufregender Einblicke in eine hochinteressante Arbeitswelt.«

Eigentlich hätte ein Einblick in die Herstellung von Faltencreme und Körperlotionen Shakira nicht die Bohne interessiert, aber seit vorgestern war ein Besuch bei Blanche Industries etwas, das durchaus seinen Reiz für sie hatte.

Sie schaute hinüber zu Max, den die Neuigkeit nicht sonderlich zu jucken schien. Entweder er war ein hervorragender Schauspieler – was Shakira für ausgeschlossen hielt –, oder er war immer noch nicht eingeweiht. Es wurde langsam Zeit, dachte sie. Er sollte bloß nicht versuchen, das allein durchzuziehen.

MAX

Als Max mit Papa nach dem Fußballtraining nach Hause kam, platzte er fast vor Sehnsucht. Er dachte nicht an die blauen Flecken und die Schrammen, die er dank Pascals mörderischem Spiel unter seinen Klamotten trug. Er dachte nur an die Maus, die er endlich wiedersehen würde. Gestern hatte er keine Zeit für sie gehabt, weil seine Mutter

nach der Musikstunde noch mit ihm in die Stadt gefahren war, um neue Schuhe zu kaufen, was immer ewig dauerte. Und auch heute Morgen hatte er wieder nur einen kurzen Blick auf die Maus werfen können. Sie schlief friedlich und ließ sich gar nicht davon stören, dass er unnötigerweise das Wasser wechselte und das Futterschälchen auffüllte. Aber jetzt hatte er noch eine halbe Stunde Zeit bis zum Abendessen, und die würde er nur mit der Maus verbringen. Er wollte sie kennenlernen. Sie hatte ja noch nicht mal einen Namen.

Ungeduldig wartete er, bis Papa die Tür aufgeschlossen hatte, und wollte sofort die Treppe in sein Zimmer hochstürmen, doch die seltsamen Worte »Da ist ja mein neuer Fitnessbuddy!« hielten ihn auf.

In der Küchentür stand ein Mann. Ein riesengroßer Mann mit kurzen blonden Haaren, der ihn angrinste. Ein rotes T-Shirt mit der Aufschrift »Dein neues Leben!« spannte sich über einen Oberkörper, der nur aus Muskeln zu bestehen schien. Pascal hatte den Geburtstagsclown gruselig gefunden. Max fand diesen Mann gruselig.

Hinter dem Muskelberg erschien das Gesicht seiner Mutter.

»Schau mal, Max, das ist Derek.«

Max schaute erst sie, dann den Muskelberg, der wohl Derek hieß, verständnislos an.

»Dein Personal Trainer!«, erklärte Mama. »Ihr habt heute euer Vorgespräch, damit ihr euch schon mal kennenlernt und in euren Stunden am Samstag dann auch wirklich nur das trainiert, was dir Spaß macht.«

»Und ein gesunder Lebensstil kann auf so viele verschiedene Weisen Spaß machen«, ergänzte Derek mit einem begeisterten

Nicken, das Max noch mehr Angst einjagte. »Komm, ich beweise es dir.«

Er zerrte den Jungen hinüber ins Wohnzimmer, und Max schwante, dass seine Maus weiterhin namenlos bleiben würde.

Wie hatte er damit nicht rechnen können?, fragte sich Juan zur ungefähr gleichen Zeit ein Stockwerk höher, wobei er nicht einmal bemerkte, dass er gerade seinen Rekord – zehntausend Umdrehungen im Hamsterrad – knackte. Er hatte sich auf alles vorbereitet. Auf gewaltige körperliche Herausforderungen. Auf das Überleben in Extremsituationen. Auf Waffengewalt. Auf das Überstehen von Folter. Aber nicht darauf, zu völliger Tatenlosigkeit verdammt zu sein. Wann hatte denn dieser Junge mal Zeit für sich und damit auch für ihn? Er musste dringend mit ihm reden. Aber die beiden vergangenen Nächte war das Kind nur völlig erschossen nach einem kleinen, traurigen Tatscher auf Juans Kopf ins Bett gefallen und hatte keine zwei Minuten später geschnarcht. So war Personalbeschaffung wirklich schwierig. Und auch heute schien es wieder nichts zu werden. Es war schon fast sieben Uhr abends, wie Juan mit einem Blick auf den Micky-Maus-Wecker neben dem Bett des Jungen feststellte, und Max war immer noch nicht da. Gut, irgendwas musste Juan jetzt mal tun, er konnte ja nicht weiterlaufen, sonst zerschmolz demnächst das Hamsterrad unter dieser Dauerbelastung. Er sprang heraus, öffnete die Käfigtür und hüpfte auf den Teppich. Das schon fast unheimlich aufgeräumte Zimmer des

Jungen hatte er gestern bereits erkundet, und eine zweite Inspektion war das nun wirklich nicht wert. Im Bücherregal kein einziger Comic, nicht einmal ein Kinderkrimi, nur Sachbücher und Ratgeber, die davon handelten, was man als Kind alles *nicht* tun sollte (ungesunde Dinge essen, Zähneputzen vergessen und vor allem mit Fremden sprechen, das hatte in ganzen drei Bänden Platz gefunden). Keine Spielkonsole, kein Computer (was schlecht war) und kein Fernseher, stattdessen ausschließlich Brettspiele, die alle das Siegel »Von Pädagogen empfohlen!« trugen. Juan lief zur Tür, stellte sich auf die Hinterbeine, visierte die Türklinke an und sprang. Er hatte gehört, dass viele Katzen Türen öffnen konnten. Bei ihrem Körpergewicht kein Kunststück. Aber er war – das hatte der Chef gesagt, und der hatte eigentlich immer recht – wahrscheinlich die einzige Maus auf diesem Planeten, die durch reine Konzentration und Körperspannung dazu in der Lage war.

Juan schob sich auf den gefliesten Flur. Seine Pfoten begannen sofort zu kribbeln. Mit was putzten die hier? Salzsäure? Er schnupperte am Boden. Die leichte Minznote mochte Menschennasen schmeicheln, Juans trainierte Sinne erkannten sofort die chemische Keule darunter, die jedem Keim den Garaus machte.

Ein Geräusch traf seine Ohren. Stimmen. Er trippelte die Holztreppe hinunter (nicht einmal in den Teppichstücken, die das Ausrutschen vermeiden sollten, hatte sich ein Staubkorn verirrt) und folgte den Stimmen.

Die Eltern des Jungen waren in der Küche. Juan erspähte eine nicht ganz geschlossene Schranktür und flutschte hinein.

Ein völlig unerwarteter Geruch lenkte ihn ab. Er warf einen Blick hinter die blank geputzten Töpfe, die hier aufbewahrt wur-

den. Juan grinste. Da hatte anscheinend jemand sehr eilig einen Big Mac verstecken müssen. Er gönnte sich ein Stückchen Hackfleisch mit Käse und hörte zu.

»Wir sagen Max auf keinen Fall, dass Wunibald stirbt!«, beschloss Serafine Kühl. »Für das Thema Tod ist er noch viel zu jung. Da ist sich die Fachliteratur einig.«

»Aber wie willst du ihm erklären, dass sein Opa sich gar nicht mehr meldet?«, fragte ihr Mann jämmerlich.

»Forschungsreise! Wunibald macht eine sehr lange Forschungsreise«, entschied Serafine. »Wir schicken Max die nächsten Jahre Karten mit der Unterschrift deines Vaters, und dann, irgendwann, wenn er so weit ist … sagen wir es ihm natürlich.«

Bruno Kühl schnäuzte sich. »Und wo sind wir dieses Wochenende dann? Wir können ihm ja schlecht erzählen, dass mein Vater uns ein letztes Mal sehen will.«

»Fortbildung. Wir müssen auf eine Fortbildung, die kurzfristig anberaumt wurde. Ich habe Franziska schon angerufen, sie hat Zeit.«

Juan lächelte und schlich sich davon. Anscheinend hatte sein Chef geahnt, dass man dem Jungen mal ein bisschen Freiraum verschaffen musste.

Er war schon fast in seinem Käfig eingeschlafen, als Max endlich ins Zimmer kam. Juan streckte sich wohlig, während der Junge ihm sanft übers Fell strich. Morgen war ein neuer Tag, und wenn er richtiglag, würde das Wochenende endlich den Durchbruch bringen.

TRAINIEREN UND RECHERCHIEREN

MAX

Früher war der Samstag Max' Lieblingstag gewesen. Da hatte er einen ganzen Tag für sich gehabt, und sogar noch einen ganzen freien Tag vor sich. Doch das war nun auch Geschichte. Das Frühlingsfest der Sprachenschule, zu dem er heute Morgen mit seinen Eltern aufgebrochen war, wäre noch zu verschmerzen gewesen. Das fand ja nur einmal im Jahr statt, und dieses Jahr hatte auch keiner gemerkt, dass er bei dem japanischen Kinderlied, das er mit seiner Klasse einstudiert hatte, den Text vergessen hatte und deshalb nur die Lippen bewegte.

Aber Derek war keine einmalige Sache. Er würde jetzt jeden Samstag kommen. Mindestens ein Jahr lang.

Die neunzig Minuten Sport mit ihm waren Max wie eine Ewigkeit vorgekommen. Weder der Dauerlauf zum Einstieg noch das Power-Yoga im Stadtpark hatten ihm auch nur entfernt so etwas wie Spaß gemacht. Noch endloser war die halbstündige Nachbesprechung bei einem Eiweißshake im Café Fit. Hier hatte Derek begeistert über die zukünftigen Trainingspläne und Ernährungstipps referiert. Max hatte immer nur genickt, in der Hoffnung, dass es bald vorbei wäre.

»Nächste Woche fangen wir mit Schwimmen an. Die Firma

deines Vaters hat dem Stadtbad eine Komplettsanierung geschenkt, da kannst du dich dann richtig austoben.«

Aus alter Gewohnheit nickte Max erst mal, bis ihm klar wurde, was Derek gesagt hatte.

»Nein!«, rief er dann schnell.

»Nein?«, fragte Derek erstaunt.

»Ich kann nicht schwimmen«, erklärte Max.

Derek riss die Augen auf, als hätte ihm sein Schützling gestanden, er wäre ein Außerirdischer vom Planeten Delta-Trion. Dann lachte er begeistert auf, dass seine gewaltigen Brustmuskeln unter dem hautengen Shirt wippten.

»Super! Dann lernen wir das! Wenn wir fertig sind, melden wir dich zu den Jugendmeisterschaften an.«

»Aber ich habe Angst vor Wasser«, sagte Max. »Ich wäre als Kind fast mal ertrunken.«

»Angst hat nur einen Zweck, Buddy«, verkündete Derek mit heiligem Ernst in der Stimme. Er legte Max die Hand auf die Schulter. »Sie zu besiegen!« Jetzt lachte er wieder und zog aus seiner Trainingstasche etwas hervor. »Hier, deine Pillchen für die nächste Woche. Du nimmst sie doch wie abgemacht?«

Max seufzte. Schon im Vorgespräch am Donnerstag hatte Derek ihm Vitamine gegeben, die er von jetzt an jeden Morgen, jeden Nachmittag und jeden Abend schlucken sollte. Sie waren rot gestreift und sahen fast aus wie Pascals ADS-Tabletten, fand Max.

»Ähm … na ja … ich hab sie gestern genommen«, sagte er schnell. Ein Mal, wenn er genau war.

»Hey! Regelmäßigkeit ist wichtig. Dranbleiben ist wichtig. Meinst du, ich würde aussehen, wie ich aussehe, wenn ich *fast immer* auf meine Ernährung achte? Oder *fast immer* zum Sport

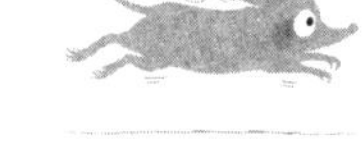

gehe?« Derek drückte eine Tablette aus der Silberfolie und legte sie neben Max' Glas mit dem erst halb runtergewürgten Eiweißshake. Max warf sie in den Mund und spülte sie mit dem Rest herunter.

»Sehr gut, Buddy!« Derek nickte.

»Sakura, Sakura! Yayoi no sora wa!«, sagte Max und fragte sich, wo der Text des japanischen Kinderliedes gewesen war, als er ihn heute Morgen auf dem Frühlingsfest so dringend gebraucht hatte.

SHAKIRA

Shakira hatte so viel Geduld mit Wichmann aufgebracht, wie sie nur konnte. Er hatte gefragt, ob sie Federball spielen wollte. Wollte sie nicht. (Shakira mochte Sport, solange man ihn alleine ausüben konnte.) Er hatte gefragt, ob sie in den Zoo wollte. Wollte sie nicht. (Shakira mochte Tiere, aber nicht in Begleitung von Onkel Wichmann.) Als sie basteln, etwas vorlesen oder einen Film gucken ebenfalls abgelehnt hatte, hatte er endlich aufgegeben und war doch zu seiner Selbsthilfegruppe gegangen, für deren Schwänzen er Shakira als Alibi benutzen wollte. Damit war ihr Samstag gerettet.

Kaum war er aus der Tür, krallte sie sich Wichmanns lahmen Laptop und nahm sicherheitshalber auch das Telefon mit, nur für den Fall, dass Dösbacke Max Kühl endlich mal zu Potte kam, worauf sie kaum noch Hoffnung hatte. Die letzten Tage in der Schule hatte sie ihn immer wieder auffordernd angeguckt, aber er hatte sich nur erschrocken weggedreht. Definitiv war der nicht eingeweiht.

Also hatte sie beschlossen, alleine loszulegen und schon einmal die Lage zu checken. Nachdem der Rechner endlich hochgefahren und die Suchmaschine bereit war, tippte sie einen Namen ein.

ANTOINE BLANCHE.

Erstaunlich, was das Internet da alles ausspuckte. Massenweise Bilder des größten Arbeitgebers der Region, meist an der Seite Prominenter. Profisportler sahen neben ihm schwach aus, Topmodels blass und Nobelpreisträger dumm. Das nannte man wohl fotogen.

Die Klatschpresse liebte ihn, alle anderen auch. Antoine war auch ein echter Wohltäter. Eine von ihm gestiftete Schule in Nicaragua trug seinen Namen, ein großzügig dank ihm aufgeforsteter Regenwald konnte von Touristen auf sogenannten Blanche-Pfaden erkundet werden, und wegen seiner zahllosen Spenden für den Tierschutz war sogar ein neu entdeckter Fadenwurm nach ihm benannt worden.

Ein durch und durch perfekter Mensch – das sagte das Internet über Antoine Blanche.

Aber da niemand besser wusste als Shakira, dass Menschen nicht perfekt waren, grub sie tiefer.

Juan hatte sich einmal mehr zu seinem Schrankversteck hinter den blank polierten Töpfen in der Küche der Kühls aufgemacht. Heimlich hatte er gehofft, dass der Big Mac vielleicht noch dort war, aber dem war nicht so. Wer auch immer ihn dort versteckt hatte – Juan hatte Max' Vater in

Verdacht – er hatte dieses Zeichen seiner Schwäche so schnell wie möglich verschwinden lassen. Dass dies kein Haushalt war, in dem Big Macs geduldet wurden, war ja mehr als offensichtlich.

Also hatte Juan den Schrank wieder verlassen, war auf die schicke chromglänzende Dunstabzugshaube geklettert und schaute jetzt, nahezu unsichtbar hinter dem Abluftrohr, Max' Eltern zu, wie sie hektisch herumwuselten, telefonierten und ihre Reise organisierten. Der Junge war noch mit dem muskelbepackten Etwas unterwegs, dem er heute Vormittag übergeben worden war. Als er schließlich nach Hause kam, saß bereits ein zuckersüß lächelndes Teenagermädchen auf der Küchenbank.

»Gut, dass ihr endlich da seid«, sagte die Mutter und drückte dem Muskelmann einen Geldschein in die Hand. Sie fuhr ihrem Sohn durchs Haar. »Schatz, wir müssen leider heute Abend zu Opa.«

Juan legte überrascht den Kopf schief. Wollten sie ihm etwa die Wahrheit sagen? Das schien ihm fast so unglaublich wie … wie eine Katze, die Vegetarierin war.

»Ist was mit Opa?«, fragte der Junge nach.

»Alles in bester Ordnung! Dem geht's blendend!«, rief der Vater viel zu schnell und viel zu fröhlich, um ihm das glauben zu können. Zumindest wenn man eine Maus von außergewöhnlichem Talent war. Menschen waren ja nicht ganz so begabt darin, eine Lüge zu erkennen, wenn sie eine hörten. Und Katzen waren halt auch keine Vegetarier, dachte Juan.

»Wir fahren nur ganz kurz bei Opa vorbei, bevor wir auf eine Fortbildung müssen«, ergänzte Frau Kühl hastig. »Aber natürlich lassen wir dich nicht alleine. Franziska hat sich bereit erklärt, auf dich aufzupassen. Morgen zum Mittagessen sind wir wieder da.«

Franziska war offenbar der Teenager am Küchentisch.

»Wir werden viel Spaß haben«, tönte sie und lächelte den Jungen herzallerliebst an. »Aber natürlich erst, nachdem wir mal ein bisschen Mathe und Japanisch geübt haben.« Die Eltern lächelte sie noch herzlicher an.

»Danke, Franziska«, sagten der Vater und die Mutter wie aus einem Mund und machten sich an den Aufbruch.

Das Mädchen winkte ihnen durchs Küchenfenster. Als das Geräusch des Autos zu hören war, drehte sie sich um. Das Lächeln war einem Ausdruck voller Verachtung gewichen.

»So, Schneckenhirn«, sagte sie und zog ein Smartphone und ein kleines Täschchen aus ihrem Rucksack. Sie legte beides vor sich auf den Tisch und wühlte weiter. »Du verziehst dich jetzt ins Wohnzimmer und guckst fern. Da, habe ich dir mitgebracht.« Sie warf dem Jungen eine quadratische Hülle zu, auf der Juan kurz ein lachendes Skelett erkannte.

»›Neues aus der Friedhofsgruft‹«, las der Junge vor. »Ich glaube nicht, dass meine Eltern das erlauben.«

Seine Babysitterin rollte die Augen. »Wenn ich dir was vorsetze, was deine Eltern erlauben, ist dir nach drei Minuten langweilig, und du gehst mir auf den Zeiger, und dafür habe ich keine Zeit. Ich hab ein paar Freunde eingeladen. Wir glühen hier vor, stylen uns auf und ziehen um die Häuser, wenn der Kontrollanruf durch ist.« Sie öffnete das Täschchen, zog einen Lippenstift heraus und begann, sich mit sicherer Hand zu schminken.

»Die Regeln sind dieselben wie beim letzten Mal: Ich sehe dich erst morgen wieder.«

Juan lächelte. Endlich alleine mit dem Jungen. Einen ganzen Abend lang.

»Bevor deine Eltern aufschlagen, baust du hier eines eurer langweiligen Brettspiele auf und guckst glücklich, wenn sie reinkommen. Wenn nicht, dann …«

»… werde ich die Hölle für das Paradies halten im Vergleich zu dem, was du mit mir machst«, vervollständigte der Junge den Satz, den er anscheinend schon häufiger gehört hatte.

Sie nickte.

»Möchtest du mal meine Maus sehen?«, fragte er schüchtern. Ups, dachte Juan. Das wäre jetzt ungünstig.

Zum Glück gab die Babysitterin ein würgendes Geräusch von sich. »Du hast eine Maus? Das ist ja ekelhaft! Nein, ich will die nicht sehen. Heute nicht, morgen nicht und in zehn Jahren nicht.« Sie klappte ihren Schminkspiegel mit schnappendem Geräusch zu.

»In zehn Jahren passt du doch gar nicht mehr auf mich auf«, sagte Max.

»Bei deinen Eltern wäre ich mir da nicht so sicher«, entgegnete Franziska und nahm ihr Smartphone vom Tisch.

»So, und jetzt fernsehen und die Franziska in Ruhe lassen. Die hat zu tun.« Sie zeigte auf die Wohnzimmertür. »Ach halt …« – der Junge blieb stehen – »… wo sind denn bei euch die Aschenbecher?«

»Bei uns raucht keiner«, antwortete der Junge.

»Ihr seid echt so langweilig. Das ist Schmerzensgeld, was man hier fürs Babysitten kriegt.« Mit einer wischenden Handbewegung gab Franziska dem Kleinen zu verstehen, dass er sich zu verziehen hatte. Als sie sich wieder auf ihr Telefon konzentrierte, machte sich Juan an den Abstieg, kehrte zurück in seinen Käfig und harrte dort der Dinge, die nun endlich kommen würden.

MAX

Wahrscheinlich hätte Franziska Max jedes Haar einzeln und langsam ausgerissen, wenn er es ihr gesagt hätte, aber tatsächlich war es so: Er mochte sie. Auch wenn er der Einzige in seinem Alter war, dem es so ging. Die stellvertretende Schulsprecherin des Freiherr-von-Stein-Gymnasiums mit einem Notenschnitt von 1,2, die einmal jährlich irgendeinen Schülerwettbewerb gewann, war die beliebteste Babysitterin der Stadt. Bei den Eltern zumindest. Die Kinder kannten Franziskas anderes Gesicht und fanden es Furcht einflößend. Wenn ein Mädchen oder ein Junge in Max' Klasse morgens besonders blass aussah, lag es meistens daran, dass Franziska am Abend vorher gebucht war. Selbst Pascal fürchtete sich vor ihr, auch noch, seitdem er so ein Arsch geworden war. Vor einigen Wochen hatte er es gewagt, sich Franziskas Lieblingsspiel »Wer kann am längsten still sein?« zu widersetzen und hatte als Resultat drei Stunden im begehbaren Kleiderschrank seiner Mutter verbracht. Als er irgendwann schrie, dass er aufs Klo müsse, hatte ihm Franziskas Hand kommentarlos eine leere Wärmflasche hereingereicht. Kurz bevor Pascals Eltern heimkamen, befreite Franziska ihn.

»Das sage ich meinen Eltern«, hatte Pascal gedroht.

Franziska antwortete: »Gut. Eine Woche wird vergehen. Zwei Wochen werden vergehen. Drei Wochen werden vergehen. Und dann …«

Sie winkte mit der Wärmflasche.

»Wirst du sie leer trinken. Bis zum letzten Tropfen.«

Pascal hatte nichts erzählt und spielte seitdem jedes Spiel von Franziska brav mit.

Bei Max musste sie gar nicht drohen. Er konnte sehr lange still

sein und genoss es, wenn er einfach mal ein Buch seiner Wahl lesen konnte. Er fand es toll, wenn sie mit ihm Hausaufgaben machte, weil sie ihm dann einfach immer die richtigen Lösungen diktierte und ihn nur anschrie, wenn er zu langsam mitschrieb. Aber die eingesparte Zeit war es wert. Denn das verschaffte Franziska ihm: Zeit ganz für sich alleine. Wenn Mama angerufen hatte, würde sie bis in die frühen Morgenstunden weg sein, und Max würde sich endlich, endlich, endlich einmal ganz ausführlich mit der Maus beschäftigen können.

Bis dahin vertrieb ihm Franziskas Film die Zeit, den Max ziemlich aufregend fand. Ein ständig lachendes Spezialeffekt-Skelett mit glühenden Augen führte durch scheinbar unendlich viele Episoden, in denen es um böse Menschen ging, die böse Dinge taten und zum Schluss eines schrecklichen Todes starben. Danach kommentierte das Skelett das immer mit einem blöden Spruch wie »Tja, jetzt verstehen wir alle ein bisschen besser, was eine grausame Wahrheit ist, nicht wahr? Hahaha!«, und dann ging es weiter. Auch wenn Max sich sicher war, dass ihn glühende Augen und abgetrennte Köpfe bis in seine Träume verfolgen würden, fand er es fast ein bisschen schade, als das Telefon klingelte.

Franziska fegte ins Wohnzimmer, schaltete den Fernseher aus und warf ihre abgerauchte Zigarettenkippe in die chinesische Vase.

»Hey, Schneckenhirn!«, rief sie. »Hände wieder weg vom Gesicht und glücklich klingen!«

Sie ging ans Telefon.

»Hallo, Frau Kühl!«, rief sie mit der Franziska-Elternstimme.

»Alles bestens. Wir haben gerade ein paar Vokabeln gepaukt und spielen jetzt Scrabble. Verbessert die Rechtschreibung und

erweitert den Wortschatz. Meine Eins in Deutsch kommt ja nicht irgendwoher.« Sie lachte ihr charmantestes Lachen. »Ja klar. Kleinen Moment, hier ist er.«

Franziska reichte Max den Hörer. Ihr Blick sagte unmissverständlich, dass sie nichts weniger als das glücklichste Kind der Welt erwartete. Offensichtlich spielte er seine Rolle ganz okay, denn als Franziska und ihre gackernden Freundinnen das Haus verließen, war Max' sehnlichster Wunsch in Erfüllung gegangen.

Er saß nicht im Wandschrank, sondern allein in der Küche. Es war erst kurz nach acht, und der ganze Abend und die halbe Nacht lagen verheißungsvoll vor ihm.

Fast hatte Juan nicht mehr daran geglaubt. Schließlich war beinahe eine Woche vergangen. Er hatte schon mit dem Gedanken gespielt, den Einsatz abzubrechen und zum Chef zurückzukehren, weil er einfach keine ruhige Minute mit dem Jungen bekam.

Doch das Wunder war geschehen. Max war allein. Und er fiel nicht sofort nach einem kurzen Streicheln über Juans Kopf todmüde ins Bett. Stattdessen kam der Junge ganz aufgekratzt mit einem Tablett in das Zimmer gestürzt und rief in Juans Richtung: »Bin gleich bei dir!«

Max malte irgendwas auf einen Zettel, legte ihn auf den Schreibtisch, schenkte sich aus einer Flasche ein Glas seltsam gesund aussehende Limonade ein und rückte dann Juan in seinem Käfig näher heran.

»Hallo«, sagte Max und schaute Juan sehr feierlich an, während er die Käfigtür öffnete. »Ich bin Max. Dein Besitzer. Ich weiß, du kennst mich kaum, aber heute habe ich endlich mal Zeit. Und als Erstes …« – der Junge zeigte auf das Stück Papier – »… brauchst du einen Namen.«

Juan flitzte durch die Tür und studierte das Blatt. Drei Worte

standen darauf und darunter war jeweils ein großes Kästchen gemalt. Der Junge nahm etwas vom Tablett und rollte auf seinem Bürostuhl zurück.

»Ich konnte mich einfach nicht entscheiden«, sagte er, »deshalb hast du jetzt die Qual der Wahl. Wenn du Piepsi heißen möchtest« – er hielt eine Weintraube hoch und legte sie dann in das Kästchen unter dem Wort »Piepsi« –, »musst du diese Traube essen. Dieses Stück Käse« – er hielt einen Würfel laktosefreien »Weihensteiner« hoch, das erkannte Juan sofort am Geruch – »steht für den Namen Fussel. Wenn du heißen willst wie mein Opa, entscheide dich für dieses Stück Schokolade, und schon bist du Wunibald.« Er legte ein schwarz-braunes Quadrat, das eher aussah wie ein Stück Holzkohle, in das letzte verbliebene Kästchen.

Juan lief auf das Blatt, schnupperte an der Schokolade, die auch wie Kohle roch, und schob sie über die Kante des Papiers. Der Junge sah ihn stirnrunzelnd an. Juan ging zur Weintraube, gab ihr einen Schubs mit der Nase, und sie kullerte vom Schreibtisch. Zuletzt nahm er den Käsewürfel zwischen die Vorderpfoten und schleuderte ihn mit einer Drehung von sich.

Eigentlich hatte Juan jetzt mit voller Aufmerksamkeit für sich gerechnet, aber der Junge schaute tatsächlich dem blöden Käsewürfel hinterher. Er ging auch noch in die Knie, um ihn unter dem Bett hervorzuwühlen.

Juan räusperte sich. Der Junge wühlte weiter. Also sagte Juan mit fester Stimme: »Ich heiße Juan. Man nennt mich auch die Maus des Todes. Und für solche Kinkerlitzchen haben wir keine Zeit.«

MAX

Max schrie. Er schrie, wie er noch nie zuvor in seinem Leben geschrien hatte. Nicht, weil das, was er gehört hatte, so gruselig war. Das war eigentlich nur seltsam.

Er schrie, weil es einfach niemanden gab, der es hätte aussprechen können. Seine Eltern waren auf der Fortbildung, Franziska war wer-weiß-wo. Dementsprechend war hier ein Elfjähriger jemandem schutzlos ausgeliefert. Jemandem, der Juan hieß und offensichtlich Spanier war, so fehlerfrei wie er das J als »Ch« aussprach, was Max auch nach drei Jahren Spanisch in der Schule noch nicht richtig hinbekam. Jemandem, der keine Zeit für Kinkerlitzchen hatte und sich zu allem Überfluss auch noch »Die Maus des Todes« nannte.

Moment: *Die Maus des Todes?* Langsam drehte Max sich um. Piepsi-Fussel-Wunibald stand auf seinen Hinterläufen und schaute ihn auffordernd an.

Max' Kehle war völlig ausgetrocknet. Er räusperte sich und fragte dann: »Bist du Schuan?«

Die Maus antwortete: »*Ch*uan. Das muss ganz locker hinten aus der Kehle kommen, sonst klingt es irgendwie albern.«

Max schrie wieder. Er schrie sehr lange. Die Maus stand mit verschränkten Ärmchen vor ihm und tappte ungeduldig mit der linken Hinterpfote auf. Mit dem letzten Rest Luft aus Max' Lunge versiegte auch sein Schrei.

»Bist du jetzt fertig?«, fragte die Maus.

»Nein«, krächzte Max, aber es klang so unverständlich, dass die Maus es offenbar als »Ja« auffasste.

»Gut. Dann hol mal das Telefon. Du musst einen Anruf machen.«

SHAKIRA

Shakira hatte ein Buch von dem Wühltisch vor dem Antiquariat mitgehen lassen. Da es eh nur einen Euro gekostet hätte, war das eigentlich fast kein Diebstahl, fand sie. Es war aber durchaus Ruhestörung, dass Onkel Wichmann an ihre Tür klopfte, obwohl sie behauptet hatte, sie wolle früh schlafen gehen. Daher ignorierte sie ihn und las weiter im »Lexikon der Serienmörder«. Es gab echt eine ganze Menge kranke Menschen, dachte sie. Sie war schon auf Seite 120 und gerade mal beim Buchstaben C.

Wichmann klopfte wieder.

»Was denn?«, fauchte Shakira.

Die Tür öffnete sich einen Spalt und Onkel Wichmann lugte herein.

»Telefon für dich«, sagte er schüchtern. »Kennst du einen Max Kühl?«

»Wird ja auch Zeit.« Shakira stand auf und nahm den Hörer entgegen.

»Adresse?«, begrüßte sie den Anrufer, bekam sie genannt und legte mit »Bin gleich da« wieder auf. Dann krallte sie sich Harvey und ihren Rucksack.

»Gehst du noch mal weg?«, fragte Wichmann, als sie zur Haustür marschierte.

»Nein, ich wollte mir nur mal angucken, wie unsere Türklinke aussieht. Natürlich gehe ich weg. Was soll die Frage?«

»Nun ja, es ist fast neun, ich finde das etwas spät für ein Mädchen in deinem Alter. Und ich finde, dieser Junge klang irgendwie … verängstigt …«

»Und ich finde, du bist nicht meine Mutter und auch nicht

mein Vater, und daher ist es völlig unwichtig, was du wie findest«, sagte Shakira.

JUAN

Der Junge war ohnmächtig geworden. Eigentlich hatte Juan geglaubt, Max hätte es endlich verkraftet, dass sein neues Haustier weder Wunibald, Fussel noch Piepsi heißen wollte und für eine Maus recht gesprächig war. Aber dann hatte er Juan nach seinem Telefonat mit ganz großen Augen angesehen und gefragt: »Habe ich da eben mit Shakira gesprochen?«

Als Juan sagte »Ein sehr begabtes Mädchen«, hatte der Kleine lustig die Augen verdreht, und dann hatte es ihn zack-bumm zerlegt. Juan krabbelte ihm über die Beine, den Bauch und die Brust hoch ins Gesicht und patschte ihm mit seinen Pfötchen auf die Backe. Dass die Leute immer so austickten, wenn er mit ihnen sprach. Mit wem sollte er denn sonst reden? Mit Katzen vielleicht? Das wären wohl ziemlich kurze Gespräche. Mit ein paar netten Ratten hätte Juan in den vergangenen Tagen des Wartens gern ein Pläuschchen gehalten, aber so ein klinisches Ambiente wie das Haus der Kühls fanden Ratten nicht gerade gemütlich.

Die Reaktion des Jungen auf Juans Gesprächigkeit war auf jeden Fall etwas hysterisch. Das Mädchen, das er kennengelernt hatte, als sie an Max' Geburtstag auf dem Schulhof das Paket ausgepackt hatte, war dagegen ganz anders. Sie war nicht mal sonderlich verwundert gewesen. Nur erfreut.

Damit war sie sogar noch cooler als der Chef. Der hatte damals nämlich auch ein bisschen geschrien, als Juan ihn ansprach, und dann lange die Beipackzettel seiner Herztabletten kontrolliert, ob Juans Plauderlaune eine Nebenwirkung von irgendwas war. Im Großen und Ganzen hatte der Chef sich aber doch recht schnell gefangen. Ohnmächtig werden war nun wirklich übertrieben.

Oder war der Junge vielleicht tot?

Jemand, der anscheinend nicht mal allein über die Straße gehen durfte, war vielleicht komplett überfordert mit einer Überraschung wie Juan.

Er sah über die Schulter und beruhigte sich. Der Brustkorb des Jungen hob und senkte sich. Nicht tot. Nur ohnmächtig.

Oder vielleicht schlief Max auch einfach. Bei dem Pensum, das er da jeden Tag abzuleisten hatte, war wahrscheinlich jede Gelegenheit für ein Nickerchen Gold wert. Aber egal, ob Nickerchen oder Ohnmacht: Dafür war jetzt nicht die richtige Zeit. Ihre Komplizin war auf dem Weg und jemand musste ihr aufmachen. Die Eingangstür war mit einem Fingerabdrucksensor gesichert, der mit einer Mäusepfote nichts anfangen konnte, das hatte Juan schon abgecheckt.

Er gab das sinnlose Gepatsche im Gesicht des Jungen auf und sah sich um. Okay, Plan B musste her. Der Junge lag direkt vor seinem Schreibtisch. Und auf dem Schreibtisch … Doch, das müsste klappen.

Juan kletterte auf den Bürostuhl und sprang von der Sitzfläche auf den Tisch.

Es klingelte. Jetzt war wirklich Tempo angesagt.

Juan schob sich zwischen die Stäbe und den Wasserspender, der an der Außenseite des Käfigs befestigt war. Er suchte mit den

Hinterläufen Halt und drückte dann fest mit dem Rücken gegen den Spender.

Es klingelte erneut, zweimal kurz und lang hintereinander. Geduld war wohl keine große Stärke ihrer Partnerin.

Mit einem Klicken löste sich der Wasserspender aus der Halterung und rollte über den Schreibtisch. Bevor er herunterfiel, war Juan schon über ihn gehüpft, hielt ihn auf und schob ihn in die richtige Position. Der Hahn des Spenders war nun direkt über dem Gesicht des Jungen.

Wieder klingelte es, immer und immer wieder, bis das Läuten gar nicht mehr aufhörte.

Ein Tropfen löste sich und landete auf Max' Wange. Der Junge stöhnte leicht.

Juan stellte sich vor die Mitte des Wasserspenders. Er atmete tief ein. Ging in die Knie. Konzentrierte sich.

Dann sprang er in die Luft, drehte sich in die Waagerechte, spannte die Muskeln an und verzehnfachte damit sein natürliches Körpergewicht, bevor er auf dem Spender aus Weichplastik aufkam.

Das Klingeln verstummte.

SHAKIRA

Sechzig Sekunden. Shakira hatte mitgezählt. Ihr Zeigefinger hatte eine ganze Minute lang auf dem Klingelknopf geklebt, und nichts rührte sich.

Was war los? Hatte der Schwachmat Schiss bekommen und war abgehauen? Oder hatte ihn jemand eingesperrt? Diesen übervorsichtigen Eltern der Kinder an der McKinsey-Schule war ja alles zuzutrauen.

Sie schlug noch dreimal lustlos mit der Unterseite ihrer Faust gegen die Klingel. Es blieb dabei: Im Haus rührte sich nichts.

Egal, wenn sie nicht durch die Eingangstür reinkam, musste sie halt einen anderen Weg finden. Sie lief auf den Rasen vor dem Haus. Sofort sprangen Bewegungsmelder an und warfen kaltes Licht auf den brutal kurzgeschorenen Rasen. Warum schnitt man ihn überhaupt so kurz, fragte sich Shakira, während sie um das Haus herumging. Wenn man kein Gras mochte, konnte man es auch gleich lassen.

Ein weiterer Bewegungsmelder sprang an, und fahles Licht erhellte den Garten hinter dem Haus, der aussah wie eine Kopie der Vorderseite. Die gleichen Spießerblumen in den Beeten (Rosen, rote Rosen natürlich), das gleiche abgefräste Gras. Nur gab es statt des Weges zum Hauseingang eine Terrasse. Und in einem der Fenster des oberen Stockwerkes brannte Licht. Es war also doch jemand zu Hause.

Ach ja, und noch etwas war anders. Vor dem Fenster stand ein Baum. Eine Kastanie, natürlich ebenfalls brutal zurechtgestutzt. Aber da war noch der kümmerliche Rest eines dickeren Astes, und von dort aus konnte man schon die ersten Zweige der Baumkrone greifen.

Shakira packte ihren Stoffhasen fest am Arm und wirbelte ihn im Kreis herum. Immer schneller und schneller, bis sie ihn losließ. Er verfing sich in den Ästen nahe dem Fenster. Mit seinem herabbaumelnden Auge sah er aus wie die Osterdekoration eines Wahnsinnigen.

Harvey war schon mal oben.

EINE MISSION, DIE NICHT SCHEITERN DARF

MAX

Regen!, dachte Max. Schön. Er mochte Regen. Aber dann machte er sich gleich Sorgen. Es regnet, aber ich habe nur meinen Schlafanzug an. Das wird Mama nicht gefallen.

Irgendwas stimmte nicht an dem Gedanken. Max fuhr sich mit geschlossenen Augen die Beine entlang. Doch, das war seine Schlafanzughose. Warum sollte er damit draußen sein?

Dann kam die Erkenntnis. Er war nicht draußen. Er war mit einer sprechenden Maus in seinem Zimmer, die ihn gezwungen hatte, Shakira Asozial anzurufen. Er riss die Augen auf.

Die Maus saß auf seiner Brust und schaute ihn prüfend an. Dann hob sie die Pfote, klappte zwei Finger ein (war das nicht süß, sie hatte sogar kleine Fingerchen) und bewegte das Ärmchen ganz langsam von rechts nach links.

»Wie viele Finger?«, fragte die Maus.

Bevor Max die Frage beantworten konnte, klopfte es ans Fenster. Max schrie auf. Und dann schrie er gleich noch mal, als er Shakiras Gesicht erblickte.

Sie hing wie ein gruseliger Affe vom Kastanienbaum und machte eine genervte Handbewegung, damit er endlich das Fenster aufmachte.

Jetzt fehlte eigentlich nur noch ein ständig lachendes Skelett mit Spezialeffektaugen und das Ganze wäre eine weitere Episode aus Franziskas Gruselfilm.

Nachdem Max das Fenster geöffnet hatte, flog erst einmal der scheußliche Plüschhase ins Zimmer und landete mit einem klickernden Geräusch auf dem Korkboden. Seine Besitzerin folgte kurz darauf.

»Hallo«, sagte Max.

»Tür aufmachen wäre auch eine Idee, oder?«, antwortete Shakira. Sie sah sich um und runzelte die Stirn. »Igitt, ist das aufgeräumt. Na ja, macht bestimmt eine Putzfrau.«

»Aufräumen tu ich selber!«, protestierte Max. »Die Putzfrau saugt nur und putzt und desinfiziert.«

»Können wir uns bitte auf das Wesentliche konzentrieren?«, ging Juan dazwischen. »Wir wissen nicht, wann deine Babysitterin zurückkommt.«

»Ach, eine Babysitterin auch noch?«, fragte Shakira mit ihrem typischen »Was für ein Loser«-Gesicht, und Max ärgerte sich, dass er deshalb rot anlief.

»Ich habe sie mir bestimmt nicht selbst ausgesucht!«, fauchte er.

»Kinder, ihr seid nicht so bei der Sache, wie wir das brauchen.« Die Maus blickte zu Max. »Das könnte jetzt etwas kitzeln«, warnte sie und war im nächsten Moment schon Max' Bein hochgekrabbelt und kletterte über das Oberteil des Pyjamas auf seine Schulter, was Max irgendwie beruhigend fand. Die Maus stellte sich auf die Hinterläufe und schaute Shakira an. »Shakira! Du bist ein hochintelligentes Mädchen«, fing sie an.

Shakira nickte statt dem angebrachten »Danke«.

»Aber an deinen Umgangsformen und am Blick fürs Wesentliche müssen wir noch arbeiten«, fuhr Juan fort.

Dann drehte er sich zu Max. »Max«, sagte er. »Du bist ein netter Junge, hast ein großes Herz und der Chef vertraut dir. Aber du kannst nicht ständig schreien oder umkippen, sonst ist die Mission gescheitert, bevor sie überhaupt losgeht.«

»Welcher Chef? Welche Mission?«, fragte Max. Er versuchte, irgendwie mitzukommen.

Juan nickte. »Gut«, meinte er aufmunternd. »Fragen sind gut.«

»Zumindest besser als Schreien und Umkippen«, kommentierte Shakira, verstummte aber immerhin, als Juan ihr einen scharfen Blick zuwarf.

»Okay, Max«, sagte die Maus. »Du willst wissen, wer der Chef ist. Du willst wissen, was die Mission ist. Damit du diese Antworten kriegst, brauchen wir einen Laptop.«

»Ich habe keinen Laptop«, erwiderte Max.

»Du hast keinen Laptop?« Shakira ließ sich auf einen Stuhl fallen. »Deine Eltern engagieren dir einen Babysitter, dein keimfreies Zimmer ist größer als die Wohnung meines schwachsinnigen Onkels, und dein Hintern wird wahrscheinlich jeden Morgen mit Goldstaub gepudert, aber du hast keinen Laptop?«

Max bemerkte, dass sein Gesicht wieder glühte vor Scham. Das war doch ungerecht! Er hatte echt keinen leichten Tag gehabt, angefangen mit einem übermotivierten Muskelprotz, der ihn zu grauenhaftem Sport zwang, über plötzlich abdampfende Eltern, die ihn der legendären Grusel-Franziska auslieferten, bis hin zu einer sprechenden Maus. Zum krönenden Abschluss musste er sich jetzt auch noch vom unbeliebtesten Mädchen der Schule in seinem eigenen Zimmer beleidigen lassen. Ein Pascal hätte jetzt

wahrscheinlich einen Wutanfall vom Feinsten aufs Parkett gelegt, aber dafür war Max halt nicht der Typ.

»Kannst du nicht einfach mal so tun, als hätte ich dich freiwillig eingeladen, und dich benehmen wie ein … Gast? Also, einfach wie ein normaler Mensch?«, fragte er stattdessen. Max glaubte nicht, dass er Shakira überzeugt hatte, aber wenigstens hielt sie mal den Mund und keifte nicht gleich weiter.

»Bravo«, sagte Juan und klatschte in die Pfoten. »Das musste echt mal geklärt werden, Max. Aber zurück zum Laptop. Gibt es denn wirklich keinen Computer im Haus, Junge?«

Max zögerte. »Doch«, entgegnete er. »Im Schlafzimmer ist der Ersatzrechner von meiner Mutter. Aber der ist mit einem Passwort …«

»Kein Aber«, sagte Shakira schnell. Sie hatte sich offenbar wieder gefangen. »Den holen wir jetzt.«

Max schaute Juan an.

»Da muss ich der unhöflichen jungen Dame nun leider recht geben«, sagte die Maus. »Den holen wir jetzt.«

Also zogen die drei los.

Juan bat den Jungen darum, den Laptop auf den Schreibtisch zu stellen. Während er von Max' Schulter auf die Tischplatte sprang, ärgerte er sich über das Mädchen. In jedem Zimmer, durch das sie gekommen waren, meckerte sie an der Einrichtung, an Max oder an dessen Eltern herum. Inhaltlich lag sie sicherlich nicht völlig falsch, aber man konnte das auch höflicher sagen. Oder, noch besser, gar nicht.

Die Verärgerung dauerte aber nur den Sprung lang an. Das Studium fernöstlicher Entspannungstechniken erlaubte Juan, in Sekundenbruchteilen negative Gefühle aufzulösen und die in ihnen liegende Energie für andere Dinge zu nutzen.

Max klappte den Laptop auf und der Anmeldebildschirm erschien. Das Mädchen nahm den Bürostuhl und setzte sich vor die Tastatur.

»Passwort?«, wollte sie wissen.

»Tja, ich glaube, ich hab dieses Problem bereits angesprochen«, entgegnete Max.

Shakira verdrehte die Augen, erwiderte aber wenigstens nichts.

»Okay, ›Max‹ ist zu kurz. Wie ist dein Geburtsjahr?«, fragte Shakira.

Er sagte es ihr und meinte dann: »Aber meine Mutter würde niemals so ein simples Passwort nehmen. Sie ist Datenschutzbeauftragte in ihrer Abteilung!«

Shakira tippte unbeeindruckt weiter, und auf dem Laptop erschien der Schriftzug »Herzlich willkommen!« vor dem Bild eines Wasserfalls in einem Dschungel.

»Alleinstehende Männer nehmen zu 50 Prozent entweder ›12345‹ oder ›Passwort‹ als Passwort. Alleinstehende Frauen in 45 Prozent ›Liebe‹ und ihr eigenes Geburtsjahr. Verliebte zu 67,5 Prozent den Namen und das Geburtsjahr des oder der Angebeteten. Und Mütter in 75 Prozent Namen und Geburtsjahr des zuletzt geborenen Kindes. Deine Mutter ist nicht gerade originell«, erklärte Shakira.

Juan seufzte. Bevor das Mädchen weitere Beleidigungen absondern konnte, brauchte sie etwas zu tun.

»Shakira, hol mein Futterschälchen aus dem Käfig«, befahl er, und sie gehorchte.

»Gut, jetzt bitte das Futter ausschütten. Auf dem Boden ist in der rechten Ecke eine kaum sichtbare Lasche. An der bitte ziehen.« Sie tat es.

»Ein USB-Stick!«, rief der Junge, als er erkannte, was sich in dem Fach unter dem Boden befand. Shakira schnappte ihn sich wortlos und steckte ihn an den Laptop. Ein Fenster öffnete sich auf dem Bildschirm, in dem nun ein Video ablief.

»Ein alter Mann vor einer Webcam«, definierte Shakira.

»Opa!«, rief Max.

»Der Chef«, seufzte Juan glücklich.

EINE KRANKHEIT NAMENS FATALOMOSIE

MAX

»Hallo, Lieblingsenkel«, sagte Opa Wunibald, und Max reagierte mit einem verblüfften »Hi«, was Shakira sofort mit »Das ist ein Video. Er kann dich nicht hören« kommentierte.

»Hallo, Juan«, fuhr Großvater fort. »Ich freue mich, dass ihr dieses Video seht. Das heißt, dass wir schon sehr weit gekommen sind. Aber leider bedeutet es auch, dass es kein Zurück mehr gibt auf einem Weg, der nicht ganz ungefährlich ist. Noch dazu seid ihr auf euch allein gestellt. Denn ich werde …« – Opa Wunibald sah traurig aus – »… schon sehr bald sterben.«

Max sog scharf die Luft ein. Sein Herzschlag setzte einen Moment aus. Hatte Opa das gerade wirklich gesagt?

»Ich habe eine sehr schnell verlaufende, tödliche Krankheit namens Fatalomosie. Eingefangen in diesem wunderbaren Urlaub in den Tropen. Ach, diese Pflanzenwelt …« Opa Wunibalds Gesicht nahm einen verträumten Ausdruck an.

»Aber egal: Nach einem letzten rührenden Besuch deiner Eltern am Bett des Todkranken werde ich einige Tage darauf versterben. Beerdigung, also Urnenbeisetzung, im aller-allerengsten Familienkreis ist dann, wenn sich der passende Termin findet.«

Max hörte mit schreckensstarrem Gesicht die Ausführungen seines Großvaters.

Shakira nickte anerkennend. »Also, eins muss man deinem Opa lassen, der ist echt gut vorbereitet. Sauber organisiert bis zum Schluss. Kaum zu glauben, dass jemand, der immer noch Schuhe mit Klettverschlüssen trägt, mit so einem verwandt ist.«

»Shakira, bitte«, ermahnte Juan sie.

»Er stirbt!«, schrie Max. »Mich interessieren keine Klettverschlüsse! Er stirbt!«

Shakira schaute zu Boden.

»Immer noch besser, als einfach so abzuhauen«, murmelte sie.

»So viel zu meinem Tod«, machte Opa munter weiter im Video. »Jetzt aber zu den wirklich wichtigen Dingen …«

Auf dem Bildschirm kam plötzlich eine Maus ins Bild und krabbelte Max' Opa über den Ärmel. Es war Juan. Auf Wunibalds Schulter stellte er sich auf und tuschelte ihm etwas ins Ohr.

»Richtig«, nickte Opa. »Fast vergessen: Ich sterbe natürlich nicht. Alles nur Theater. Um meine Verfolger abzuschütteln, deine Eltern mal ein bisschen von dir fernzuhalten und so. Fatalomosie … Ich hoffe, du hast nicht wirklich an eine Krankheit mit so einem bescheuerten Namen geglaubt.« Opa kicherte, und Max wusste nicht, ob er erleichtert oder sauer sein sollte.

»So, aber jetzt wie gesagt: Kommen wir zum wirklich Wichtigen. Setzt euch hin, dimmt das Licht, dreht den Ton auf und genießt. Ich habe drei Tage für den Film gebraucht.«

Der Bildschirm wurde schwarz. In einem abnehmenden weißen Kreis war eine schwarze Drei zu erkennen. Dann eine Zwei. Dann eine Eins. Dann erschien die Einblendung des Filmtitels: Etwas wirklich Wichtiges.

»›Etwas wirklich Wichtiges‹?«, fragte Shakira. »Das ist ja mal ein lahmer Name für einen Film.«

»Pst«, zischte Juan, während sich auf dem Bildschirm eine Reihe von Fotos wie Spielkarten auffächerten.

»Als Eduard Weißgerber vor über hundert Jahren sich und seiner Firma den Namen Blanche gab, wusste er genau, was er wollte: Arbeit und Wohlstand für seine Stadt. Und natürlich: Schönheit für alle«, erklärte Wunibald Kühls Stimme. Dabei flog das linke Foto in die Mitte des Bildes. Es war die Schwarz-Weiß-Aufnahme eines Mannes mit schwarzen, reichlich ausgedünnten Haaren und einem an den Ecken lustig hochgezwirbelten Schnurrbart, der seltsam struppig wirkte.

»Und jeder Firmenchef nach ihm verfolgte diese Ziele weiter.«

Das zweite Foto nahm den Platz des vorigen ein. Es zeigte in künstlich wirkenden Farben einen Mann mit noch weniger Haar, einem noch struppigeren Bart und einer ganz schön dicken Brille.

»Oswald Blanche sorgte für sichere automatische Fertigungsanlagen, eine Krankenversicherung für alle Angestellten und den arbeitsfreien Sonntag.«

»Den hätte ich auch gerne«, seufzte Max.

Das nächste Bild. Ein Mann, der so langweilig aussah, dass das Bild schwarz-weiß wirkte, obwohl es in Farbe war.

»Ferdinand Blanche brachte der Welt das Schönheitsprogramm für Männer.«

»Damit hätten die mal eher anfangen sollen, so wie die alle aussehen«, murmelte Shakira.

»Alexander Blanche schließlich führte die Firma in die Zeit, die als die goldenen Jahre bekannt werden sollte«, erzählte Opa

Kühl, während das vorletzte Bild in die Mitte flog. »Er verpflichtete die klügsten Köpfe Europas zum Dienst für die Schönheit.«

»Da ist Opa«, rief Max und zeigte auf einen jungen Mann mit langen Haaren, der grinsend einem freundlich aussehenden dicken Herren vor einer Abfüllanlage für Parfümflaschen die Hand schüttelte.

Das Bild verblasste, wie auch alle anderen Fotos – bis auf eines, das langsam nach vorne zog. Eine düstere Melodie ertönte, die in schrille Geigenklänge mündete, als das letzte Foto in der Mitte stand. Der Mann darauf war noch sehr jung, hatte die weißesten Zähne und das breiteste Lächeln, das Max kannte und auch schon in echt gesehen hatte.

»Und dann kam …«, begann Wunibald Kühls düstere Stimme,

»… Antoine«, vollendete Shakira mit ihm den Satz.

Max schaute irritiert zu Shakira. Er hatte Antoine Blanche schon auf ein paar Firmenfesten getroffen, aber woher wusste Shakira Asozial, wie der Chef seiner Eltern aussah?

»Antoine tat Dinge, die seine Vorfahren niemals gutgeheißen hätten«, erzählte Opas Stimme. »Er ging an die Börse, einfach weil er so viel Geld wie möglich haben wollte. Er kippte billige Ascorbinsäure statt edlem Rosenwasser in seine Cremes, nannte das ›den Vitaminkick für die Haut‹ und verdoppelte bei halbierten Produktionskosten den Preis. Er verlagerte Produktionsstätten ins Ausland, wo niemand nachprüfen konnte, unter welchen Bedingungen die Menschen dort arbeiten mussten. Er begann mit Tierversuchen, die seine Vorfahren stets abgelehnt hatten. Und ihm stand der Sinn nach etwas anderem als der Kosmetik. Etwas Größerem, wie er sagt. Um diese finsteren Pläne nicht zu unterstützen, habe ich gekündigt. Doch das hat nichts genützt.

Er hat Unterstützung der fähigsten Forscher, die es derzeit auf diesem Planeten gibt.«

Zwei weitere Fotos tauchten auf. Eines zeigte eine hübsche blonde Frau, die scheu in die Kamera lächelte. Die Frau auf dem anderen Bild hatte eine Frisur, die aussah wie von einer weiblichen Playmobilfigur geklaut, eine Zigarette zwischen den böse zugekniffenen Mundwinkeln und einen scharfen Blick, bei dem man Angst um den Fotografen bekam.

»Die Geschwister Schröcklich. Sibylle …« – die blonde Frau wurde rot eingekringelt – »… wirkt naiv und liebenswert, ist aber gleichzeitig eine geniale Chemikerin. Ihre Schwester Eva-Maria …« – die Klotzfrisur erhielt ebenfalls einen roten Kringel – »… ist genial in allem anderen, von Neurologie über Gentechnik bis hin zu Psychologie.«

Dramatisch flackerten Flammen hinter den Bildern der beiden auf.

»Die Geschwister Schröcklich haben in den letzten Jahren nur für Firmen gearbeitet, die man später in skandalösen Schlagzeilen wiederfand.«

Auf dem Bildschirm erschien eine aufgeklappte Dose.

»Der Nahrungsmittelhersteller Lux Feinkost, der seine Leberwurst mit Spinnenbeinen verfeinerte.« Auf dem Bildschirm fiel eine fette, haarige Spinne in die Dose, die sich danach schloss.

»Die Modekette PrimaKarma, deren Luxuskollektionen ausschließlich von Kindern unter acht Jahren genäht wurden.«

Ein Bild von erschrocken aussehenden, mageren Kindern erschien, die in ihren dürren Fingern edle Röcke hielten.

»Die Spielzeugmarke Electric Fun, die Drohnen in Kriegsgebiete lieferte.«

Ein unheimlich aussehender Roboter flog ins Bild und explodierte.

»Das sind zwei Frauen, die für Geld offensichtlich alles machen. Nun machen sie es für Antoine. Ihr müsst herausfinden, was es ist. Und ihr müsst es verhindern.«

Mit einem donnernden Paukenschlag wurden die Buchstaben ENDE eingeblendet.

»Das heißt?«, fragte Max und sah in die Runde.

»Na, was wohl?«, entgegnete Shakira. »Das heißt, wir haben eine Mission.«

Juan nickte.

DU!

VERDÄCHTIGUNGEN

MAX

»Okay, was läuft hier eigentlich?« Pascal knallte seinen Collegeblock neben Max' Matheheft. Die anderen Kinder im Aufenthaltsraum schauten kurz überrascht hoch und wandten sich dann wieder ihren Hausaufgaben zu. Es war Montag und Max steckte das Wochenende noch in den Knochen.

»Was meinst du?«, fragte er. Er wusste natürlich genau, was Pascal meinte, aber er brauchte noch Zeit zum Überlegen.

»Wo warst du in der ersten großen Pause?« Pascal hatte sich neben Max auf das Sofa gesetzt und schaute ihn einfach nur an, statt wie sonst nebenher Handy-Nachrichten zu verschicken.

»Auf dem Klo. Hab ich dir doch gesagt.«

»Aha. Und in der zweiten Pause?«

»Auch auf dem Klo.« Es war schon blöd, dass Max außer Pascal keine Freunde hatte. Das machte die Ausreden etwas eintönig.

Pascal verschränkte die Hände ineinander und ließ hörbar die Gelenke knacken. Max zuckte bei dem Geräusch zusammen.

»Du lügst mich an. Ich hab es gleich gemerkt. Du bist als Schauspieler fast so miserabel wie in Mathe. Obwohl, da läuft es ja gerade, nicht wahr?«

Pascal tippte auf Max' Heft, in dem Max innerhalb von nur einer Viertelstunde drei der vier Aufgaben gelöst hatte.

»Ist wohl mehr mein Thema«, murmelte Max, der sich auch wunderte, wie leicht ihm Mathe heute fiel. Irgendwie war das Zeug doch simpel, wenn man einmal den Bogen raushatte.

»Aber egal. Ich habe vor dem Klo gewartet. Du warst genau eine Minute drin. Und dann warst du an der Turnhalle. Also, besser gesagt hinter den Büschen an der Turnhalle. Wie auch in der zweiten Pause. Die ganze Zeit. Und zwar die ganze Zeit mit … der da!«

Pascals Zeigefinger schoss nach vorne und zeigte auf Shakira, die wie üblich allein am gegenüberliegenden Ende des Raumes saß. Die anderen Kinder sahen Pascals ungewöhnliche Geste, folgten der Richtung, in die er zeigte, und rissen erschrocken die Augen auf.

Shakira blickte auf und gähnte.

»Mensch, hör auf damit«, zischte Max und schlug Pascals Arm runter.

»Ach, ist dir wohl peinlich, dass Shakira Asozial dir Nachhilfe gibt?«, fragte Pascal.

»Bist du bescheuert? Sie gibt mir keine Nachhilfe!«

»Oh … dann ist es eine echte Freundschaft? Oder ist da vielleicht jemand … verliebt?« Pascal leckte sich genüsslich über die Oberlippe.

Plötzlich krachte etwas auf den Tisch. Die beiden Jungs zuckten zusammen und japsten erschrocken, als ein herunterhängendes Glasauge sie anstarrte. Shakira hatte sich mit ihrem Monsterhasen vor ihnen aufgebaut.

»Nein, es ist keine Freundschaft. Und mit Sicherheit keine Liebe. Dein Kumpel hier meint, ich hätte den Käfig von seinem Geburtstagsgeschenk kaputt gemacht. Er will, dass ich dafür bezahle. Sonst meldet er mich der Schulleitung.«

Shakira beugte sich ganz dicht vor Max. »Eigentlich sollte ich einem Würstchen wie dir einfach die Nase abbeißen.« Sie schnappte und Max zuckte zurück.

»Aber da diese Kack-Elite-Schule die einzige Chance ist, nicht zu enden wie der Rest meiner verkorksten Familie, hast du gewonnen. Ich bring dir das Geld. Heute um sechs.«

Sie lehnte sich zurück, riss den Hasen vom Tisch und drehte sich wortlos um.

Als sie den Raum verlassen hatte, klopfte Pascal Max auf die Schulter. »Alter, du hast die Irre erpresst! Kaum zu glauben, dass ausgerechnet du dich das traust.«

SHAKIRA

An diesem Montag saß Shakira den Besuch bei Psychologin Dr. Schön ausnahmsweise auf der linken Pobacke ab. Während Pascals Mutter vor sich hin laberte, nutzte Shakira die Zeit, um gründlich nachzudenken. Und gleich, nachdem die Stunde um war, machte sie sich direkt auf den Weg zu Max.

Onkel Wichmanns Laptop hatte sie sicherheitshalber schon am Morgen eingepackt, bevor er noch Fragen stellte oder es gar verbieten würde. Dummerweise hatte sie sich in der Schule nicht mehr mit Max abstimmen können, da dieser Pascal eindeutig zu misstrauisch geworden war. Aber egal, reden wurde sowieso überschätzt.

Sie klingelte an der Haustür der Kühls. Eine elegant gekleidete Frau öffnete und begrüßte sie mit einem überraschten »Hallo«.

»Ich will zu Max«, erklärte Shakira.

»Oh«, sagte Frau Kühl. »Bist du eine Freundin?«

»Nein«, entgegnete Shakira. »Wir haben nur ein gemeinsames Schulprojekt, zu dem wir uns heute treffen.«

»Ach so«, antwortete Frau Kühl und schaute suchend hinter Shakira. »Wer hat dich denn hergebracht?«

Shakira folgte irritiert ihrem Blick und drehte sich zurück.

»Wer soll mich denn gebracht haben?«

»Na ja, jemand von deinen Eltern. Du wohnst ja nicht in der Nachbarschaft, soweit ich weiß, und es ist schon fast sieben Uhr.«

»Ich kann um sieben genauso gut wie um drei laufen.«

»Und das erlauben deine Eltern?«

Gott, wie hielt Max das nur aus mit so einer Nervtrulla? Fast hatte Shakira so etwas wie Mitleid mit ihm.

»Ich weiß nicht, ob meine Eltern das erlauben. Sie können meinen Vater fragen, aber Besuchszeit im Knast ist nur am letzten Sonntag im Monat.«

Frau Kühl riss die Augen auf. »Dein Vater ist im Gefängnis? Weshalb denn?«

»Das müssten sie meine Mutter fragen. Wo die ist, weiß aber keiner, weil sie ›ein neues Leben‹ anfangen wollte, nachdem sie meinen Vater angezeigt hat.«

Ein Keuchen unterbrach das Gespräch netterweise. Ein schwitzender Max kam in Begleitung eines muskelbepackten Schönlings die Einfahrt hereingejoggt.

»Bestzeit!«, rief Mr Muskel nach einem Blick auf die Uhr. »Es war eine gute Idee, dass ich Max heute von Japanisch abholen durfte. In den ersten Wochen werden die Grundlagen gelegt, da sollte mindestens viermal die Woche trainiert werden. Aber Ihr Sohn macht sich, Frau Kühl. Auch wenn er heute schon wieder seine Nahrungsergänzungsmittel vergessen hat. Können Sie ihm vielleicht eine Erinnerung in sein Handy programmieren?«

»Ja, das mache ich«, sagte Frau Kühl. »Max, du hast … Besuch.«

Max nickte. »Dürfen wir nach oben?«, schnaufte er.

Man sah zwar, dass seine Mutter alles andere als begeistert war, ihren Jungen mit einer verwahrlosten Waise alleine zu lassen, aber immerhin erlaubte sie es.

Nach einem letzten prüfenden Blick, ob Mama auch unten blieb, zog Max die Zimmertür zu.

»Wieso kommst du hier einfach so vorbei?«, fragte er.

»Weil uns die Zeit davonläuft«, sagte Shakira. »Dein Pascal lässt uns in der Schule nicht mehr aus den Augen, also ist es am besten, wir treffen uns jetzt hier. Außerdem ist Juan dabei.«

Ein »Das stimmt« aus dem Käfig bestätigte Shakira.

Es klopfte an die Tür und seine Mutter schaute herein.

»Ähm, Max … du hast noch mehr Besuch. Du hast mir von diesem Schulprojekt gar nichts erzählt.«

Hinter ihr schob sich Pascal ins Zimmer. Er hob kaum merklich die Augenbraue und wandte sich dann lächelnd Max' Mutter zu.

»Das wurde auch erst heute entschieden«, sagte er. »Davon konnte Max noch gar nichts erzählen.«

»Ah ja …« Mama wirkte etwas beruhigter. »Na dann, viel Erfolg.«

Sie wollte gehen, drehte sich aber noch mal um. »Für welches Fach ist es denn?«, fragte sie.

»Deutsch«, sagte Max.

»Geschichte«, sagte Shakira.

»Chemie«, sagte Pascal.

Mamas Blick war voller Fragezeichen.

»Es ist fächerübergreifend«, erklärte Max hastig. »Jeder von uns vertritt ein Fach.«

»Oh. Eine gute Idee«, meinte seine Mutter und zog die Tür hinter sich zu.

Pascal baute sich vor Max und Shakira auf. »Die Erpressung war also auch gelogen«, fasste er zusammen.

Max schaute ihn schuldbewusst an, Shakira eher, als wäre sie kurz davor, den Störenfried um die Ecke zu bringen.

»Okay, entweder ihr sagt mir, was hier wirklich läuft, oder ich gehe sofort runter und erzähle deiner Mutter, dass es kein Projekt gibt und ihr eigentlich Drogen auf dem Schulhof vertickt.« Pascal verschränkte die Arme.

Schweigen beherrschte den Raum.

»Ich denke, ich sollte das erklären.«

Pascal fuhr herum und starrte den Käfig an. In ihm stand die Maus auf ihren Hinterläufen und hatte ebenfalls die Arme gekreuzt.

»Ich bin Juan. Man nennt mich auch die Maus des Todes. Wir drei hier haben eine Mission. Und du ab jetzt auch.«

Pascal gab ein leises Röcheln von sich.

»Wenn du schreist, schlage ich dich bewusstlos«, sagte Shakira.

Ein weiterer Mitstreiter war nie geplant gewesen. Schon das Mädchen hatte sich eher aus einer Laune heraus ergeben, oder besser gesagt, weil Max sein Geschenk für eine Stunde verliehen hatte. Shakira hatte Juan einfach gefallen. Unter ihrer harten Schale – ihrer steinharten Schale, wie man zugeben musste – steckte ein guter Kern. Vor allem aber steckte in ihrem Kopf ein außerordentlich kluges Gehirn. Mit Max allein herauszufinden, was Antoine plante, um es dann zu verhindern, das wäre nicht einfach geworden. Shakira im Boot zu haben war absolut sinnvoll.

Wie sinnvoll Pascal allerdings war, konnte Juan nicht einschätzen. Aber es war der einzige Weg gewesen, eine völlig unnötige Komplikation mit den Eltern zu vermeiden. Immerhin, clever war dieser Pascal auch. Nachdem er eine sprechende Maus akzeptiert hatte – es dauerte bei ihm nicht allzu lange –, war es ihm flott gelungen, die Mission zu verstehen.

»Okay, der Fall ist klar«, erklärte Pascal. »Dieser Antoine plant irgendwas Teuflisches. Die beiden Forscherinnen helfen ihm dabei. Wir haben nur keine Ahnung, was, wie und warum.«

»Tolle Zusammenfassung«, sagte Shakira. »Bringt uns kein Stück weiter, aber in Deutsch hättest du dafür eine Eins bekommen.«

»Schweig, Psychopathin«, antwortete Pascal. »Ich bin noch

nicht fertig.« Er legte seinen Zeigefinger nachdenklich an sein Kinn.

»Das Warum kriegen wir nicht raus. Das Wie kriegen wir nur raus, wenn wir das Was kennen. Also müssen wir uns auf das Was konzentrieren.«

»So ist es«, bestätigte Juan. »Der Chef ist sicher: Dieses Was wird in den Laboratorien von Blanche Industries hergestellt.«

»Dann sollten wir denen am Tag der offenen Tür wohl einen Besuch abstatten«, merkte Shakira an.

»Die werden das doch da nicht einfach herumstehen haben und einer Horde Fünftklässler erklären, was sie Fieses im Schilde führen«, wandte Max ein.

»Nee«, bekräftigte Pascal. »Die lassen die Kiddies höchstens ein bisschen Parfüm zusammenpanschen.«

»Natürlich werden die Kinder nur sehen, was sie sehen sollen«, sagte Juan. »Aber einige dieser Kinder könnten vielleicht dafür sorgen, dass keiner merkt, wie eine Maus hinter die Kulissen schaut.«

In seltener Einträchtigkeit nickten Pascal und Shakira, während Max den Kopf schüttelte. »Und was ist mit den Sicherheitskontrollen?«

»Sicherheitskontrollen?« Pascal schnaubte verächtlich. »Für Elfjährige?«

Es klopfte. Juan flitzte rasch zurück in den Käfig und Max schlug ihn zu. Herr Kühl schob sich zur Tür herein. Er trug ein Tablett mit vier Gläsern, in denen sich eine giftgrüne Flüssigkeit befand.

»Hallo«, sagte er zu seinem Sohn. »Deine Mutter hat vorgeschlagen, euch ein bisschen was für die Gehirnzellen zu bringen.«

Er stellte das Tablett auf Max' Schreibtisch und runzelte die Stirn. »Komisch. Ich dachte, ich hätte vier Stimmen gehört.«

»Das liegt an der da«, erklärte Pascal grinsend und zeigte auf Shakira. »Sie hat eine gespaltene Persönlichkeit, müssen Sie wissen.«

Shakira schaute Pascal finster an.

»Papa, sie glauben mir nicht, dass es in eurer Firma Sicherheitskontrollen gibt«, lenkte Max ab.

»Natürlich gibt es die. Wir sind ein Hightech-Unternehmen. Unser neuer Sicherheitsdienst war früher sogar für die Waffenindustrie tätig, behaupten zumindest die Klatschtanten aus der Buchhaltung«, sagte Herr Kühl.

»Auch wenn nur ein paar Schüler vor der Tür stehen?«, fragte Shakira.

»Gerade dann«, antwortete er.

Weil Pascal ihn skeptisch anguckte, erklärte Herr Kühl es genauer.

»Diese Welt ist ein gefährlicher Ort, und Feinde lauern vor allem dort, wo man sie nicht erwartet. Also muss man gerade dann wachsam sein, wenn man sich am sichersten fühlt. Aber genug davon. Jetzt trinkt eure Smoothies und lernt schön.«

Die vier warteten ab, bis sie Herrn Kühls Schritte auf der Treppe hörten. Juan öffnete die Tür und lief wieder auf den Schreibtisch.

»Seht ihr«, sagte Max und nahm sich ein Glas. »Sicherheitskontrollen.«

Pascal schnupperte an der grünen Flüssigkeit und rümpfte die Nase. »Riecht wie Kotze.«

»Schmeckt auch so«, bestätigte Shakira und leerte ihr Glas in einem Zug.

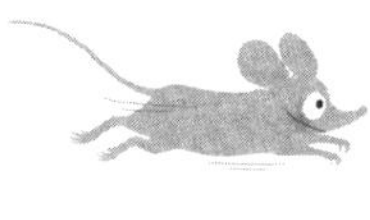

»Warum trinkst du es dann?«, fragte Max.

»Weil es kostenlos ist.«

»Und lauter gute Sachen drin sind, zugegeben«, erklärte Pascal nach seinem Probeschluck. »Matcha-Tee, Weizengras und Kiwi. Schmeckt halt nur kacke.«

»Guter Geschmackssinn«, schaltete sich Juan ein. »Könnte noch nützlich sein. Aber was machen wir jetzt mit den Sicherheitskontrollen?«

»Wir können dich nicht einfach in die Hosentasche stecken oder den Rucksack«, überlegte Shakira. »Vielleicht kann Max dich in seiner Unterhose reinschmuggeln.«

»Igitt«, riefen Juan und Max wie aus einem Mund und schauten sich dann schuldbewusst an.

»Außerdem wird man bei solchen Kontrollen auch oft abgetastet«, gab Pascal zu bedenken. »Dann ist das kein sicheres Versteck.«

»Tja«, sagte Shakira, »sieht so aus, als würden wir keine Maus reinkriegen.« Der Anflug eines Lächelns erschien auf ihrem Gesicht. »Aber vielleicht einen Hasen.«

Pascal und Max nickten und lächelten nun ebenfalls, während Juan noch grübelte, was der Satz bedeuten sollte.

TAG DER OFFENEN TÜR

»He!«, beschwerte sich Juan, als Max am Freitagmorgen den Käfig öffnete. »Was hast du so lange unten gemacht? Heute ist unser großer Tag. Wir dürfen auf keinen Fall zu spät zur Schule kommen.«

Er zwirbelte nervös seine Schnurrhaare. Die Woche war ihm endlos erschienen. Er wollte es nicht zugeben, aber er war ein bisschen aufgeregt. Seine gesamte Ausbildung hatte sich auf diesen Tag konzentriert. Und jetzt ging es endlich los. Sie würden Blanche Industries ausspionieren.

»Ich wollte noch schnell frühstücken«, sagte der Junge. »Aber meine Eltern haben so leise miteinander gesprochen, da bin ich vor der Küche stehen geblieben. Ich glaube, sie überlegen, wie sie mir die Geschichte mit Opas Tod beibringen sollen.«

Juan nickte verständnisvoll. »Das ist nicht leicht«, sagte er. »Obwohl, für uns wird es heute auch nicht leicht.«

»Ich hab ziemlich Schiss«, gestand Max. »Aber guck mal, was ich dir gestern in Kunst gebastelt habe. Eigentlich sollten wir Schmuck machen. Ich habe einfach behauptet, es wäre ein Armband für meine Mutter. Zum Glück haben die nicht gemerkt, dass es dafür viel zu schmal ist.«

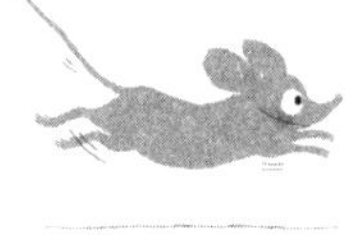

Er hielt ein Lederband hoch, an das zwei winzige Täschchen aus Filz geknüpft waren. Juan nahm es entgegen und zog fragend die Augen zusammen, bevor er verstand.

»Aha!«, rief er und schlang sich das Band um die Hüfte.

»Ein Probengürtel! Wenn ich verdächtiges Material sammeln muss. Das ist cool.«.

Max lächelte zufrieden.

»Deine Eltern belauschen und deine Lehrer anschummeln«, sagte Juan anerkennend. »Du entwickelst ein für die Mission durchaus vorteilhaftes Maß an Ungezogenheit.«

Max' Lächeln wurde breiter. »Es macht irgendwie Spaß«, gab er zu.

Ein Brummen ertönte vom Nachttisch. Max nahm sein Smartphone und drückte eine Taste. »Jetzt hätte ich schon wieder fast die Tabletten vergessen«, murmelte er.

»Ich bin ja bald so durch den Wind wie meine Eltern«, sagte er kopfschüttelnd. »Sonst lassen die mich nie ohne Frühstück aus dem Haus, aber in ein paar Minuten steht schon der Fahrdienst vor der Tür.«

Bevor Max seine Tablettendose aus dem Rucksack nehmen konnte, kam Juan dazwischen. »Dann ist es höchste Eisenbahn für die Spezialausrüstung«, erklärte er. »An der Unterseite des Käfigs ist ein kleines Kästchen, nimm das bitte noch mit.«

Der Junge hob den Käfig an und fand tatsächlich das Kästchen, das der Chef dort angebracht hatte. Er steckte es in die Tasche.

»Okay, es ist Zeit«, sagte Juan.

Er schlüpfte in Max' Jackenärmel und gemeinsam machten sie sich auf den Weg.

MAX

Insgesamt drei Klassen hatten sich auf dem Schulhof versammelt. Sechzig Schüler warteten in größeren und kleinen Grüppchen auf den Bus, der sie in die Fabrik fahren sollte. Die kleinste Gruppe bestand aus Max und Shakira. Zwei Meter vor ihnen stand Pascal und tat so, als wäre er auf sein Smartphone konzentriert.

»Kannst du mal herkommen?«, zischte Max ihm zu. »Wir haben noch was zu besprechen.«

»Welt retten hin oder her«, sagte Pascal und behielt sein Display im Auge. »Ich kann nicht meinen Ruf riskieren, weil man mich mit der Irren sieht. Aber redet ruhig, ich habe gute Ohren.«

Kopfschüttelnd wandte Max sich Shakira zu und holte Juan aus seiner Jackentasche.

»Bereit?«, fragte er die Maus.

»Immer«, antwortete Juan. »Aber dich müssen wir noch ausstatten. Hast du das Kästchen?«

Max zog das Behältnis, das er von der Unterseite des Käfigs abgelöst hatte, aus der Tasche und zeigte es Juan.

»Gut«, sagte die Maus. »Unten ist ein Knopf. Drück ihn.«

Max tat es und das Kästchen klappte auf.

»Ist das ein Kopfhörer?«, fragte Shakira und zeigte auf das winzige gebogene Etwas, das auf Watte gebettet war.

»Ein Headset«, erklärte Juan, zog es aus dem Kästchen und setzte es sich auf den Kopf. »Ich muss schließlich hören *und* sprechen.«

Shakira betrachtete den Rest des Inhalts und schüttelte dann den Kopf. »Keine Ahnung, was das sein soll. Sieht aus wie … wie …«

»… wie Pickel«, ergänzte Max und ekelte sich ein bisschen.

»Verdammt«, murmelte Pascal und verdrehte seinen Oberkörper, um besser hören zu können, doch er brachte es wohl nicht über sich, sich zu ihnen zu stellen.

»Pickel«, bestätigte Juan. »Schließlich brauchen wir auch für Max modernste Kommunikationstechnik in altersgerechter Tarnung. Den großen Pickel klebst du dir bitte ans Kinn, den kleinen an eines deiner Ohren.«

»Ich will aber keine Pickel«, widersprach Max. »Die krieg ich noch früh genug.«

»Das sind auch keine Pickel, du Vollhorst. Der große ist das Mikrofon, der kleine das Empfangsgerät«, fauchte Shakira. »Ist doch logisch!«

Sie nahm die beiden unappetitlichen Hügel aus der Kiste und pappte sie Max an die beschriebenen Stellen, bevor er sich wehren konnte.

»Ich find das nicht so logisch bei Pickeln«, murmelte Max.

Pascal drehte sich kurz um, musste bei Max' Anblick ein Prusten unterdrücken und schaute wieder auf sein Handy.

»Ich weiß echt nicht, was der uns nützen soll«, meinte Shakira mit einem Seitenblick auf Pascal.

»Das wird sich zeigen«, sagte Juan. Er klopfte an sein Headset. Ein kurzes Piepen ertönte in Max' Ohr, dann hörte er Juans Stimme ungewöhnlich laut und deutlich.

»Ist der Empfang in Ordnung?«

»Phänomenal«, antwortete Max und staunte. »Das ist genial!«

»Du hast eben einen sehr schlauen Großvater«, sagte Juan.

In diesem Moment ertönte eine Fanfare und ließ alle Kinder und Lehrer auf dem Schulhof zusammenzucken. Kurz darauf bog ein majestätischer Doppeldeckerbus auf den Schulhof. Er glänzte silbern in der Sonne, in riesigen geschwungenen Buchstaben stand in Gold »Discover Blanche!« auf der Seite. Die Menge war in Ehrfurcht erstarrt, während weiterhin die triumphale Musik aus den Lautsprecherboxen an der Vorderseite des Busses ertönte. Das Dach des Busses kam in Bewegung. Ein riesiger Flachbildschirm klappte hoch. Kurz darauf erschien auch darauf »Discover Blanche!«.

Pascal schürzte anerkennend die Lippen. »Ganz schön aufwendig für ein bisschen Kinderbespaßung.«

Auf dem Bildschirm erschien das Gesicht eines Mannes. Er lächelte mit fast unnatürlich hellen Zähnen.

»Das ist Mamas und Papas Chef«, flüsterte Max.

»Ja, Antoine Blanche. Er ist der Böse in dieser Geschichte. Hat jemand außer mir beim Video von deinem Opa aufgepasst?«, fragte Shakira.

»Er ist vielleicht der Böse. Aber der Auftritt ist echt gut«, bemerkte Pascal.

»Hallo«, tönte es vom Bildschirm. »Mein Name ist Antoine Blanche. Ich bin der Chef von Blanche Industries und freue mich, die Schüler der McKinsey-Schule in meinen Hallen begrüßen zu dürfen.«

Ein Bild der Firma wurde eingeblendet. Max war schon mehrmals bei seinen Eltern im Büro gewesen. Damals hatte er alles eher eintönig und grau gefunden, doch auf diesem Bild sah die Fabrik aus wie ein Märchenschloss.

Antoines Gesicht erschien wieder. »Ich weiß, eure Lehrer haben euch etwas vom Tag der offenen Tür erzählt. Das klingt für mich so aufregend wie … Schuhe zubinden.«

An einigen Stellen des Schulhofes wurde verschämt gekichert.

»Aber ich verspreche euch: Einige von euch – die Klügsten, Smartesten, Begabtesten – erwartet mehr als das. Euch erwartet ein Blick in eure berufliche Zukunft.«

Antoine wuchsen zwei Antennen aus der Stirn und seine Stimme klang plötzlich wie die eines gefährlichen Roboters.

»Und euch alle erwartet: das Abenteuer eures Lebens.«

An den Dachseiten des Busses fuhren drei Röhren heraus und feuerten eine Ladung silbernes Konfetti ab. Die Kinder jubelten und schrien.

»Kleine Weisheit zwischendurch«, sagte Juan (was Max ganz besonders gut hörte). »Je beeindruckender die Verpackung, desto gefährlicher der Inhalt.«

»Aber die Verpackung ist geil«, seufzte Pascal.

»Bereit für den Hasen?«, fragte Shakira, der das alles herzlich egal schien.

»Bereit«, antwortete Juan.

Shakira hob ihren Plüschhasen hoch und klappte den Kopf zurück. Juan nahm auf Max' Hand Anlauf und sprang.

Max stieg hinter Pascal in den Bus und setzte sich zu ihm. Auch er hatte schließlich einen Ruf zu verlieren. Die Tatsache, dass er gerade über zwanzig Minuten mit der schulbekannten Irren auf dem Hof zusammengestanden hatte, war seinem Image bestimmt nicht gut bekommen. Skeptische bis verständnislose Blicke hatten ihn getroffen, unter anderem von Doron, dem coolsten Typen der fünften Klasse. Der hatte in den letzten Wochen ein paarmal mit Max in einer Mannschaft in der Pause Fußball gespielt. Max hatte Zweifel, dass sich diese Erfolgssträhne nun fortsetzen würde. Shakira nahm die Bank hinter ihnen in Beschlag. Der Platz neben ihr blieb natürlich leer, aber sie brauchte ihn eh für ihren Horrorhasen Harvey.

Nachdem alle Kinder und Aufsichtslehrer im Bus waren, setzte er sich in Bewegung. Gleichzeitig fuhren an den Fenstern Rollos herunter, und insgesamt vier Bildschirme klappten sich im Oberdeck an der Decke aus. Als es völlig dunkel war, erschien wieder Antoines Gesicht. Seine lächelnde Zahnleiste leuchtete geradezu.

»Da seid ihr also, kleine Helden!«, rief er.

Die Kinder kicherten geschmeichelt, während Frau Bär mit glasigem Blick den Bildschirm betrachtete.

»Damit ihr heute nicht nur was lernt, sondern auch richtig was erlebt, ist nun Zeit, euch ein Geheimnis anzuvertrauen«, sagte Antoine. »Unsere Firma ist in Gefahr!« Neben Antoines Kopf erschien ein Schild mit einem roten Ausrufezeichen. Bedrohliche elektronische Klänge untermalten es.

»Denn unser schönes Blanche Industries – viermal ausgezeichnet als Arbeitgeber des Jahres, sechzehnfacher Preisträger des goldenen Lipgloss – hat nicht nur Freunde. Ein Spion hat sich eingeschlichen!«

Das rote Ausrufezeichen pumpte plötzlich wie ein Sportlerherz in Erregung, während immer wieder ein schriller, schrecklicher Warnton erklang.

Max riss erschrocken die Augen auf und japste und auch Pascal rutschte unruhig auf dem Platz hin und her.

»Mist, er weiß von uns«, murmelte er mit zusammengekniffenen Lippen.

»Kriegt euch mal wieder ein, bevor ihr hier noch mehr Aufmerksamkeit erregt. Er weiß gar nichts«, zischte Shakira von hinten durch den Spalt zwischen den Sitzen. »Das ist doch nur ein

albernes Spielchen, um den Tag der offenen Tür erträglicher zu machen.«

Die Jungen atmeten aus.

»Nach eurer Ankunft erwartet euch Special Agent Derek D.«, tönte Antoine weiter.

Ein wohlbekannter Mann in eng sitzender Armeeuniform erschien auf dem Bildschirm. Er hatte die Arme verschränkt und schaute bedeutungsvoll in die Kamera.

»Igitt, das ist Derek. Mein Personal Trainer!«, rief Max.

»Schlimme Haarfarbe«, bemerkte Pascal. »Aber ganz schön Muckis.«

»Special Agent Derek D. und seine Crew werden euch durch den Tag begleiten. Für alle, die am Ende die Identität des Spions herausgefunden haben, winken diese tollen Preise«, erklärte Antoines Stimme. »Dreimal ein Longboard mit passender Streetwear.« Der Preis wurde eingeblendet, untermalt von sehnsuchtsvollem Seufzen. Pascal seufzte nicht, aber sein Kommentar »Fett. Will ich haben« zeigte, dass er diesen Gewinn extrem cool fand.

»Dreimal ein ›Blanche for Women‹-Wohlfühlpaket.« Diesmal seufzten eher die Mädchen. Aber auch Doron, wie Max aus den Augenwinkeln wahrnahm.

»Allen tapferen Agenten winkt eine Vier-Wochen-Ration ›Derek D.'s special Powerdrink‹ mit coolem Shaker.«

Fast alle im Bus klatschten. Max nicht. Der hatte ja schon Schwierigkeiten, Dereks Pillen rechtzeitig einzunehmen.

»Und natürlich: Für den und die Beste und Klügste unter euch – für diejenigen, die das Rätsel wirklich lösen, falls das tatsächlich jemand schafft – zusätzlich der Pokal. Einer für die Jungs, einer für die Mädchen.« Auf dem Monitor erschienen die Ehrenpreise, goldglänzend und verlockend.

Der Jubel war unbeschreiblich.

Dann hielt der Bus. Antoine erschien noch einmal auf dem Bildschirm und lächelte aufmunternd.

»Nun denn, Special Forces«, sagte er, »auf ins Abenteuer!« Und damit fuhren die Rollos hoch, die Bildschirme klappten ein und die Türen des Busses öffneten sich mit einem Zischen.

DIE PFORTE DER DRACHENHÖHLE

SHAKIRA

Shakira schlurfte als Letzte aus dem Bus und schleifte Harvey hinter sich her. Eine Schnitzeljagd. Das war es, worum es hier ging. Ein Riesenspaß. Für Sechsjährige vielleicht. Was sollte überhaupt dieser Schwachsinn mit unterschiedlichen Preisen für Jungs und Mädchen? Shakira konnte mit einem Longboard auf jeden Fall mehr anfangen als mit Schaumbad und Parfüm. Und wenn man wirklich nach dem besten und klügsten Kind suchte, dann war es halt entweder ein Junge oder ein Mädchen. Aber mit ihren kritischen Gedanken war sie anscheinend allein. Der Rest der Ausflugstruppe stand aufgeregt vor den Toren von Blanche Industries und konnte kaum erwarten, dass der Kinderkram losging. Am oberen Ende der Treppe hatte sich der Muskelmann in Uniform aufgebaut. Er hatte sich zwei schwarze Striche unter die Augen gemalt. Das sollte wahrscheinlich gefährlich wirken. Shakira fand, er sah aus wie eine zu muskulöse Frau mit schlechtem Modegeschmack, die sich nicht schminken konnte.

»Special Agents!«, rief Derek. »Wir müssen diesen Spion finden! Und da wir nicht wissen, wer es ist, müssen wir auch bei euch wachsam sein!« Er betonte alles so schrecklich bedeutungsvoll, dass Shakira sich fragte, warum man dem Kerl nicht wenigstens einen Schauspielkurs finanziert hatte, wenn man für diese alberne Veranstaltung eh schon so viel Geld aus dem Fenster warf.

»Also, erste Etappe: die Sicherheitskontrolle! Wenn ihr die erfolgreich bestanden habt, geht es richtig los!«

Derek trat zur Seite. An den drei Eingängen der Firma befanden sich Sicherheitsschranken, vor denen bullige Typen mit finsterem Blick standen, die allesamt – im Gegensatz zu Derek – wirklich gefährlich aussahen. Schnell bildeten sich drei Schlangen. Shakira nahm die kürzeste und atmete tief ein. Jetzt galt es. Jetzt musste Harvey, und mit ihm auch Juan, in die Firma eingeschleust werden.

Obwohl sie es, abgesehen von den Lehrern, nur mit Kindern zu tun hatten, nahmen die Sicherheitsleute ihren Job sehr ernst. Smartphones, Tablets und Laptops wurden einkassiert und mit Aufklebern versehen, damit man sie ihren Benutzern später wiedergeben konnte. Alle Taschen und Rucksäcke mussten in eine Plastikkiste gestellt werden, die dann auf einem kleinen Laufband durch ein Röntgengerät fuhr. Die Besitzer liefen währenddessen durch die Sicherheitsschranke, die sofort piepte, wenn sie Metall entdeckte.

Der Junge vor ihr war durch. Shakira warf ihren abgenutzten Rucksack in die Plastikkiste, die sogleich durchleuchtet wurde. Dann ging sie rasch durch die Schranke, zog Harvey an seinem ausgeleierten Ohr hinter sich her und hoffte, dass der winzige Metallanteil in Juans Headset kein Piepen auslöste.

Er tat es nicht. Shakira kam alarmfrei durch und griff schon nach ihrem Rucksack, als sie die Stimme des Sicherheitsbeamten hörte.

»Moment mal!«, rief er.

Shakira drehte sich zu ihm.

»Was ist das?« Er zeigte mit leicht angewidertem Blick auf Harvey, der heute besonders schlimm aussah. Shakira war in der Eile des Aufbruchs am Morgen ein Glas Limo umgekippt, das sich auf den Hasen entleert hatte.

»Mein Lieblingskuscheltier«, antwortete Shakira.

»Warum ist das so klebrig?«, fragte der Mann und strich Harvey prüfend über den Kopf, der lose wackelte.

»Mir ist im Bus schlecht geworden«, antwortete Shakira.

Der Sicherheitsbeamte zog mit angeekeltem Blick die Hand zurück.

Shakira wollte weitergehen. Da rief der Mann schon wieder.

»Halt! Der Hase bleibt hier.«

Shakira erstarrte. Sie zog Harvey an den Ohren hoch und klammerte sich an ihn.

»Nein«, rief sie.

»Doch. Du kriegst ihn nachher wieder. Ich kleb deinen Namen drauf. Wie heißt du denn?«

Er hatte sich schon einen Aufkleber genommen und wartete mit einem Stift in der Hand auf die Antwort.

In Shakiras Kopf rauschte es. An der Sicherheitsschranke nebenan durchquerte Pascal gerade problemlos den Metalldetektor. Er sah sie stirnrunzelnd an.

Shakira überlegte fieberhaft. Sie musste Harvey reinbekommen. Sie musste etwas völlig Unerwartetes tun.

Ihr Blick fiel auf Max, der schon hinter der Glastür in der Eingangshalle der Firma stand und die Szene mit großen Augen beobachtete.

Shakira tat etwas, was sie seit Jahren nicht mehr getan hatte.

Sie brach in Tränen aus.

Max hörte nichts hinter der prachtvollen Glastür, aber es war deutlich, dass es ein Problem gab mit dem Hasen. Verdammt. Wenn Juan draußen bleiben musste, hatten sie ihre Chance vertan. Er wollte zurück in den Sicherheitsbereich, aber die Tür öffnete sich nur in die eine Richtung.

Er sog scharf die Luft ein, als er bemerkte, dass Shakira anfing zu weinen. Wenn dieses Mädchen weinte, musste es wirklich ernst sein.

Derek kam nach vorn zu dem Sicherheitsbeamten, der Shakira aufhielt. Er sprach kurz mit ihm, dann mit Shakira, während er ihr beruhigend über das Haar strich. Aber auch Derek wollte den Hasen offenbar draußen behalten.

Plötzlich tauchte Pascal auf. Er zog an Dereks Arm. Max' Trainer, der hier einen auf Superagent machte, trat mit ihm zur Seite. Pascal flüsterte ihm etwas ins Ohr. Derek warf einen Blick auf Shakira. Max glaubte, darin Mitgefühl zu erkennen. Nun nickte Derek dem Sicherheitsbeamten zu, dann kamen Pascal und Shakira endlich in die Eingangshalle. Shakira löste den Hasen aus der Umklammerung und schleifte ihn wieder an seinem linken Ohr. Mit dem rechten Arm zerrte sie Pascal zur Seite. Max rannte auf sie zu.

»Ey, ich will nicht gesehen werden mit dir«, hörte er Pascals aufgebrachte Stimme.

»Das ist mir egal!«, fauchte Shakira. »Was hast du ihm erzählt?«

»Wen kümmert das?«, fauchte Pascal zurück. »Es hat funktioniert! Der Hase ist drin.«

»Wenn du nicht sofort redest, komm ich ab morgen mit einem ›I love Pascal‹ auf dem T-Shirt in die Schule«, drohte Shakira.

Pascal riss entsetzt die Augen auf – und gab nach.

»Na schön. Ich habe ihm gesagt, dass du schwer verhaltensgestört bist und der hässliche Hase dein einziges Andenken an deine feige Mutter ist, die deinen prügelnden Vater angezeigt hat und dann ohne dich durchgebrannt ist. Und weil du diesen Hasen so liebst, muss er überallhin mit.«

Verdammt, dachte Max neidisch. Mittlerweile konnte Pascal wirklich alles: Zutaten erschmecken, Fußball spielen, Matheaufgaben lösen und jetzt auch noch wahnwitzige Geschichten erfinden, um Mäuse einzuschleusen.

»Lass meinen Vater aus dem Spiel.« Shakira funkelte Pascal hasserfüllt an. »Die Geschichten über ihn hat meine Mutter nur erfunden. Und die lässt du auch aus dem Spiel. Woher weißt du das überhaupt?«

Ups, dachte Max. An der Geschichte war wohl doch was dran.

»Ich lese manchmal die Patientenakten von meiner Mutter, wenn mir langweilig ist.« Pascal rollte genervt die Augen.

»Ich fass es nicht«, sagte Shakira. »Aber trotzdem kann das nicht stimmen. Ich hab deiner blöden Mutter noch nie was erzählt. Schon gar nicht so einen Dreck über meinen Vater.«

»Musst du auch nicht. Dafür gibt es die Angehörigengespräche. Dein Onkel ist etwas auskunftsfreudiger als du.«

»Ich bring den Wichmann um«, brummelte Shakira. Dann schaute sie Pascal an. »Und nur zur Info: Ich hab den Hasen nicht immer dabei, weil ich ihn so liebe. Ich hab ihn dabei, damit ich mich daran erinnere, dass man niemandem vertrauen kann.«

Es knackste in Max' Ohr.

»Ich störe ja nur ungern«, ertönte Juans Stimme. »Aber können wir uns jetzt bitte wieder auf die Mission konzentrieren?«

Das war mal eine gute Idee, fand Max.

MAX

Endlich waren alle Kinder in der Eingangshalle vollzählig. Sie wurden in vier Gruppen eingeteilt. Jede Gruppe bekam einen sie betreuenden »Spezialagenten« zugewiesen, der sie durch den Tag führte. Die Agenten sahen alle eigentlich aus wie Derek: sportlicher Kurzhaarschnitt, ein Dauergrinsen im Gesicht und muskelbepackt. Die Gruppe von Max, Shakira und Pascal landete trotzdem beim Original.

Derek knuffte Max in die Schulter. »Mach mir keine Schande, Buddy.«

Max lächelte gequält, während Shakira ein leises Kotzgeräusch von sich gab. Derek bemerkte es gar nicht, weil er schon den Ablauf des Tages erklärte.

Sieben Stationen waren innerhalb der Firma zu bewältigen, an denen jeweils eine Aufgabe wartete, deren erfolgreiche Lösung mit einem Buchstaben belohnt wurde. Alle sieben Buchstaben zusammen ergaben den Namen des Spions. Shakira gähnte und lief zu einem Gebäudeplan, der neben den Fahrstühlen hing. Sie betrachtete ihn konzentriert.

»Am Ende des Tages erwartet euch eine ganz besondere Ehre«, verkündete Derek jetzt. »Ihr dürft unserem Geschäftsführer Antoine Blanche höchstpersönlich verraten, wer der Bösewicht ist!

Aus seinen eigenen Händen erhaltet ihr dann einen unserer wertvollen Preise!« Derek verbeugte sich für den einsetzenden Applaus.

Max ging zu Shakira. »Ich glaube nicht, dass ich all die Aufgaben schaffe«, sagte er hoffnungslos.

»Die Aufgaben sind so was von Latte«, entgegnete Shakira, während sie weiter auf den Plan starrte. »Wir sind nicht hier für die Schnitzeljagd.«

»Aber das Longboard wäre echt toll«, murmelte Max.

Shakira warf ihm nicht mal einen Blick zu.

»Was machst du da eigentlich?«, fragte er.

»Ich präge mir den Gebäudeplan ein. Ich habe ein fotografisches Gedächtnis.«

»Ein was?«

Juan schaltete sich in Max' Ohr ein. »Wenn sie sich einen Text, eine Karte oder sonst irgendetwas lange genug anschaut, hat sie quasi eine Fotokopie davon im Kopf. Sehr praktisch.«

»Warum kann ich so was nicht haben?«, seufzte Max und überlegte, wie viel Zeit er sparen würde, wenn er sich die Vokabelseiten seiner Fremdsprachenhefte einfach ins Hirn kopieren könnte.

Shakira trat einen Schritt näher an Max heran. Einen schlimmen Moment lang dachte er, sie würde ihn küssen. Erleichtert verstand er dann, dass sie nur an sein Pickelmikrofon am Kinn wollte.

»Okay, Juan«, flüsterte sie. »Die meisten Stationen sind völlig uninteressant für uns. Bis auf das Labor. Das ist die vorletzte Station unserer Gruppe. Sie werden uns vermutlich nur den vorderen Bereich zeigen, aber es gibt dahinter noch einen größeren Komplex. In den müssen wir dich einschleusen.«

»Klingt gut«, hörte Max in seinem Ohr und gab die Information als Nicken weiter.

»Hey, ihr beiden«, rief Derek. »Es geht los! Wir starten in der Verpackungsabteilung.«

SHAKIRA

Immerhin, man wollte die Besucher nicht für dumm verkaufen, musste Shakira anerkennen. Sie hatte ja erwartet, man hätte sich für diese Veranstaltung Aufgaben auf Kindergartenniveau ausgedacht, damit die ganze verwöhnte Bande bloß nicht an irgendetwas scheiterte. Doch dem war nicht so. Es waren echte Tests mit einem durchaus hohen Schwierigkeitsgrad. Auf ihrer ersten Etappe in der Verpackungsabteilung musste man zum Beispiel unter Zeitdruck eine ziemlich komplizierte Schachtel zusammenstecken und verleimen. Pascal verhedderte sich und war den Rest der verbleibenden Zeit damit beschäftigt, die Schachtel anzubrüllen. Shakira verkleckerte den Klebstoff, sodass sie auch nicht fertig wurde. Tatsächlich war Max der Einzige, der es schaffte. Aber nach seinem Basteleinsatz ging ihm die Luft aus. Sowohl das Übersetzungsspiel in der Abteilung »Internationaler Vertrieb« vergeigte er als auch das fehlerfreie und emotionale Vorlesen einer mit Fremdworten gespickten Presserede in der Unternehmenskommunikation. Er stotterte sich derartig einen ab, dass man kaum verstehen konnte, welche Sprache das eigentlich war. Shakira las fehlerfrei, bekam aber nur einen halben Buchstaben zugestanden, weil es ihr an Gefühl gefehlt hatte. Was egal war, denn ein halbes S erkannte Shakira genauso gut wie ein ganzes.

Pascal räumte einen Extrabuchstaben ab, als er bei dem in der IT zu bewältigenden Computerspiel den Punkterekord aufstellte. Auf dem Weg zur vierten Station raunte er Max, der komplett versagt hatte, ständig »Loser« ins Ohr und hörte auch nicht auf, als Max erklärte, dass er nun mal keine Erfahrung mit Computerspielen hatte, weil seine Eltern die verboten. Shakira schüttelte den Kopf. Klar, sie putzte Max auch runter, und dafür gab es ja auch wirklich mehr als genug Gründe. Aber sie tat ja auch nicht so, als wären sie Freunde. Wenn sie Freunde hätte, würde sie sich das nicht von ihnen bieten lassen.

Sie verstand Menschen einfach nicht, dachte sie. Und konzentrierte sich dann wieder auf das, was vor ihr lag.

Max war deprimiert. Von bislang vier Buchstaben hatte er gerade mal einen. Natürlich war das heute nicht das Wichtigste, aber trotzdem hatte er sich seine stolzen Eltern vorgestellt, wenn er mit dem Pokal nach Hause gekommen wäre.

»Weiter geht's«, rief Derek an der Spitze der Gruppe. »Euch erwarten die Herausforderungen der Buchhaltung.«

Max lief ein Schauder über den Rücken. Da ging es bestimmt um Mathe. Das schlimmste Fach der Welt. Während eine freundlich lächelnde Frau die ersten Kandidaten der Truppe in ein Büro lotste, kam Derek zu ihm.

»Hey, Buddy!«, sagte er. »Das läuft ja nicht so, wie ich es von meinem Champ erwarte. Was ist los? Nicht gut drauf? Dereks Wunderpillen nicht genommen?«

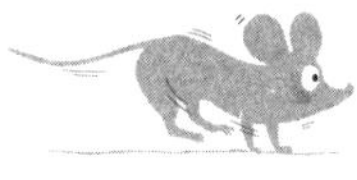

»Mist«, zuckte Max zusammen. »Die hab ich vergessen.«

»Deine Mutter wollte dir doch eine Erinnerung ins Handy speichern.«

»Hat sie auch. Aber irgendwie war heute Morgen so viel los«, murmelte Max.

»Ach, Champ«, seufzte Derek. »Du weißt doch, eine optimale Nährstoffversorgung ist wichtig. Nicht nur hierfür …« – der Trainer zeigte auf seine riesigen Oberarme – »… sondern auch hierfür.« Er tippte sich an die Stirn.

Max kramte schuldbewusst sein Pillenkästchen aus der Hose. Derek hielt ihm hilfsbereit eine Trinkflasche mit der Aufschrift »Blanche Fitness Water« hin. Max schluckte die Pille, und dann wurde er auch schon ins Büro gelotst.

Jeder musste an einem Rechner Platz nehmen. Natürlich, Mathe. Zehn Aufgaben in fünf Minuten. Schwierige Aufgaben, wie Max erkannte. An den Rechnern neben ihm legten Pascal und Shakira los. Pascal tippte zügig und pfiff dabei ein munteres Liedchen, Shakira bearbeitete die Tastatur eher träge und mit einem Gähnen in den Mundwinkeln.

Frustriert betrachtete Max die erste Aufgabe.

$(10 + x) : (3 \cdot y) = 2$

Verdammt, das war unfair. Das hatten sie noch gar nicht in Mathe! Woher sollte er das wissen?

Wobei, gab er zu, vermutlich wüsste er es auch nicht, wenn es im Lehrplan stünde.

»Juan, kannst du Mathe?«, flüsterte er in seinen Kinnpickel.

»Max! Wir kommunizieren nur, wenn es wirklich wichtig ist! Natürlich kann ich Mathe, aber das ist nicht wichtig! Es ist sogar

gut, wenn du nicht so toll abschneidest. Das ist unauffällig«, wies ihn der Pickel ihm Ohr zurecht.

Max verkrampfte die Hände. Noch vier Minuten und er verstand nur Bahnhof.

Wobei – diese Klammern … die hatten doch eine Bedeutung. Und diese Buchstaben – die standen doch für irgendwas.

Eigentlich war das keine schwierige Aufgabe. Wenn man sie auseinandernahm, war es total simpel.

Max tippte:

$(10 + 8) : (3 \cdot 3) = 2$

Er drückte Enter.

Ein aufmunterndes Richtig! erschien in roten Buchstaben auf dem Bildschirm, gefolgt von der nächsten Aufgabe. Die eigentlich auch nicht schwer war.

Max lächelte und legte los.

SHAKIRA

Gott, war Max ein Baby, dachte Shakira, als sie in Richtung Labor geführt wurden. Freute sich ein Loch in den Bauch, dass er die Matheaufgaben in der Buchhaltung richtig gelöst hatte. Er hatte sogar »Juhu!« geschrien, als er im Controlling herausgefunden hatte, wo man sparen musste, damit die »Blanche Forever Young«-Hautcreme im Preis gesenkt werden konnte. Shakira hatte die Aufgabe nicht gelöst. Natürlich hätte sie es geschafft, aber sie hatte die Zeit lieber genutzt und sich Zugang zu der eigentlichen Unternehmensbuchhaltung verschafft, was sie zu einem sehr interessanten Dokument geführt

hatte. Sie hatte sich die seltsamen Ausgaben für das gerade gekaufte Wasserwerk genauer angesehen, während Max und Pascal einen neuen Buchstaben gewonnen hatten.

Wozu brauchte man zum Beispiel bei einem Wasserwerk ClubCarts, also diese kleinen Autos, mit denen die Reichen über Golfplätze fuhren, weil sie zu faul zum Laufen waren? Oder für über drei Millionen künstliche Felsen aus robustem, leicht abwischbarem Hartplastik?

Deshalb hatte sie bis jetzt nur dreieinhalb der sieben Buchstaben – immerhin noch einen halben mehr als der Schwachmat –, aber eigentlich hatte sie schon mit dem S und dem N mehr als genug gewusst, um zu kapieren, was der kranke Antoine sich ausgedacht hatte als raffinierte Lösung für sein »Ach so tolles«-Superrätsel.

Die Glastür des Labors schob sich vor ihrer Gruppe auf. Mit großem »Aah« und »Ooh« traten die anderen Kinder ein und betrachteten ehrfürchtig eine in der Mitte platzierte Maschine, aus der verschiedene Greifarme ragten, die alle ein Reagenzglas mit einer giftgrünen Flüssigkeit hielten. Sie sah aus wie eine tote Roboterspinne, hatte mit echter Chemie vermutlich so viel zu tun wie Zauberei mit Wissenschaft, beeindruckte aber natürlich alle. Alle außer Shakira, die sich aufmerksam umschaute. Dahinten war die Tür zum wirklich interessanten Laborbereich. An der Seite befand sich ein Zahlenfeld. Und ein Fingerabdruckscanner. Doppelt gesichert. Verdammt.

»Hallo, meine Liebe! Möchtest du als Nächste?«

Shakira drehte sich um. Vor ihr stand die hübsche blonde Superwissenschaftlerin, die sie aus Wunibalds Film kannte: Sibylle Schröcklich.

Die musste hier auch Kinderbetreuung machen? Mann, die verdiente sich ihre Millionen echt hart.

»Ich bin dran!«, bemerkte Pascal und schob sich vor Shakira, was ihr nur recht war. Sie lächelte Sibylle zu und ging ein paar Schritte zurück. Genau im richtigen Moment schwang die Labortür auf. Begleitet von einem Schwall Zigarettenrauch kamen zwei kräftige Männer heraus, jeweils mit zwei undurchsichtigen Katzenkörben beladen.

»Nicht so schaukeln!«, rief eine schrille Frauenstimme ihnen hinterher. »Wenn meinen Minkas nach dem Umzug auch nur ein Haar fehlt, werdet ihr eine Welt des Schmerzes kennenlernen!«

Das musste Eva-Maria Schröcklich sein, dachte Shakira und schob sich langsam näher an die offene Tür. Die Frau, der diese Stimme gehörte, war für Kinderbetreuung zugegebenermaßen wohl nicht die Richtige.

»Jeder normale Mensch wäre froh, wenn wir die hässlichen Biester an der nächsten Autobahnraststätte vergessen«, murmelte der eine Mann.

Mit einem Zischen ging die Tür zu. Aber Shakira war gerade noch rechtzeitig da, um zu verhindern, dass sie sich ganz schloss.

Im Türspalt erschienen hinter dicken Brillengläsern grotesk vergrößerte Augen. Die Frisur war noch sonderbarer als auf dem Foto. Eine glühende Zigarette schwebte dicht vor Shakiras Auge.

»Ist das dein … Dings?«, fragte Eva-Maria Schröcklich und zeigte mit spitzem Zeigefinger auf den in der Tür liegenden Harvey.

»Entschuldigung«, sagte Shakira. »Er ist mir runtergefallen.«

Sie hob ihn auf und Eva-Marias stechender Blick verschwand hinter der zufallenden Tür.

Juan war drin.

Das Mädchen hatte einfach den glücklichen Zufall der offenen Tür genutzt. Eine gewagte Strategie, die man kaum Strategie nennen konnte – schließlich fehlte der Plan, der nun mal eine Strategie ausmachte. Aber wie hatte der Chef nach jeder Unterrichtstunde so schön gesagt?

»So weit zur Theorie. Aber nie vergessen: Die Praxis schlägt die Theorie immer. Und die Praxis heißt meistens: einfach machen.«

Daran hatte sich Shakira instinktiv gehalten und nun hatte Juan sein Ziel erreicht. Er hatte sich hinter der Rolle eines fahrbaren Labortisches versteckt und lugte um die Ecke.

Er kannte diesen Raum. Aus seiner Jugend. Als er nur eine Zahl gewesen war. 38-3. Hier hatte sein Käfig gestanden und die seiner zahllosen Geschwister. Und weiter hinten, in einem durch eine Plexiglasscheibe abgetrennten Bereich, hatten sie die Experimente gemacht. Auf einem dieser fahrbaren Labortische wie der, hinter dessen Rolle sich Juan gerade versteckte.

Ihn schauderte, wenn er an diese Zeit dachte. Die Schmerzen. Die Unsicherheit. Aber vor allem die Angst. Die Angst, irgendwann zu den Katzen gebracht zu werden. Zum Glück hatte der Chef ihn gelehrt, wie man schlechte Erinnerungen auflöste.

Juan schloss die Augen und zählte bis drei. Die düsteren Bilder, von Nadeln, Flüssigkeiten, seltsamen Tests, verschwammen, wurden heller, bis sie fast weiß waren. Eine weiße Erinnerungsflüssigkeit. Sie verklumpte, bildete Löcher, und nun waren sie nur noch ein appetitliches Stück mittelalter Gouda, den Juan genussvoll herunterschluckte.

Juan öffnete die Augen. Er war wieder ganz im Hier und Jetzt. Und im Hier und Jetzt gab es keine Käfige mehr. Keine anderen Mäuse. Und – er streckte schnuppernd sein Näschen in die Luft – auch keine Katzen mehr. Streng genommen – er legte den Kopf schief – gab es hier sowieso nicht gerade viel. Die Überwachungsmonitore, die eigentlich eine ganze Seite des Raumes eingenommen hatten, waren verschwunden. Die chemischen Apparaturen – die Zentrifugen, Kolbenhalter, Bunsenbrenner mit Präzisionslaser – weg. Kurzum, das Labor war ganz schön leer. Man schien gerade umzuziehen.

Chaos herrschte nur auf einem langen Konferenztisch, auf dem mehrere Laptops und die dazugehörigen Taschen herumlagen. Missmutig betrachtete die gerade zurückgedackelte Frau die Rechner.

»Für eine Geheimanlage à la Disneyland reicht's, aber schnelles *und* sicheres Internet war nicht mehr drin«, murmelte sie schlecht gelaunt, während ihr Asche auf die Tastatur bröselte.

Juan kannte die Frau nur zu gut. Sie hatte die Versuche damals geleitet. Die böse Katzenfrau mit der schlimmen Frisur. Eva-Maria Schröcklich. Sie ließ sich auf den einzigen Stuhl am Tisch fallen und begann, verbissen zu tippen.

Es knackte in Juans Ohr.

»Hallo. Ich bin's, Max«, flüsterte es.

Juan rollte die Augen. Es konnte schließlich nicht wirklich jemand anders sein.

»Roger«, sagte Juan.

»Nein, Max«, sagte Max.

»Schon gut«, meinte Juan, der gerade keine Zeit hatte, Wissenslücken zu schließen. »Was gibt's?«

»Ich soll dir von Shakira ausrichten, dass sie in zwanzig Minuten probiert, die Tür wieder aufzukriegen.«

»Ro– verstanden. Ich werde mich bereithalten. Juan Ende.«

Er sah sich um. In zwanzig Minuten musste er wieder an der Tür sein. Mit etwas, das ihnen weiterhalf, um Antoines Pläne zu verstehen und zu durchkreuzen. Aber was sollte das sein, wenn sie schon alles fortgeschafft hatten?

Juan betrachtete Eva-Maria. Er könnte versuchen, einen der USB-Sticks zu holen, die sie gerade im Minutentakt an einem der Rechner aus- und an einem anderen wieder einstöpselte. Andererseits: Das durchzuziehen, ohne dass sie ihn bemerkte, war ein Ding der Unmöglichkeit. Juan konnte sich ausmalen, dass selbst seine perfekt trainierte Muskulatur ihm wenig bringen würde, wenn dieses Weib einen der massiven Laptops auf ihn klatschte.

Er ließ seinen Blick weiterschweifen. Im Raum hinter der Plexiglasscheibe stapelten sich Kartons. Auf ihnen stand »Blanche Forever Young«. Die weltbekannte Antifaltencreme des Konzerns. Millionenfach hergestellt und tausendfach kopiert.

Juan dachte nach. Welchen Sinn machte es, ein paar Kartons mit der Antifaltencreme im bestgesicherten Raum des Gebäudes unterzubringen?

Die Antwort war einfach. Gar keinen.

Juan lächelte.

DIE LETZTE AUFGABE

MAX

Im Labor war Max wieder gescheitert. Es war ihm einfach nicht gelungen, mit der Steuerkonsole die Roboterarme so zu bewegen, dass die Flüssigkeiten aus den Reagenzgläsern im vorgegebenen Mischungsverhältnis in der großen Schüssel auf dem Tisch landeten. Pascals Computerspielkenntnisse hatten ihm auch bei dieser Aufgabe genutzt. Er hatte sie sogar eine halbe Minute vor der Zeit abgeschlossen. Shakira schaffte es knapp, aber sie schaffte es. Max kam durcheinander mit all den Knöpfen und Hebeln und hatte am Schluss außer drei zerbrochenen Reagenzgläsern nichts erreicht.

»Wir müssen mal an deiner Koordination arbeiten«, hatte ihm Derek danach zugeraunt.

Nun ging es also in die letzte Abteilung. Den Sicherheitsdienst. Über eine Rolltreppe gelangten sie in den Keller. Derek schwang eine große Flügeltür auf. Man befand sich in einer riesigen Sporthalle. In der Mitte war eine Art Boxring aufgebaut. In seinen Seilen lehnten vermummte Gestalten.

»Ich hoffe, ihr mögt Kampfsport«, sagte Derek. Ein paar Kinder jubelten, ein paar stöhnten, und Max dachte nur: Oh Gott. Das klang schlimm. Und es war auch schlimm.

Juan schlich zu dem Plexiglaskasten und versuchte, hinter Bürostühlen und herumstehenden Labortischen in Deckung zu bleiben, auch wenn Eva-Maria weiter hoch konzentriert vor sich hin tippte und Sticks austauschte. Ein Blick an die Decke verriet ihm, dass die Überwachungskameras tatsächlich alle abgebaut waren. Für den Chef war es vermutlich ein Desaster, dass man ihm seine Augen in Antoines Labor gestohlen hatte, aber im Moment war es praktisch. Das machte alles unkomplizierter. Aber wie sollte Juan die Tür aufbekommen, um in den Plexiglasraum und damit zu den Kartons zu gelangen? Die Tür hatte keine Klinke, sondern war auch noch mit Sensor und Codefeld verschlossen.

Dann fiel ihm am unteren Rahmen der Tür etwas auf, das ihn üblicherweise nicht sonderlich freute, diesmal aber die Lösung des Problems war.

Eine Katzenklappe. Eigentlich hatte die schreckliche Frau die Tiere in einem separaten Raum gehalten, aber offenbar ihre Gesellschaft beim Experimentieren geschätzt.

Juan reckte sicherheitshalber sein Schnäuzchen nach oben und schnupperte. Ja, das Katzenaroma hing noch in der Luft, aber sie waren tatsächlich alle ausgeflogen. Nur die Katzenklappe war noch da, und nach einem kurzen Blick zu Eva-Maria – sie tippte weiter stoisch vor sich hin – und zur Uhr, die über der Sicherheitstür hing – er hatte noch zehn Minuten –, nahm Juan Anlauf und verschaffte sich Zugang zum Plexiglasbereich.

MAX

Für Max war das Spiel im Boxring die reinste Hölle. Man wurde mit Schutzkleidung ausgestattet, die Tonnen zu wiegen schien. Dann bekam man einen an der Spitze gepolsterten Stab in die Hand gedrückt und musste mit diesem an jedem der fünf Gegner einen bestimmten markierten Knopf treffen. Mal war dieser am Bein, mal am Rücken, mal am Kopf. Und natürlich hielten die Männer nicht still. Sie tänzelten um einen herum, wollten einen greifen, und trotzdem sollte man alle fünf Knöpfe in drei Minuten erwischen. Gerade war Pascal im Ring. Er hatte an so was Spaß. Er machte seit einem halben Jahr Kickboxen, weil Fußball allein ihm zu friedlich geworden war. Hier konnte er richtig die Sau rauslassen, sich wegducken, antäuschen und dann, wenn die Gelegenheit günstig war, aus dem Hinterhalt zustechen. Eine Glocke verkündete das Ende seiner Spielzeit. Er hatte es knapp geschafft und wischte sich grinsend eine schweißfeuchte Haarsträhne aus der Stirn. Derek legte Max die Schutzkleidung an und platzierte den Helm auf seinem Kopf. »Los, Champ«, sagte er aufmunternd. »Einen Buchstaben kriegst du noch.«

Das war glatt gelogen.

JUAN

Juan schlüpfte durch die Katzenklappe in den abgetrennten Bereich mit den Plexiglasscheiben. Er drehte sich um und schob vorsichtig sein Köpfchen durch die Klappe, um die aktuelle Lage zu prüfen. Eva-Maria tippte, stöpselte und rauchte weiter vor sich hin. Sehr gut.

Der Plexiglasraum war abgesehen von den Kartons tatsächlich total leer.

Mit einem Zischen ging die Sicherheitstür zum vorderen Labor auf. Sibylle Schröcklich kam die Metallstufen herunter. Ihr folgten zwei Männer in orangen Uniformen.

»Die Kindergruppen sind durch«, rief sie ihrer Schwester zu. »Wir können jetzt die Kartons aus dem Sonderbereich rausschaffen.«

Verdammt, dachte Juan. Das passte ja nun gar nicht. Er war noch nicht fertig.

»Nichts da«, sagte Frau Schreckfrisur. »Erst den Kleinkram von hier vorne.«

Sie zeigte mit ihrer Zigarette auf das noch herumstehende Mobiliar. »Und dann die Rechner. Ich bin gleich so weit.«

Die Möbelpacker griffen sich einen Bürostuhl und einen der Tische.

Viel war sonst nicht mehr wegzuräumen und dann wären die Helfer bei Juan. Jetzt war präzises, schnelles Arbeiten gefragt. Juan lief zu den aufgestapelten Kartons. Er bog das Mikrofon des Headsets vor sein rechtes Auge. Mit einem winzigen Drehknopf am Bügel stellte er es in den Werkzeugmodus. Ein dünner, präziser Laserstrahl schoss hervor und arbeitete sich durch den Karton. Langsam hob Juan den Kopf und arbeitete sich mit dem Strahl voran. Er drehte sich nach rechts, dann nach unten, nach links und danach wieder nach oben. Ein exakt geschnittenes Viereck in Mäusegröße fiel heraus. Mit einem weiteren Dreh am Schalter wurde aus dem Laser eine Lampe, die das dunkle Loch erleuchtete. Juan erkannte ein in Plastik abgepacktes Pulver. Was auch immer das war – Antifaltencreme gewiss nicht. Er drehte

den Knopf wieder in den Lasermodus, überlegte es sich dann aber anders. Wenn er die Verpackung aufbrannte, konnte das den Inhalt verunreinigen, was die exakte Bestimmung erschwerte, vielleicht sogar unmöglich machte. Da war man mit gutem alten Mäusehandwerk besser bedient. Wozu galt man schließlich als Nagetier?

Juan befeuchtete seine Zähne sorgfältig mit der Zunge, bevor er herzhaft zubiss.

SHAKIRA

Shakira war nervös, eine Gefühlsregung, die sie eigentlich nicht kannte. Sie hatten dem Schwachmaten aus unerfindlichen Gründen zwei Minuten mehr gegeben, vermutlich weil Geheimagent Derek sein Personal Trainer war. Genutzt hatte es nichts. Max hatte es gerade mal geschafft, einen Knopf an einem Gegner zu drücken – und das auch nur aus Zufall, weil er beim Ausweichen gestolpert und dabei mit seinem behelmten Kopf gegen den Schalter am Knie eines Angreifers geknallt war.

Nun war Shakira spät dran. In knapp zwei Minuten rechnete Juan mit der Abholung, und sie hatte noch keine Ahnung, wie sie durch die Sicherheitstür zurück ins Labor gelangen sollte. Als man ihr die Schutzkleidung angelegt hatte, ertönte ein Gong. Die Zeit lief.

Shakira betrachtete die fünf Gegner. Sie prägte sich die Punkte ein. Sie schienen rot zu leuchten. Shakira stieß mit dem Stab zu. Der schwere Schutzumhang bremste ihren Schritt, und der

Gegner wich mit Leichtigkeit aus, ebenso der nächste, der seinen Schalter an der linken Hüfte hatte.

Shakira atmete schwer. Der Kampf sollte noch zweieinhalb Minuten gehen und in einer Minute war Juan abholbereit.

Das ging so nicht.

Shakira streifte den Helm ab und warf ihn auf den Gegner vor sich. Der duckte sich und Shakira stieß den Stab auf den Schalter an seinem Rücken. Während die anderen noch überrascht guckten, hatte Shakira den schweren Schutzumhang von sich geworfen. Sie ließ den Stab mittig auf ihr Knie prallen und das Plastik zerbrach. Nun hatte sie zwei Stäbe und ihre Bewegungsfreiheit. Sie machte einen Ausfallschritt auf den Mann rechts von ihr und aktivierte mit dem Stab in der linken Hand den Schalter an seinem Knie. Sie drehte sich und stieß den rechten Stab so fest auf den Knopf an seinem Bauch, dass er sich eher aus Schreck als vor Schmerz zusammenkrümmte. Schon setzte sie ihren Fuß auf seinen Rücken, sprang und schlug auf die Schalter an den Köpfen der verbliebenen zwei Gegner, die fast ehrfürchtig zu ihr hochblickten.

Nach der Landung drehte sich Shakira zu Derek.

»So, alle fünf. Kriege ich jetzt meinen Buchstaben?«

»Ähm … ähm …« Derek blickte genauso verwirrt drein wie der neben ihm stehende Max. Beiden war wohl noch nie der Gedanke gekommen, dass man Regeln auch einfach ignorieren konnte. »Ich denke, nein. Das war … beeindruckend, aber gegen die Vorgaben.«

Das war Shakira eh egal. Der wichtige Part kam jetzt. Sie ballte ihre rechte Hand zusammen und drückte ihre Fingernägel so tief in die Handfläche, bis ihr die Tränen kamen.

»Mein HAAASE!«, schrie sie. »Ich will meinen HAAAASEN!«

DIE ABHOLUNG

JUAN

Nachdem Juan das Plastik aufgenagt hatte, schaufelte er rasch jeweils eine Pfote des Pulvers in die beiden Beutel an seinem Probengürtel.

»Mission completed«, murmelte er und kroch durch das Loch aus dem Karton. Er wischte sich die Hände am Fell seiner Hüfte ab, drehte sich pfeifend um – und blickte in zwei argwöhnisch zusammengekniffene, riesige Augen, die von betonartigen Haaren eingerahmt waren. Die Frau kniete hinter ihm.

»Wo zur Hölle kommst du denn her?«, fragte ihre verrauchte, bedrohliche Stimme. Eine Hand schoss auf ihn zu.

Juan tauchte darunter hinweg, richtete sich auf und rannte los, die Lücke zwischen ihren Knien im Visier.

Blitzschnell schlug die Frau ihre Füße zusammen und versperrte den Ausgang. Sie hatte aber nicht mit Juans bemerkenswert ausgebildeten Reflexen gerechnet. Er nutzte die wenigen Zentimeter bis zum Aufprall an ihrem Schuh, um tänzelnd in die richtige Sprungposition zu kommen. Dann stieß er sich mit der rechten Hinterpfote ab, rollte sich im Flug zusammen und schoss als kompakte, fellige Kugel genau über die Fersen der Frau und landete hinter ihr auf dem Boden.

Sie robbte sich herum.

»Maus«, schrie sie, »hier ist eine Maus!«

Juan war wieder auf den Füßen aufgekommen und stieß sich durch die Katzentür in den mittlerweile fast völlig leeren Hauptraum des hinteren Labors. Die Umzugshelfer, bullige, breite Kerle mit rohen Gesichtszügen, klappten gerade den Tisch zusammen, an dem Eva-Maria eben noch getippt hatte. Die Rechner waren bereits in Laptoptaschen verpackt und lehnten an der Wand. Juan rannte auf die Taschen zu und schob sich dahinter.

»Wo ist Maus?«, fragte einer der Helfer.

»Bei den Taschen«, schrie die Frau. »Vitali, halt dich bereit! Ich nehme die Taschen weg. Wenn du die Maus siehst, schnapp sie dir. Ich will sie haben!«

Keine schöne Vorstellung, dachte Juan. Das Mädchen könnte langsam echt auftauchen. Er robbte hinter die letzte Tasche.

Dann hörte er das Zischen der Sicherheitstür und die sanfte Stimme der Blonden: »Was ist denn hier los?«

»Ungeziefer!«, keifte ihre Schwester. »Kaum sind meine Minkas weg, haben wir hier eine Mäusepest.«

»Es ist nur Maus. Keine Mauspest«, erklärte Vitali, der dafür ein »Schnauze! Und halt dich bereit!« erntete.

Juan drehte den Kopf. Die erste Tasche wurde weggerissen.

»Kein Maus«, stellte Vitali fest.

»Und selbst wenn«, versuchte die Stimme der Sanften zu beruhigen. »Was interessiert uns eine Maus? Wir arbeiten eh nicht mehr hier.«

»Dir mag das egal sein«, sagte Frau Gruselfrisur, »aber ich hinterlasse meinen Arbeitsplatz sauber und ordentlich – und ungezieferfrei.«

Die zweite Tasche wurde weggezogen. Juan betastete das Material der Tasche vor sich. Angenehm rau. Das sollte klappen. Schnell tackerte er mit seinen Zähnen einige Löcher hinein, in denen er die Finger seiner Vorderpfote verhakte.

»Kein Maus«, hörte man erneut Vitali.

»Dann muss sie ja hier sein …«

Die Tasche wurde hochgerissen. Juan klammerte sich fest und blickte nach unten. Die Irre hatte die Tasche hoch über ihren Kopf gehoben. Ihre Haare drehten sich, während sie die Mauer abscannte. Die Tasche ihres Laborkittels stand ein bisschen ab. Das musste reichen.

Juan ließ los, streckte seinen Körper aus und tauchte mit einem Kopfsprung in die Tasche der Irren, während Vitali wieder mal »Kein Maus« feststellte.

SHAKIRA

Shakiras erster Blick, nachdem sie die Tür zum vorderen Labor aufgestoßen hatte, galt der Uhr. Drei Minuten zu spät. Nicht viel, aber in solchen Situationen konnten drei Minuten über Leben und Tod entscheiden.

Ein junger Mann, dessen Abi bestimmt noch nicht lange her war, baute gerade die Apparatur mit den Greifarmen ab und schaute sie fragend an.

Hinter ihr stürzte Geheimagent Derek in den Raum.

»Du kannst doch nicht einfach so hier herumrennen!«, rief er.

Shakira würdigte ihn keines Blickes, sondern schaute auf die Sicherheitstür. Sie hörte Stimmengewirr dahinter, anscheinend

gab es Aufregung. Gut, wenn jemand drin war, konnte auch jemand rauskommen.

»Mein Hase ist weg«, jammerte Shakira und sah Derek an. »Sie haben meinen Hasen da reingelockt.« Sie zeigte mit irrem Blick auf die Sicherheitstür.

Max und Pascal stürzten herein.

»Was hast du nur immer mit diesem Hasen?«, fragte Derek hilflos.

»Das ist Teil ihrer psychischen Störung«, erklärte Pascal, der deutlich schneller wieder zu Luft kam als der neben ihm schnaufende Max. »Sie ist einfach sehr, sehr wahnsinnig.«

»Aber warum sollte ihr Hase dadrin sein?«, fragte Derek.

Natürlich wusste Shakira, dass Harvey nicht dadrin war. Der stand versteckt hinter dem eingestaubten Gummibaum neben dem Schrank mit den Aktenordnern. Aber jetzt musste sie so lange nerven, bis man ihr einen Blick hinter die Sicherheitstür erlaubte.

Sie trieb sich wieder die Fingernägel in die Handfläche, wartete, bis die Tränen schossen, und schrie:

»HAAAAAAAAAASSSSSSEEEEEEEE!«

Juan steckte vorsichtig sein Köpfchen aus der Manteltasche. Die Frau robbte die Wand entlang und murmelte immer wieder: »Sie ist hier … ich weiß, dass sie hier ist.«

Vitali kratzte sich am Kopf. Auch die Blonde schaute ratlos drein, gab sich dann aber einen Ruck und ging neben der robbenden Irren in die Knie.

»Die Maus ist weg. Und es ist doch wirklich egal.« Ihr Kopf neigte sich näher zu ihrer Schwester. Jetzt flüsterte sie.

»Du sagst doch immer, wir alle müssen Opfer bringen.«

Auch die Blonde hatte einen Laborkittel an und dessen Tasche war jetzt verführerisch nah. Juan schlüpfte herüber. Hier war ihm doch ein bisschen wohler.

»Ich bin gespannt, ob du die Herzchen in deinen Augen opferst, wenn es so weit ist«, flüsterte Eva-Maria, bevor sie wieder lauter wurde.

»Dir mag das egal sein! Ich hinterlasse einen sauberen Arbeitsplatz!«

»Ich wäre jetzt übrigens bereit«, flüsterte Juan in sein Mikrofon. »Wo bleibt ihr nur?«

»Wir müssen die Tür noch aufkriegen. Aber ich glaube, Shakira hat da schon eine Idee«, kam Max' gedämpfte Antwort.

Kurz darauf erklang ein markerschütternder Schrei, der – wenn Juan ihn richtig verstand – »Hase« bedeuten sollte.

Max presste sich die Hände auf die Ohren, als Shakira wieder anfing. Wahnsinn, mit nur zwei Sekunden einatmen konnte sie zehn Sekunden schreien. Währenddessen rannte sie wie eine Geisteskranke durch den Raum, klatschte immer wieder sinnlos die Wände ab, faselte zwischendurch etwas von »Ihr wolltet von Anfang an nur Harvey«, bevor sie wieder zu einem neuen »HAAAASSEEE«-Schrei ansetzte.

»Mit der müsst ihr jeden Tag in die Schule?«, fragte Derek ratlos in einer der viel zu kurzen Schreipausen.

Pascal nickte mit leidendem Gesichtsausdruck. Derek legte ihm voller Mitgefühl seine Hand auf die Schulter.

Mit einem erlösenden »Zisch« ging die hintere Tür auf. Sibylle Schröcklich, die vorhin das Greifarm-Spiel moderiert hatte, kam herein.

»Was ist denn hier los?«, fragte sie.

Shakira wetzte auf sie zu und klammerte sich an ihrem Laborkittel fest.

»WO. IST. MEIN. HASE?«, schrie sie. Die blonde Frau sah sie ängstlich an.

»Ich bin in der rechten Tasche von Sibylle«, meldete sich Juans Stimme in Max' Ohr. »Komm her, während die Kleine sie ablenkt.«

Max ging mit klopfendem Herzen zu Shakira und drängte sich dabei unauffällig an die rechte Seite der jungen Schröcklich.

»Es wird alles wieder gut«, sagte er hölzern, weil er das Gefühl hatte, irgendwas sagen zu müssen. Shakira sah ihn finster an. Max fühlte ein Kitzeln an der Haut zwischen Pullover und Jeans, und dann rutschte ihm irgendwas fellig den Po herunter. Er kiekste.

»Er ist übrigens auch ein bisschen wahnsinnig«, erklärte Pascal hinter ihm.

Max sammelte sich. Juan saß gerettet in seiner Unterhose. »Es ist wirklich alles gut«, sagte er und versuchte zu zwinkern. Shakira checkte es. Sie schaute sich um und zeigte dann auf den Gummibaum.

»Ach, da ist er ja. Hab ich ihn doch einfach vergessen.«

Sie lief zu der Pflanze, packte sich den ekligen Hasen auf den Arm und kehrte zurück. Alle Anwesenden schauten sie sprachlos an.

»Gibt's jetzt Preise?«, fragte Shakira.

PREISVERLEIHUNG

MAX

Derek drängelte. Die ersten Schüler waren schließlich schon bei Antoine, nannten ihre Lösungen, und erfuhren, ob und was sie gewonnen hatten. Max hatte es damit nicht ganz so eilig. Nicht nur, weil sich aus seinen paar Buchstaben kein vernünftiges Wort bilden lassen wollte, sondern vor allem, weil eine Maus in seiner Unterhose entlangzappelte.

»Ich muss noch mal zur Toilette«, sagte er.

»Muss das sein, Buddy?«, fragte Derek.

»Besser ist es«, klinkte sich Pascal ein. »Er hat noch mit sieben manchmal ins Bett gemacht.«

Max warf ihm einen vernichtenden Blick zu. Er hatte ihm das im Vertrauen erzählt, nicht um damit seinen Personal Trainer zu unterhalten. Immerhin wirkte es.

»Na gut«, sagte Derek. »Da vorne links.«

Max huschte eilig in die Personaltoilette, nahm gleich die erste Kabine und öffnete mit erleichtertem Seufzen den Reißverschluss.

Ein Schnäuzchen, das japsend nach Luft rang, ragte aus seinem Hosenstall. Dann schob sich langsam Juans gesamter Oberkörper hervor.

»Kind, du trägst eindeutig zu enge Hosen. Das war nicht sehr angenehm für mich.«

»Ach ja, und ich fand's super, oder was?«, beschwerte sich Max. »Warum bist du nicht gleich hier rein?« Er steckte Juan in die Tasche seiner Sweatjacke. »Die war leider grad nicht in Reichweite«, seufzte es aus dem Pickel an seinem Ohr, während Max die Toilette verließ.

»Besser, Champ?«, fragte Derek.

»Besser«, antwortete Max.

Alle anderen Kinder waren bereits im Aufenthaltsraum der Firma, den man Atrium nannte. Es war ein riesiger, runder Saal im obersten Stockwerk unter einer beeindruckenden Glaskuppel. Fremdartige Pflanzen schlangen sich an weißen, frei stehenden Marmorsäulen nach oben. An Tischen überall im Saal wurden Getränke und Häppchen gereicht, an einem Infostand konnte man sich Broschüren zu Berufen in der Kosmetikbranche geben lassen oder sich erkundigen, wie die Schulpraktika bei Blanche Industries abliefen. Ein Gang zweigte am Ende der Kuppel ab. Er führte zu einer großen Flügeltür, auf der in goldenen, geschwungenen Buchstaben »Antoine« stand. Einige Kinder hatten schon ihre Preise abgeholt und präsentierten stolz ihre Longboard-Sets und Wohlfühlpakete oder, weniger stolz, ihre Wochenration Fitnessdrinks. Den Pokal hatte anscheinend noch keiner geholt.

Pascal reihte sich ein. »Gott, dass noch keiner dieses Kinderrätsel gelöst hat. Na ja, das Goldteil wird sich gut machen zwischen meinen ganzen Urkunden«, sagte er verächtlich.

Max stellte sich hinter ihn. »Du kennst die Antwort? Obwohl du nicht alle Buchstaben hast?«

»Wer denken kann, braucht nicht alle Buchstaben.«

»Ähm … kannst du mir nicht vielleicht die Lösung verraten?«

»Och, Max«, sagte Pascal. »Das ist doch nicht der Sinn von solchen Spielen. Hier soll nicht herausgefunden werden, wer der Netteste ist. Hier soll herausgefunden werden, wer der Klügste ist.«

Shakira kam zu ihnen. Mit der einen Hand schleifte sie Harvey hinter sich her, auf der anderen balancierte sie ein Silbertablett mit kleinen Käse-Sandwiches.

»Ähm … ich glaube, man soll sich immer nur ein Sandwich nehmen«, merkte Max an.

»Und ich glaube, das ist Zeitverschwendung, wenn man Hunger hat.«

»Hast du dann wenigstens auch was für Juan?«, fragte Max. »Das hat er sich wirklich verdient.«

Shakira klemmte sich Harvey zwischen die Beine, nahm sich ein Sandwich und stopfte es sich in den Mund. Dann nahm sie ein weiteres, hob Harveys Kopf leicht an und ließ es darin verschwinden.

»Die Maus zieht um«, grunzte sie. »Ist bequemer als dein siffiger Pulli.«

Max sah sich kurz um, holte Juan aus seiner Jacke und steckte ihn in den Hasen.

»Danke, Junge«, hörte Max im Ohr. »Ich hab echt Kohldampf!«

Die Tür zu Antoines Büro öffnete sich. Doron kam mit gesenktem Kopf heraus. Er hatte auch nur Fitnessdrinks gewonnen.

»Na dann hol ich mir mal den Pokal«, sagte Pascal grinsend, ging ins Büro und schloss die Tür hinter sich.

»Verrätst du mir die Buchstaben?«, fragte Max Shakira.

»Nein«, antwortete sie. Max senkte den Kopf.

»Das wäre zu auffällig. Du hast so oft versagt. Wenn du jetzt die Antwort kennst, macht das nur misstrauisch. Misstrauen können wir nicht brauchen.«

Plötzlich schrie es hinter der Tür des Büros: »Ich habe die Antwort! Ich will den Pokal!«

Pascals Stimme. Es lief wohl nicht so, wie er es sich vorgestellt hatte.

»Das ist gemein!«

Eine andere Stimme murmelte irgendetwas Aufmunterndes. Pascal beruhigte sich und war nicht mehr zu verstehen.

Drei Minuten später schwang die Tür auf. Pascal warf Max und Shakira ein abfälliges Lächeln zu.

Dann riss er die Arme hoch. In seinen Händen funkelte der goldene Pokal.

SHAKIRA

Shakira war die Letzte, die Antoines Büro betrat. Wie ein König fläzte der Besitzer von Blanche Industries auf einem eleganten Sessel, der mit einem merkwürdig grünlichen Material bespannt war. Es sah verdammt nach Krokodilleder aus, stellte Shakira fest.

»Nun die letzte Kandidatin des heutigen Tages!«, rief Antoine fröhlich. Man merkte ihm nicht an, dass er schon Dutzende Kinder heute hier durchgeschleust hatte. Zuletzt Max, der natürlich nur mit den peinlichen Fitnessdrinks herausgekommen war.

»Den Pokal für die Jungs habe ich schon verliehen – die Mädchen haben es noch nicht geschafft. Werden du und dein bezaubernder Begleiter …« – Antoine zeigte auf Harvey – »… die Ehre der Mädchen retten?«

Shakira rollte die Augen.

»Also, was ist deine Antwort? Wer ist der Spion?«

Shakira hatte viereinhalb Buchstaben erspielt. N, A, Z, R und ein halbes S. Die fehlenden zwei Buchstaben waren nicht schwer zu erraten. Es gab nicht viele sinnvolle Wörter mit sieben Buchstaben, in denen N und Z vorkamen. Aber natürlich reichte es nicht, sie einfach richtig zu sortieren. Dann hätte auch der Pokal für die Mädchen schon lange vorher weg sein müssen.

»Du musst nicht traurig sein, wenn du es nicht weißt. Viele Kinder sind daran gescheitert.«

»Ich scheitere nicht daran«, sagte Shakira. »Sie sind der Spion.«

Antoine riss empört die Augen auf. »Ich?«, rief er und zeigte auf sich. »Die Buchstaben ergeben doch nicht Antoine!«

»Nein, sie ergeben Narziss. Und wenn man darauf kommt, wie es ja die nicht völlig Unterbelichteten geschafft haben, kriegt man Longboards oder Kosmetik. Aber wenn man ein bisschen weiterdenkt und diese alberne Spionagegeschichte, die Sie hier gestrickt haben, ernst nimmt, ist das natürlich nur ein Codename. Na ja, und wenn man vor diesem Tag der offenen Tür mal ein bisschen zu Ihrem Laden und vor allem Ihnen recherchiert hat, weiß man, dass »Narziss« Ihr Spitzname zu Studentenzeiten war. Also: Sie sind Narziss und Sie sind der Spion.«

»Das findet man einfach so im Internet?«, fragte Antoine.

»Wenn man ein bisschen mehr draufhat als Google, schon«, antwortete Shakira.

Antoine applaudierte.

HEIMKEHR

MAX

Max' Eltern waren an diesem Abend mit ihren Gedanken ganz woanders. Das bemerkte Max daran, dass er die Haustür selbst aufmachte und ein gedämpftes Gespräch im Wohnzimmer im Gange war. Sonst riss Mama die Tür schon auf, bevor der Kleinbus des Fahrdienstes überhaupt zum Stehen gekommen war.

»… und das ist alles, was wir zum Thema Opa sagen, verstanden?«, hörte er seine Mutter.

»Was ist mit Opa?«, fragte Max und trat ins Wohnzimmer.

Papa prustete erschrocken in die winzige Teetasse, die er in der Hand hielt, während Mama ordentlich zusammenzuckte. Sie fasste sich aber wieder, doch Papa stammelte noch unverständliches Zeug.

»Ach, der hat wieder eine seiner verrückten Ideen«, sagte sie lachend, was ziemlich auffällig war. Mama sprach oft von Opas verrückten Ideen, aber dabei lachte sie nie.

»Eine Forschungsexpedition in seinem Alter!«

»Opa geht auf Forschungsexpedition?«, fragte Max.

»Ja … um die ganze Welt. Also die ganze unzivilisierte Welt. Nur die Natur, sein Team und er. Kein Telefonempfang, kein Internet, nichts. Und das auch noch für Jahre!«

»Oh«, meinte Max. »Dann sollte ich ihn lieber vorher noch mal anrufen. Oder besser besuchen.«

Aus dem Augenwinkel sah er seinen Vater panisch mit den Augen klimpern.

»Leider geht das nicht«, reagierte seine Mutter sehr schnell. »Er ist schon unterwegs. Ist das zu fassen? Diese Kühls sind immer so fürchterlich spontan.«

»Aber Papa ist doch gar nicht spontan«, widersprach Max. »Ich auch nicht.«

»Deswegen habe ich euch auch so lieb«, erklärte Mama. »So verschwindet ihr mir wenigstens nicht von jetzt auf gleich auf irgendwelchen Abenteuerreisen.«

Ein paar Sekunden herrschte Schweigen.

»Wow«, sagte Papa dann. »Du hast ja den Hauptpreis gewonnen.« Er zeigte auf den Pokal in Max' Händen. Dann schaute er seine Frau an. »Vermutlich hat uns Antoine deshalb dieses Wochenende zum Essen eingeladen.«

Max lief es eiskalt den Rücken herunter. »Antoine hat uns zum Essen eingeladen?« Er schluckte.

»Ja«, bestätigte seine Mutter. »Also eigentlich kündigt er das seit Jahren an, aber heute meinte er, wir müssten mal Nägel mit Köpfen machen. Sonntagabend um sieben. Dein Vater hat bestimmt recht: So ein hochbegabter Sohn, der den Hauptpreis am Tag der offenen Tür abräumt, hat ihn wahrscheinlich neugierig gemacht.«

Max schüttelte den Kopf. »Das ist nicht meiner. Shakira hat ihn mir geschenkt.«

»Dieses seltsame Mädchen, das neulich hier war?«, fragte seine Mutter.

Max nickte. »Ja, sie ist seltsam. Aber sie ist auch ziemlich klug.«

»Aber warum hat sie ihn dann dir gegeben?«

»Weil ihr Zimmer eh schon so klein ist und sie keinen Platz für so einen Schrott hat, hat sie gesagt.«

»Nun, besonders dankbar ist sie ja nicht. Dann hat sie ihn auch nicht verdient. Such dir doch mal ein schönes Plätzchen für deine Trophäe und dann gibt es Abendbrot.«

Endlich wieder Licht, dachte Juan, als Max den Deckel vom Pokal nahm. Das war zwar ein schickes Transportmittel, aber der gammelige Hase des Mädchens war trotzdem bequemer. »Da wären wir wieder«, sagte Juan. Er musterte Max. »Du siehst aber unglücklich aus.«

»Wie soll ich denn sonst aussehen? Sie erzählen es mir einfach nicht. Gut, Opa stirbt nicht, aber sie denken das, und trotzdem fragen sie nur nach meinem Ausflug, erzählen von Forschungsreisen und trinken Tee, als ob nichts wäre. Das ist doch unfair.«

»Ein häufiges Verhalten von heutigen Eltern. Sie versuchen, ihre Kinder von allen schlechten Nachrichten fernzuhalten«, erklärte Juan. Menschliche Psychologie war nicht umsonst eines seiner Lieblingsfächer gewesen.

»Aber es ist blöd«, sagte Max. »Es gibt nun mal schlechte Nachrichten. Also will ich sie auch wissen.«

»Das spricht sehr für dich, mein Junge. Aber für uns ist das praktisch. Wenn sie was zu verheimlichen haben, konzentrieren

sie sich weniger auf dich. Und wir können in aller Ruhe die Proben analysieren.«

Juan hatte den Kindern mittlerweile berichtet, auf welche verdächtigen Kartons er in den Laboratorien gestoßen war. Das Pulver befand sich noch in den winzigen Filztaschen, die er an seinem Gürtel um den Bauch trug.

»Wo sollen wir das Zeug eigentlich analysieren lassen?«, fragte Max jetzt.

Juan nickte. »Gute Frage. Ein Labor wäre natürlich praktisch.«

Max runzelte die Stirn. »Pascal hat so einen riesigen Chemiekasten. Haben seine Eltern ihm zum Namenstag geschenkt.«

»Oh, ganz schön großes Geschenk zum … äh … Namenstag.«

Max zuckte die Schultern. »Pascal kriegt ständig was geschenkt. Zum Namenstag, zum Geburtstag, zum Kindertag, zu Weihnachten, zu Nikolaus, zu Ostern, zum Tag der Deutschen Einheit, zum Weltspartag …«

»Der hat ja nette Eltern«, hakte Juan ein.

»Geht so«, sagte Max. »Klar, sie schenken ihm ständig tolles Zeug, aber eigentlich sind sie nie da, reden nie mit ihm und machen nie was mit ihm zusammen. Da finde ich meine Eltern besser. Auch wenn sie mich ständig anlügen und überwachen.«

»Okay, also brauchen wir Pascals Chemiekasten.«

»Der ist aber riesig. Den kriegen wir nicht hierher.«

»Tja, wenn der Chemiekasten nicht zu dir kommt, kommst du zum Chemiekasten. Du besuchst Pascal einfach mal. Was meinst du, erlauben das seine Eltern?«, fragte Juan.

Max schüttelte genervt den Kopf. »Seine Eltern erlauben das. Seine Eltern erlauben alles. Meine Eltern sind das Problem. So ein Besuch muss Wochen vorher angekündigt und geplant wer-

den. Und sobald ich irgendwo bin, wo ich nicht sein sollte, funkt mein Überwachungshandy das an meine Eltern, und ich werde von einer Polizeieskorte abgeholt.«

Juan lächelte Max listig an. »Dann sollten wir der Polizeieskorte keinen Grund geben, dich abzuholen. Hol mal das Telefon. Wir müssen mit unserer Freundin sprechen.«

SHAKIRA

Als Ergebnis des Telefonats mit Juan und Max stand Shakira zwei Tage später vor der Tür der Kühls. Es war Sonntagabend, und Shakira hatte sich exakt den Moment ausgesucht, als die Familie sich im Aufbruch befand, um Antoine Blanches Abendesseneinladung zu folgen.

Max' Mutter riss die Tür schon auf, bevor Shakira überhaupt geklingelt hatte.

Frau Kühl entfuhr ein erschrockenes Kieksen, dann fing sie sich wieder und begrüßte Shakira mit einem »Hallo! Was machst du denn hier?«.

»Sachen abholen. Für das Projekt.«

Am Telefon hatten Shakira, Juan und Max überlegt, wie sie den Abend am besten nutzen konnten. Einerseits war es ihnen zunächst verlockend erschienen, Juan im Anwesen Antoines einzuschleusen, damit er auch dort Erkundigungen einholen konnte. Andererseits war es aber sehr unwahrscheinlich, dass sie hier so sicher fündig wurden wie im Labor. Zudem war Max als einziger Mitwisser vor Ort und konnte bei unvorhergesehenen Zwischenfällen kaum unbemerkt helfen. Daher hatten sie ihn mit seinem Pickelmikrofon ausgestattet, um akustisch dabei zu sein, während sich Shakira und Juan einer anderen Aufgabe widmen wollten, die eh schon lange fällig war.

Max kam die Treppe heruntergelaufen und ging zur Haustür.

»Hallo, Shakira«, sagte er und hielt ihr einen roten Kartonhefter mit leicht gewölbter Vorderseite hin.

Seine Mutter betrachtete den Pickel an seinem Kinn. »Wir müssen was an deiner Ernährung ändern. Das ist doch nicht normal in deinem Alter«, murmelte sie.

Shakira nahm wortlos den Hefter entgegen und zog skeptisch die linke Augenbraue hoch. Max hatte einen dunkelblauen Anzug mit dazu passender Fliege an. Bei der Einschulung mochte das niedlich sein, für einen Elfjährigen war es nur noch peinlich.

»Alle startklar?« Herr Kühl kam durch den Flur nach draußen. In der Hand hielt er einen Autoschlüssel.

»Ich denke schon«, sagte Frau Kühl und schaute Shakira an. »Sollen wir dich irgendwo absetzen? Es ist schon halb sieben vorbei.«

»Nein«, antwortete Shakira. »Ich schaffe es auch zu Fuß noch rechtzeitig zum Sandmännchen.« Sie drehte sich um, ging die Einfahrt herunter und bog in die Straße ein. Kurz darauf kam der Wagen der Kühls an ihr vorbei. Als er an der nächsten Kreuzung abbog, zog Shakira die Gummibänder vom Hefter und klappte den Deckel auf.

Juan richtete sich auf und klopfte sich das Fell ab.

»So, das hätten wir. War ein bisschen eng. Darf ich in den Hasen?«

»Klar«, sagte Shakira und zog Harveys Kopf zurück.

»Haben wir auch alles?«, fragte sie.

Juan hob das Blatt an, auf dem er im Hefter gelegen hatte. Darunter befand sich Max' Handy.

»Alles da, um der elterlichen Überwachung endlich den Garaus zu machen«, sagte er.

Shakira nickte und Juan hüpfte in den Hasen.

MAX

Die Familie Kühl war zwanzig Minuten unterwegs und hatte Antoine Blanches Villa fast erreicht, als das Handy von Max' Mutter einen schrillen Alarmton von sich gab. Sie zuckte zusammen, zog es aus ihrer Handtasche und schaute es stirnrunzelnd an. Dann drehte sie sich zu ihrem Sohn.

»Max, dein Handy bewegt sich außerhalb der um diese Uhrzeit zulässigen Zone.«

Max klopfte seine Innenjacke ab. »Vermutlich sind wir hier nicht mehr in der zulässigen Zone.«

Seine Mutter tippte auf das Display ihres Smartphones. Eine Karte erschien, auf der sich ein roter Punkt langsam fortbewegte.

»Nein, das ist nicht hier. Das ist ein Stadtteil, in dem du dich bitte niemals aufhalten wirst«, sagte sie.

»Oh«, sagte Max. »Tut mir leid. Ich glaube, ich habe es in dem Hefter liegen lassen, den ich Shakira mitgegeben habe.«

»Da wohnt das Mädchen?«, fragte seine Mutter. »Wie hat sie es nur auf diese Schule geschafft?«

Sein Vater schüttelte den Kopf. »Ich hoffe, sie bringt es dir morgen wieder. Du musst besser auf deine Sachen aufpassen.«

»Ich weiß«, murmelte Max. »Tut mir leid.«

»Schon gut«, meinte Mama. »Heute bist du ja den ganzen Abend bei uns.« Sie stellte das Alarmsignal ab. Max' Vater bog ab und hielt dann an. Sie waren da. Mama schaute aus dem Fenster.

»Oh, das ist ja wirklich ein großes Haus«, sagte sie staunend.

Die Untertreibung des Jahrhunderts, fand Max.

EIN ABEND BEI ANTOINE

Max stieg aus dem Auto und vergaß vor lauter Überwältigung einige Sekunden zu atmen. Antoines Haus war kein Haus. Es war ein Palast, das erkannte man schon durch das gusseiserne Gittertor, das in einer hohen schneeweißen Mauer eingelassen war und die Einfahrt versperrte. Soeben schwang es wie von Geisterhand auf. Ein breiter, von Fackeln gesäumter Weg aus einem merkwürdig glatten hellbraunen Stein führte zu dem Anwesen in der Mitte des riesigen Grundstücks, in dessen Garten allerhand unbekannte Bäume und Büsche wuchsen, bewacht von stummen, efeuberankten Statuen.

Etwas eingeschüchtert betrat er mit seinen Eltern den Weg. Mama fuhr prüfend mit ihrem Schuh darüber.

»Ist das siamesischer Marmor?«, fragte sie ungläubig.

»Scheint so«, bestätigte Papa.

»Ist das was Besonderes?«, fragte Max.

»Nun ja«, antwortete seine Mutter. »Wir haben damals überlegt, das Gästebad damit auszustatten, aber das war uns zu teuer. Antoine pflastert damit mal eben seine zweihundert Meter lange Einfahrt.«

»Die Riesentreppe auch«, merkte Papa an.

Max schaute zu den mindestens zwanzig Stufen, die zum Haus

führten. Dort öffnete sich gerade die Tür und ein Mann erschien. Als er lächelte, erkannte man am blitzenden Weiß seiner Zähne sogar auf diese Entfernung, dass es Antoine war. Scheinwerfer über der Tür gingen an und setzten ihn ins Licht wie einen Filmstar.

»Herzlich willkommen«, rief er und winkte ihnen zu.

Antoine führte die Kühls in den Eingangsbereich – ein lang gestrecktes Foyer, so breit wie die acht Bahnen im Bowlingcenter, in dem Pascal einmal seinen Geburtstag gefeiert hatte. Natürlich ohne Kegel, dafür mindestens fünf Meter hoch, die Wände mit hellem Holz vertäfelt. Kristallleuchter, die in regelmäßigen Abständen von der Decke hingen, sorgten für Licht. Die Kühls folgten Antoine an vielen geschlossenen Türen vorbei, bis sie kurz vor einer breiten Holztreppe eine offen stehende Flügeltür erreichten. Rechts und links davon standen zwei gepflegte ältere Herren in schwarzen Anzügen, die um die Garderobe der Gäste baten. Verdattert gaben Max und seine Eltern ihre Jacken und Mäntel ab, und die Herren verschwanden mit einer Verneigung in einer Kammer unter der frei stehenden Treppe, während Antoine ihnen »Danke, James. Danke, Alfred« hinterherrief.

»Deine Butler heißen tatsächlich Alfred und James?«, fragte Mama.

»Ach was«, lachte Antoine, der durch die Flügeltür voranging. »Die heißen Horst und Erwin, aber wenn man Leute für Sachen bezahlt, die man prima selbst erledigen könnte, darf man sie ja wohl nennen, wie man will.«

Sie betraten einen gewaltigen Saal, von dessen Deckenmitte ein Kronleuchter herabhing, an dem bestimmt über hundert Glüh-

birnen angebracht waren. In der Mitte des Raumes stand ein lang gezogener Tisch mit blütenweißer Tischdecke. Er war für vier Personen gedeckt, obwohl wahrscheinlich Max' gesamte Schulklasse daran Platz gefunden hätte. Am hinteren Ende des Raums gab es eine Bühne, die ein langer schwarzer Vorhang verdeckte. Antoine wies seinen Gästen die Plätze zu: Max' Mama auf der rechten Seite, Papa auf der linken und Max am hinteren Ende mit Blick auf den schwarzen Vorhang. Antoine nahm ihm gegenüber Platz.

Die Butler erschienen und fragten die Erwachsenen, ob sie Rot- oder Weißwein trinken wollten. Max konnte zwischen hausgemachter Limonade oder hausgemachter Cola wählen. Sonst durfte Max so ungesunde Sachen nicht trinken, aber seine Mutter nickte ihm zu. Max wählte die Cola und war sich nach einem ersten schüchternen Schluck sicher, dass er in seinem ganzen Leben noch nie etwas Besseres getrunken hatte.

Nun fuhren die Butler mit einem Servierwagen um den Tisch und schöpften mit goldenen Kellen eine köstlich dampfende Brühe aus riesigen silbernen Suppenschüsseln in die Teller, bevor sie sich mit einem Nicken wieder zurückzogen.

Antoine faltete seine Serviette auseinander und legte sie auf seinen Schoß. »Ich denke, ein wenig Musik sollte für die rechte Plauderlaune sorgen«, sagte er. Er schnippte mit seinen Fingern. Der Vorhang ging auf. Dahinter saßen zwölf elegant gekleidete Männer und Frauen an verschiedenen Instrumenten.

»Wow, Antoine«, entfuhr es Papa. »Du hast extra für uns ein Orchester engagiert?«

»Nicht doch«, antwortete Antoine. »Die sind immer da. Ich kann mich einfach nicht an den künstlichen Klang von diesem MP3-Quatsch gewöhnen.« Er drehte sich zum Orchester. »›Das

Suppenquintett‹ von Schubert, bitte«, rief er, und die Musik begann zu spielen.

»Ein zu Unrecht vergessenes Werk des Meisters«, erklärte Antoine und nahm seinen Löffel. »Guten Appetit«, wünschte er.

Juan war mit Shakira inzwischen längst bei ihr zu Hause eingetroffen. Sie hatte sich den Laptop von ihrem Onkel geschnappt, sich in der Mikrowelle einen Kakao gemacht und für Juan ein paar Käsewürfel aus dem Kühlschrank mitgehen lassen. Dann hatte sie aus einem Wandschrank im Flur einen Werkzeugkasten geholt und viele kleine Schraubenzieher auf ihrem Schreibtisch ausgebreitet. Nun legte sie Max' Handy dazu. Juan lief um es herum und betastete es fachmännisch an den Seiten.

»Hat der Schwachmat sich schon gemeldet?«, fragte Shakira.

Juan warf ihr einen kritischen Blick zu und sprach ins Headset.

»Hallo, Max? Operation Smartphone geht gleich los«, sagte er. »Bei dir noch alles in Ordnung?«

Er hörte ein leises Kieksen. Offensichtlich hatte er den Jungen erschreckt.

»Ja, alles okay. Das Haus ist echt riesig. Du hättest dich hier garantiert verlaufen«, flüsterte Max dann.

»Gut. Bleib wachsam. Und gib Bescheid, wenn dir was Ungewöhnliches auffällt«, wies Juan ihn an. Er stellte sein Mikro aus und zeigte auf einen Punkt an dem Handy. »Hier kannst du es öffnen, Shakira.«

Shakira betrachtete die Stelle, wählte dann den kleinsten Schraubenzieher und hebelte die Vorderseite des Handys auf.

»Übrigens, Shakira«, merkte Juan an. »Es ist nicht nett, dass du Max immer Schwachmat nennst. Man nennt seine Freunde nicht Schwachmat.«

»Wir sind keine Freunde«, murmelte Shakira, während sie das Innenleben des Telefons betrachtete. »Wir sind nur eine Arbeitsgemeinschaft.«

Es klopfte. Schnell legte Shakira das Handy wieder in den aufgeschlagenen Hefter, Juan sprang hinterher, und Shakira schloss den Deckel.

»Was denn?«, rief das Mädchen genervt.

Onkel Wichmann lugte herein. »Du hast Besuch. Er sagt, er ist ein Freund von dir.«

Hinter Onkel Wichmann erschien Pascals grinsendes Gesicht.

»Ein Klassenkamerad«, stellte Shakira richtig. »Soll reinkommen. Tschüss, Wichmann.«

Pascal schob sich rein und warf seine Jacke auf Shakiras Bett. Onkel Wichmann zeigte auf den ebenfalls darauf liegenden Laptop.

»Ähm … ist das mein Computer?«, fragte er.

»Ich hab ja keinen«, antwortete Shakira. »Den brauchen wir für unser Schulprojekt.«

»Oh, okay. Dann viel Spaß«, sagte Wichmann und schloss die Tür. Juan kroch aus dem Hefter.

»Macht einen netten Eindruck, dein Onkel«, fand er.

Shakira ließ das unkommentiert, warf dafür aber Pascal einen vernichtenden Blick zu. »Was willst du hier?«

»Ich lass euch doch nicht den ganzen coolen Kram machen«, sagte Pascal. »Wir sind schließlich …«

»… Freunde! Ganz genau!«, warf Juan ein.

»… eine Arbeitsgemeinschaft«, korrigierten Shakira und Pascal ihn gleichzeitig.

Pascal ließ sich auf einen Stuhl fallen, während Shakira das Telefon und den Laptop ihres Onkels mit einem Kabel verband.

»Was läuft bei Max so?«, erkundigte er sich.

Juan horchte. »Wenn ich es richtig verstehe, ist das Anwesen von Antoine Blanche der absolute Wahnsinn.«

»Oh Mann, Max hat bestimmt voll den geilen Abend, während wir ein Handy reparieren«, maulte Pascal neidisch.

»Du reparierst gar nicht«, sagte Shakira scharf, griff nach dem Laptop und machte sich daran, in einem Affenzahn durchs Internet zu surfen. Juan saß auf seinen Hinterbeinen auf der rechten Seite der Tastatur und wies ab und zu mit Kennerblick auf Links, die Shakira anklicken sollte.

Gleichzeitig konzentrierte er sich weiter auf Max. »Lass dich nicht von Antoines Reichtum blenden«, sprach er in sein Headset, »halte Ausschau nach allem, was mit unserer Mission und seinen Plänen zu tun haben könnte.«

Er zeigte wieder auf einen Link.

Shakira klickte und nickte dann. »Ich glaube, hier sind wir richtig«, sagte sie. »Kannst du mal Steuerung und 0 auf dem Nummernblock drücken?«

Juan stellte sich auf die geforderten Tasten. Ein Fenster öffnete sich auf dem Bildschirm. Währenddessen fiel ihm noch etwas ein. »Übrigens, Max, dein Handy hat vorhin einen komischen Alarmton von sich gegeben. War das wichtig?«

MAX

»Ich hab die Tabletten schon wieder vergessen!«, entfuhr es Max ein bisschen zu laut. Seine Mutter schaute ihn fragend an.

»Die Vitamine von Derek«, murmelte Max erklärend und zog seine Tablettenschachtel aus der Hosentasche.

»Ach, der gute Derek«, schaltete sich Antoine ein. »Seid ihr zufrieden mit ihm?«

»Sehr«, bestätigte Mama, während Max seine Pille mit köstlicher Cola runterspülte.

»Wie alle Sportler nicht der Hellste, aber von Fitness und guter Ernährung versteht er wirklich was«, erklärte Antoine.

Die Butler tauschten die Suppenschalen gegen Teller aus.

»Ach, da hören wir doch mal das Lied, das ich beim Joggen am liebsten mag«, sagte Antoine und wandte sich zum Orchester, das soeben verstummt war. »Einmal ›Mouse On The Run‹, bitte.«

Die Geigen setzten mit einer langsamen, düsteren Melodie ein. Horst und Erwin fuhren mit ihren Rollwägen wieder zum Tisch und nahmen mit großer Geste die funkelnden Deckel von den Silbertabletts.

Max riss entsetzt die Augen auf. Auf einem Bett aus Buttergemüse und Salzkartoffeln lag jeweils ein riesiger, grünlich schimmernder Fisch. Seine Mutter warf ihm von der Seite einen sorgenvollen Blick zu. Sie wusste, dass Max eigentlich alles aß – auch wenn er bei Weitem nicht alles essen durfte –, aber eines nicht.

Fisch.

Mit sicherer Hand filetierten die Butler die Tiere und legten Max' Eltern jeweils ein großes Stück auf die Teller. Horst fuhr mit seinem Wagen neben Max. Der Fischgeruch stieg ihm in die Nase.

»Mama, bitte«, flehte er leise in Richtung seiner Mutter.

Urplötzlich wurde aus der düsteren, langsamen Melodie im Hintergrund ein wahnsinnig hektisches Gedudel, das immer höher und schneller wurde, obwohl es nicht mehr höher und schneller zu gehen schien.

»Was für ein ungewöhnliches Stück Musik«, warf Max' Vater ein, wahrscheinlich um vom jämmerlichen Anblick seines Sohnes abzulenken, der abwechselnd in Todesangst von seinem Teller zu seiner Mutter schaute.

Antoine grinste glücklich. »Ja, die Titelmelodie von so einem albernen Computerspiel aus den Achtzigern. Ich habe es geliebt.« Sein Blick fuhr weiter zu Max und ruhte einen Moment auf ihm.

Ein schneidender Schmerz durchzuckte Max' Kopf, vor seinen Augen blitzte es kurz auf. Dann war der Schmerz genauso schnell verschwunden wie der Blitz.

»Es tut mir schrecklich leid, Antoine«, klinkte sich Max' Mutter ein. »Mein Sohn mag Fisch leider gar nicht. Ich weiß, das ist eine Kaiserforelle, und sie hat vermutlich ein Vermögen gekostet, aber vielleicht ist es besser, wenn er nur das Gemüse isst.«

Antoine lächelte verständnisvoll und blickte Max direkt in die Augen. »Natürlich musst du nichts essen, was du nicht magst.«

Max atmete auf.

»Aber weißt du, was ich glaube?« Antoine beugte sich etwas vor.

Max schüttelte den Kopf.

»Ich glaube, du wirst ihn essen. Weil du noch nie etwas so absolut Köstliches gerochen hast wie den Duft dieser herrlichen Kaiserforelle. Weil du dir nichts Schöneres vorstellen kannst, als dir das saftige Aroma dieses auf den Punkt geschmorten Tier-

chens auf der Zunge zergehen zu lassen. Weil du ab jetzt ein neues Leibgericht hast.«

Max blickte irritiert auf den Teller, weil der brechreizerregende Geruch in seiner Nase sich von einer Sekunde auf die nächste … verwandelt hatte. In einen Geruch, der einfach nur eins machte: Appetit.

»Nett, dass du es versuchst, Antoine«, erklärte Mama, »aber wir haben schon alles probiert. Wir haben den Fisch gebacken, gedünstet, in Panade aus Dinkel- und Grünkernmehl versteckt. Wir haben stundenlang alle Vorzüge von Omega-3-Fettsäuren erklärt, die in Fisch stecken, aber Max kann Fisch –«

Sie schaute, abgelenkt von einem seligen Stöhnen, nach links.

Max hielt dem Butler, der mit dem Servierwagen an der Seite wartete, seinen Teller hin.

»Darf ich noch ein Stück haben?«

Mittlerweile konnte nicht einmal Pascal verbergen, dass er es doch ganz schön faszinierend fand, was Shakira da machte. Juan lächelte verschmitzt. Ohne Probleme loggte Shakira sich gerade auf der Seite des Herstellers von Max' Handy ein, kommentiert nur durch gemurmelte Worte: »Frau Kühl hat wirklich überall nur ein Passwort. Und so was ist Datenschutzbeauftragte!«

Von Max hörte Juan nur leise Essensgeräusche. Es schien dem Jungen wirklich zu schmecken. Er hatte schon zweimal um Nachschlag gebeten.

»Nur so interessehalber«, fragte Juan ihn durch das Headset, »was gibt's denn?«

»Das ist wirklich der leckerste Fisch aller Zeiten. Vielen Dank, Herr Blanche!«, sagte Max, um damit unauffällig die Frage zu beantworten.

»Passiert was bei Max?«, fragte Pascal.

»Nichts Wichtiges«, sagte Juan. »Er isst nur gerade einen sehr guten Fisch.«

»Max isst Fisch?«, fragte Pascal. »Der kotzt doch sogar von Fischstäbchen!«

»Ich wär froh über Fischstäbchen«, bemerkte Shakira, während sie in Max' Einstellungen die zugelassenen Rufnummern erheblich erweiterte. »Der Wichmann kann nur Kohlrouladen und Senfeier.«

Juan flitzte über die Tastatur und zeigte auf einen Menüpunkt an der rechten Seite des Bildschirms. »Das müsste das Ortungssystem sein.«

Shakira klickte und nickte. »Okay, hier könnten wir es ausschalten. Aber das kriegen Max' Eltern dann natürlich sofort mit.«

Juan rieb sich übers Kinn. »Sie müssen denken, dass sie ihn orten, aber in Wahrheit sehen sie nur das, was sie sehen sollen.«

Shakira öffnete die Schublade ihres Schreibtisches und wühlte ein bisschen herum, bis sie einen USB-Stick gefunden hatte und in den Computer steckte. Ein Programm namens »Easyhack« öffnete sich. Shakiras Hände fuhren über die Computertastatur. Immer wieder erschienen Fenster mit Sicherheitswarnungen, die Shakira schloss. Ab und zu deutete Juan auf den Bildschirm, machte Vorschläge, die Shakira entweder befolgte oder ablehnte.

»Woher die Maus das alles weiß, ist ja sowieso ein Rätsel«, sagte Pascal zu Shakira. »Aber wir beide sind im selben Computerkurs. Wo zur Hölle hast du gelernt, wie man so ein Programm einfach nach seinen Wünschen ändert?«

»Jeder Mensch braucht ein Hobby«, sagte Shakira und tippte weiter.

Zur selben Zeit wurde zum Abschluss des Festmahls in der Villa Blanche ein Mailänder Schokoladenkuchen mit gefrorenem Sahnekern an Himbeersorbet serviert. Das Orchester spielte dazu Beethovens »Nuss-Nugat-Etüde«, die Max auch nicht kannte, obwohl er alle fünfundzwanzig Folgen aus der Reihe »Klassik für Kinder« hatte. Auch der Nachtisch war köstlich, wenn auch nicht ganz so köstlich wie der Hauptgang.

Antoine tupfte sich die Lippen ab und legte die Serviette auf den Teller, den Erwin sofort lautlos abräumte.

»So«, sagte der Chef. »Dann kommen wir zum nächsten Höhepunkt des Abends. Denn ihr beiden habt ja was zu feiern, nicht wahr?« Er zwinkerte Max' Vater zu.

Papa schaute genauso fragend aus der Wäsche wie Mama.

»Na, euren Hochzeitstag.«

Max' Eltern entgleisten die Gesichtszüge. Sie hatten ihn anscheinend vergessen.

»Deswegen schenke ich euch heute das, was alle hart arbeitenden Eltern sich wünschen: einfach mal eine Stunde Zeit für sich. Die bekommt ihr jetzt bei einer Flasche ausgezeichnetem

Champagner, während ich eurem Sohnemann mein Haus zeige.«

Max erstarrte. Es gab viele Dinge, die er nicht wollte, aber am allerwenigsten wollte er eine Stunde mit dem Mann allein sein, gegen den er gerade mit seltsamen Freunden und einer sprechenden Maus ermittelte.

Antoine lächelte Max an. »Denn ich habe natürlich gemerkt, dass Max sich nichts sehnlicher wünscht, als hier alles von mir gezeigt zu bekommen.«

Wieder fuhr für einen winzigen Moment ein seltsamer Schmerz durch Max' Kopf. Irgendwie hatte er dieses hektische Mäuselied vorhin nicht gut vertragen.

»Als passende Untermalung für eure romantische Stunde zu zweit erinnert mein kleines Orchester an euer erstes gemeinsames Konzert«, sagte Antoine.

»Unser erstes Konzert waren die Killer Zombies«, erklärte Papa.

»Ganz genau. Die schönsten Melodien der Killer Zombies, wie ihr sie noch nie gehört habt.«

Die Streicher setzten ein und schraddelten wild über ihre Geigen. Papa begann mit versonnenem Lächeln rhythmisch mit dem Kopf zu wippen.

»Woher weißt du nur das alles von uns?«, fragte Mama lachend.

»Man sollte nur mit Menschen arbeiten, die man sehr gut kennt«, antwortete Antoine und wandte sich an Max.

»Na? Lust mit Onkel Antoine sein kleines Häuschen zu erforschen?«

Max nickte begeistert. Es gab nichts, was er sich sehnlicher wünschte. Und die Kopfschmerzen waren auch wieder weg.

UNTERWEGS MIT HERRN BLANCHE

»Antoine zeigt mir sein Haus«, hörte Juan Max flüstern.

»Keine Panik!«, wollte Juan ihn beruhigen, der ja wusste, dass es mit der Nervenstärke des Jungen nicht weit her war. »Er kann dir kaum was antun, während er dich herumführt.«

Pascal, der eine Weile lang sprachlos Shakira beobachtet hatte, wie sie eindeutig kriminelle Programme von noch kriminelleren Webseiten herunterlud, wurde aufmerksam.

»Was soll ihm denn drohen?«, fragte er. »Eine Überdosis Luxus?«

»Ich habe keine Angst«, flüsterte Max. »Ich finde das super.«

Oha, dachte Juan. Der Junge entwickelte ja richtig Mumm. Da traf es sich wirklich gut, dass man hier gerade alles tat, damit sein Entdeckerdrang zukünftig von niemandem mehr überwacht werden konnte. Juan drehte sich zu Shakira, die auf dem Bildschirm ungeduldig einen nur zäh vorankommenden Ladebalken betrachtete. Sie wandte sich an Pascal.

»Gute Nachrichten, Schnösel«, sagte sie. »Ich dachte ja, du bist komplett überflüssig, aber wenn Onkel Wichmanns Schneckenrechner hier mal fertig wird, brauch ich dich.«

MAX

Max' Privatführung durch die Villa Blanche fing im Keller an, denn »im Keller ist ja eh nie was Interessantes«, wie Herr Blanche es ausdrückte. Für den Keller ihres Hauses stimmte das auch, fand Max. Dort standen seit Jahren nicht angerührte Gläser mit eingemachtem Obst, als Mama ihre »Kochen wie vor hundert Jahren«-Phase hatte, Umzugskartons voller Bücher und Zeitschriften, die keiner mehr las, und die unbenutzten Fahrräder für die große Familienradtour, die sich jeden Sommer ein weiteres Jahr nach hinten verschob. Und natürlich der Handwerksraum, der immer aufgeräumt war, weil keiner handwerkelte.

Antoines Keller war aber doch etwas anderes. Der erste Raum, in den Max geführt wurde, war eine Tiefgarage mit Autos. Max zählte durch. Hier standen über dreißig verschiedene Wagen aus unterschiedlichen Jahrzehnten, jeder blitzblank poliert, sodass es aussah, als wäre er gerade erst vom Fließband gekommen.

»Eine Jugendsünde«, erklärte Antoine. »Mit fünfundzwanzig dachte ich, als schwerreicher Fabrikantensohn müsste man Autos sammeln und schöne Frauen. Das ist natürlich Quatsch. Aber im Gegensatz zu den schönen Frauen gehen die Autos nicht einfach wieder, wenn man mit sechsundzwanzig zur Vernunft kommt und, na ja, jetzt stehen sie halt dumm rum.«

Er klatschte zweimal in die Hände und die Lichter in der Garage gingen aus. Antoine führte Max weiter über den Gang, bis nach fast fünfzig Metern die nächste Tür aufschwang.

»Das ist natürlich viel wichtiger als die alberne Garage, aber trotzdem befindet sich hier nur das Notwendigste. Der Mensch an sich ist einfach irrational.«

Zweimaliges Händeklatschen ließ die Neonröhren erleuch-

ten. Max erkannte mehrere Fitnessfahrräder, Laufbänder und mindestens vier Dutzend Trainingsgeräte für die unterschiedlichsten Muskelgruppen. Es sah aus wie das Fitnessstudio, in dem Papa angemeldet war, nur mindestens dreimal so groß. Dabei betonte er gerne, dass sein Studio »das exklusivste im Umkreis von fünfhundert Kilometern« sei, worauf Mama meistens spitz »Dann könntest du da ja auch ab und zu mal hingehen« bemerkte.

»Na ja, für das Nötigste reicht es«, kommentierte Antoine, während er zwischen den Geräten vorauslief. Neben jedem war ein kleiner Monitor angebracht, auf dem Derek in einem kurzen Video die richtige Bedienung der jeweiligen Maschine vorführte.

»Und wenn ich manchmal ein bisschen planschen möchte …«, sagte Antoine und bog um eine Wand, die komplett verspiegelt war, »…drehe ich hier noch ein paar Runden.« Er klatschte wieder in die Hände und ein riesiges Schwimmbecken tauchte direkt vor Max auf.

Er hielt abrupt an. Mit dem nächsten Schritt wäre er direkt ins Wasser gestürzt.

»Na, am liebsten würdest du jetzt gleich mit einem Köpper rein, was?«, fragte Antoine und zwinkerte Max zu.

»Nein«, antwortete Max. »Ich …« – es war ihm peinlich, es auszusprechen, deshalb wurde er etwas leiser – »… kann gar nicht schwimmen.«

»Ich weiß«, sagte Antoine und grinste weiter. »Aber, Max, du würdest jetzt trotzdem am liebsten eine Runde schwimmen.«

Ein kurzer Kopfschmerz durchzuckte Max, den er wegen der gerade aufkommenden Sehnsucht kaum wahrnahm.

»Ja«, sagte er. »Ich würde jetzt wirklich gerne eine Runde schwimmen. Ich kann es gar nicht, aber es wäre wirklich toll.«

»Halt, stopp!«, rief Juan laut. Shakira, die er damit aus ihrer tiefen Konzentration beim Verändern der Einstellungen des gerade heruntergeladenen Programms gerissen hatte, schaute ihn irritiert an.

»Wenn du nicht schwimmen kannst, gehst du nicht schwimmen«, rief Juan beschwörend in sein Headset.

»Ich wusste, dass Antoine einen Pool hat!«, stöhnte Pascal neben ihm. »Garantiert größer als die lumpigen fünf mal fünf Meter in unserem Garten.«

Shakira schüttelte den Kopf und wandte sich wieder dem Bildschirm zu. »Schwimmen wollen, obwohl man gar nicht schwimmen kann«, murmelte sie. »Und ich soll ihn nicht Schwachmat nennen.«

Juan ignorierte sie. Hatte der Junge ihn gehört? Was war dort bloß los?

»Den Wunsch, im Pool schwimmen zu gehen, kann ich dir aber leider nicht erfüllen, mein Freund«, vernahm er nun leise eine andere Stimme. Sie rauschte ziemlich, doch es war eindeutig Antoine Blanche. Sein Gesicht musste gerade sehr dicht an dem von Max sein. Ein Kichern war zu hören, dann so etwas wie ein Händeklatschen. »Man mag es kaum glauben, aber ertrunkene Kinder können selbst die loyalsten Angestellten nur ganz, ganz schwer verkraften.« Das Rauschen und die Stimme wurden wie-

der leiser. »Komm, Max, wir gehen weiter nach oben«, war das Letzte, was Juan verstand.

Juan atmete hörbar aus und wischte sich einen winzigen Schweißtropfen von der Stirn.

Er wurde nicht schlau daraus, was da vor sich ging. Max schien erst einmal nicht in Gefahr zu sein. Aber ein gutes Gefühl hatte er dennoch nicht mehr.

DAS GANZE PROGRAMM

MAX

Max und Antoine hatten die Küche besichtigt, in der man eine Armee hätte versorgen können. Das Ankleidezimmer, in dem Antoine aus zweihundertfünfzig maßgeschneiderten Anzügen mit farblich dazu abgestimmten Hemden, Schuhen und Einstecktüchern wählen konnte. Für Tage, an denen er nicht arbeitete – »Seltene Tage! Ich arbeite einfach gerne!« –, gab es Dutzende glänzender Seidenpyjamas und Bademäntel, die so flauschig aussahen, dass man sofort sein Gesicht darin versenken wollte. Schließlich führte der Besitzer des Hauses Max über die imposante Holztreppe in den dritten Stock. Hier zeigte er ihm als Erstes sein Schlafzimmer. Max zählte vierzehn verschiedene Schlafmöglichkeiten.

»Wozu brauchen Sie so viele Betten?«, fragte Max. »Haben Sie oft Gäste?«

»Um Gottes willen, nein. Abends brauche ich meine Ruhe. Aber ein erholsamer Schlaf ist ja wichtig und jede Nacht stellt unterschiedliche Anforderungen. Deshalb schätze ich die Auswahl.«

Antoine klopfte auf ein Boxspringbett, das ihm fast bis zur Hüfte ging. »Das hier nehme ich, wenn es einfach mal weich sein soll.«

Er ging zu dem Gestell daneben und strich über die Matratze, die ein glucksendes Geräusch von sich gab. »Dadrin fühlt man sich wie im Mutterleib. Nur halt ohne störende Mutter.« Er lachte und ging weiter.

»Ich bin ja kein normaler Mensch, aber wenn ich mich deswegen einsam fühle, nehme ich das hier.« Er zeigte auf ein erstaunlich schlichtes Doppelbett aus unlackiertem Holz mit einer ganz normalen Matratze und einfacher weißer Bettwäsche. »Ikea!«, rief Antoine. »Eine Nacht darin, und man weiß wieder, dass normal sein auch keine Lösung ist. Aber am liebsten schlafe ich hier.«

In der Mitte des Raumes stand ein Himmelbett, auf dessen Liegefläche eine Kleinfamilie bequem Platz gefunden hätte. Darüber war ein Tuch gespannt, das mit dem Sternenhimmel bedruckt war. Max und Herr Blanche betrachteten ihn ehrfürchtig.

»Gibt es eine bessere Aussicht für große Gedanken?«, fragte Antoine, und Max schüttelte den Kopf.

»Wenn ich mir was besonders Gutes tun möchte, mache ich das hier.« Herr Blanche drückte einen fast unsichtbaren Knopf an der Oberseite des Bettgestells. Max hatte keine Ahnung, wie das technisch funktionierte, aber auf den Sternen erschien eine Projektion von Antoine. Er trug einen weißen Kimono, lächelte milde und sprach mit ganz beruhigender Stimme: »Du bist gut. Du bist großartig. Die Menschheit hat auf dich gewartet.« Nach einem weiteren Druck auf den Knopf war die Projektion verschwunden.

»Tja, manche finden es eitel. Mich inspiriert es. Kommen wir zum letzten Teil unserer Führung, bevor deine Eltern trotz aller Romantik nervös werden.« Antoine schob Max sanft Richtung Tür, doch der blieb stehen.

»Wofür ist das?« Er zeigte auf ein Brett, das in einer seltsam dunklen, spinnwebenverhangenen Ecke des Raumes stand. Aus der Unterseite ragten die Spitzen rostiger Nägel.

»Ach das«, sagte Antoine. »Für Abende, an denen ich unzufrieden mit mir bin. An denen ich finde, ich habe Strafe verdient.«

Max schaute ihn entgeistert an. Die Nägel sahen echt fies aus.

»Aber ich bin ja nie mit mir unzufrieden!«, winkte Antoine ab und lachte.

SHAKIRA

Am anderen Ende der Stadt in Shakiras Kinderzimmer war es mittlerweile ruhig geworden. Pascal spielte auf seinem Smartphone, während Shakira und Juan immer noch an der Arbeit waren. Schließlich setzte sie sich auf und drückte ihr Kreuz durch. »Ich bin dann so weit«, verkündete sie.

Pascal stand auf und sah ihr über die Schulter.

Eine Landkarte erschien auf dem Bildschirm. Ein roter, leuchtender Punkt zeigte an, wo sich Max' Handy in diesem Moment befand. Shakira lenkte den Zeiger auf die rechte Seite, wo ein Kalender angezeigt wurde. Sie stellte das Datum zwei Tage vor auf den nächsten Montag.

»So, ab jetzt werden wir die Zukunft voraussagen.«

»Hä?«, fragte Pascal.

»Wir erstellen eine fiktive Ortungsdatei. Wir sagen, wann sich Max nächste Woche angeblich wo befindet. Und da kommst du ins Spiel.«

»Weil?«

»Weil du Max am besten kennst von uns und weißt, wann er sich wo befindet.«

»Ah okay, begriffen.« Pascal rutschte näher an den Bildschirm.

»Gut. Montag um Mitternacht ist er logischerweise im Bett. Um halb sieben steht er auf, der Fahrdienst kommt um sieben und fährt direkt zur Schule.«

Shakira nickte und tippte. Der rote Punkt bewegte sich von Max' Adresse zu seiner Schule.

»Da ist er dann bis vier. Danach bringt ihn der Shuttle-Service unserer Schule zum Japanischunterricht. Der ist … hier!« Pascal tippte auf eine Stelle auf der Landkarte. Shakira gab die Uhrzeit ein, und dann folgte der rote, leuchtende Punkt Pascals Finger. Er grinste.

»Irgendwie cool«, sagte er.

Sie arbeiteten sich durch die Wochentage, bis sie schließlich beim Freitag angelangt waren.

»Mit der Musikschule nachmittags bist du dir sicher?«, hakte Shakira bei Pascal nach.

»Ja, ich habe es dir doch gesagt. Ich glaub schon. Wie oft soll ich es dir denn noch sagen?« Pascal wirkte langsam echt genervt.

»Bis du Superhirn erkennst, dass ›Sicher sein‹ irgendwie nicht richtig zu ›Ich glaub schon‹ passt. Wir können es uns nicht leisten, dass Max' Mutter plötzlich eine Panikattacke kriegt, weil ihr Sohn ganz woanders sein müsste. Also: Sicher oder glauben?« Sie sah Pascal auffordernd an. Der drehte sich zu Juan, der auf der Tastatur des Laptops saß.

»Warum fragst du ihn nicht einfach durch das peinliche Pickelmikro?«

»Kann ich meinen Laptop wiederhaben?«, erklang Onkel

Wichmanns Stimme vor der Zimmertür wie ein vergessliches Echo.

»Nein. Ich bringe ihn dir in fünf Minuten«, beantwortete Shakira Wichmanns Frage.

Juan drehte den Knopf an seinem Headset. »Ich kann es probieren. Er ist, glaube ich, immer noch bei der Führung.«

»Kurze Zwischenfrage, Max«, sagte die Maus. »Hast du freitags noch Geige?«

»Ich habe schon seit Jahren keine Geige mehr«, stieß Max verblüfft aus. Antoine hielt vor der Flügeltür inne, die er gerade aufstoßen wollte, und drehte sich mit fragendem Blick um. Max spürte, wie er rot wurde.

»Ähm, ich … ich weiß auch nicht, warum ich das gesagt hab. Irgendwie erinnert mich das hier alles so an … an …«

»… Geigen?« Antoine zog die linke Augenbraue hoch.

»Genau. Oder ›Die lustige Welt der Naturwissenschaften‹! Die habe ich nämlich freitags jetzt immer statt Geige.«

Antoine lachte schallend.

»Du redest aber komisches Zeug! Aber das passt zu mir. Ich mache nämlich komisches Zeug. Zum Beispiel das hier, bevor wir zum letzten Highlight unserer Tour kommen. Das wollte ich schon den ganzen Abend tun.«

Antoine beugte sich mit vorgestreckten Daumen vor.

Dann drückte er Max' Pickel aus.

Ein helles Fiepen jagte durch Juans Kopf. Die Maus zuckte schmerzerfüllt zusammen. Pascal und Shakira betrachteten ihn stirnrunzelnd, während sich Juan mit »Verdammt, das hat wehgetan!« das Headset vom Kopf riss.

»Was war das denn?«, fragte Pascal.

Juan betrachtete das Headset. »Keine Ahnung«, sagte er. »Jedenfalls hat er freitags ›Die lustige Welt der Naturwissenschaften‹.«

»Kann ich meinen Laptop wiederhaben?«, erklang Onkel Wichmanns Stimme erneut vor der Zimmertür.

»Ich bring ihn dir gleich«, fauchte Shakira. Die Schritte ihres Onkels zogen davon.

Shakira tippte die letzten benötigten Daten in den Rechner, der nun eine komplett gefälschte Max-Woche ins Internet sendete. »So viel zum entscheidenden Unterschied zwischen glauben und sicher sein«, erklärte sie, schloss die Programme und klappte den Rechner zusammen.

»Ich bring den schnell Onkel Nervbacke«, sagte sie. »Wehe, du fasst was an.« Shakira warf Pascal einen drohenden Blick zu und marschierte raus.

»Als ob ich hier irgendwas anfassen möchte«, murmelte Pascal. »Ich kann mich kaum entscheiden, was ich hier *nicht* anfassen möchte.«

Juan massierte sich noch einmal sanft die Ohrläppchen und setzte dann das Headset wieder auf.

»Max? Bist du noch da? Max?«

Doch der Junge meldete sich nicht.

»Verdammt, wir haben ihn verloren«, sagte Juan.

»Er ist tot?«, fragte Shakira, die gerade wieder zurückkam.

»Das hoffe ich nicht«, sagte Juan streng. »Aber sein Mikro ist nicht mehr an. Wir können nur beten, dass Blanche nicht Lunte gerochen hat.«

»Ach, woher denn?«, wiegelte Shakira ab. »Nicht mal ein kriminelles Genie rechnet mit einem minderbegabten Elfjährigen, der ein Pickelmikro trägt. Wobei wir das mit dem kriminellen Genie ja überhaupt nicht sicher wissen. Bisher könnte das auch nur die Fantasie eines alten Spinners sein, der gefeuert wurde.«

»Mein Chef ist kein Spinner«, verteidigte Juan ihn. »Und das Böse ist schlau. Man weiß nie, auf welche Gedanken ein böses Gehirn kommt. Oder ob Antoine Verbündete hat, von denen wir nichts ahnen.«

Shakira warf schulterzuckend eine Tüte Salzbrezeln und zwei Tafeln Traube-Nuss aufs Bett.

»Was ist das denn?«, fragte Pascal schnell.

»Von meinem Onkel. Als Verpflegung für meinen Besuch.«

»Traube-Nuss und Salzbrezeln. Da jubelt das Seniorenheim«, stöhnte Pascal. Juan warf ihm einen kritischen Blick zu. Der Junge sollte laut Max ja mal ganz nett gewesen sein, aber richtig vorstellen konnte er sich das nicht.

»Ich finde das sehr lieb von deinem Onkel«, wandte sich Juan an Shakira. »Ich hoffe, du hast dich ordentlich bedankt.«

Shakira sah ihn an. »Hab ich tatsächlich«, sagte sie und wirkte erstaunt. »Weiß selbst nicht, warum.«

EINE UNVERHOFFTE ENTHÜLLUNG

MAX

»Na, das hätte ich mir anders vorgestellt«, sagte Herr Blanche und betrachtete das, was nach dem Ausdrücken des Pickels auf den Daumennägeln übrig geblieben war – silbriger Staub, den er lässig abklopfte.

Max fragte sich, ob er sich übergeben, schreien oder lachen sollte. Damit war seine Verbindung zu Juan gekappt. Jetzt war er wirklich alleine mit dem Mann, der irgendetwas sehr Böses vorhatte – auch wenn keiner genau wusste, was das war.

Antoine lächelte ihn an.

»Ja, ich weiß, das war nicht nett. Aber ein gepflegtes Hautbild, mein Freund, ist einfach unfassbar wichtig. Es öffnet einem so viele Türen. Zum Beispiel diese hier.«

Und damit stieß Herr Blanche die Flügeltür vor sich auf, die den Blick freigab auf einen leicht abfallenden Gang, der von einem hellen roten Teppich bedeckt war.

Rechts und links von ihm befanden sich Stuhlreihen, bezogen mit einem etwas dunkleren roten Stoff, mit Armlehnen aus goldlackiertem Holz. Vor ihm schob sich ein Vorhang zur Seite, der eine Leinwand freigab.

»Sie haben ein eigenes Kino?«, staunte Max.

»Filme brauchen eine Leinwand«, erklärte Antoine. »Wenn du

mich fragst, sollte jeder, der einen Film auf einem Tablet oder gar dem Smartphone schaut, wegen Barbarei gevierteilt werden. Komm rein und nimm Platz.«

Max setzte sich. Kurz darauf dimmte das Licht ab und auf dem Bildschirm erschien in uralt wirkendem Schwarz-Weiß der Titel des Films:

WIE ANTOINE BLANCHE DIE WELT RETTETE.

»Guter Titel, oder?«, fragte Antoine, ohne wirklich eine Antwort zu erwarten. Mit zufriedenem Lächeln betrachtete er den Anfang des Films, wo nun er selbst erschien.

Er stand in einer Bibliothek vor einem Regal und war dort in ein Buch versunken. Die Kamera fuhr näher an ihn heran, und als er in Großaufnahme zu sehen war, klappte er das Buch zu und schaute den Betrachter direkt an.

»Hallo«, sagte er. »Mein Name ist Antoine Blanche. Ein Name, der für Stil, Ästhetik oder einfach schlicht Schönheit steht. Worauf ich durchaus stolz bin. Aber Schönheit ist nicht das Problem der Welt, oder?«

Er machte eine Kunstpause. »Nein, das ist sie nicht. Das Problem der Menschheit ist Dummheit. Terrorismus – Umweltzerstörung – Kriege. Egal, welches Problem sie mir nennen, es wird auf Dummheit zurückzuführen sein. Auf Menschen, denen es an Intelligenz mangelt. Die sich von Gefühlen statt von Überlegungen leiten lassen. Die ihre eigenen Fähigkeiten über- und die derjenigen, die es besser wissen, unterschätzen. Dummheit hat viele Gesichter. Es gibt nur einen Weg, dieses Problem aus der Welt zu räumen. Gerne erkläre ich Ihnen, wie das funktioniert.«

Plötzlich wurde die Leinwand blendend weiß. Der Vorhang senkte sich wieder.

»Der Film ist noch nicht fertig«, entschuldigte sich Antoine. Aber ich habe ja noch ein paar Jahre Zeit. Erst mal muss ich diese Stadt unter meine Kontrolle kriegen, dann dieses Land, dann jenes. Ich bin ein Freund flotter Entscheidungen, aber man muss realistisch bleiben, nicht wahr?«

»Sie meinen, Sie möchten die Weltherrschaft?«, keuchte Max nach ein paar Sekunden.

»Na ja, ich möchte sie nicht. Sie wird bloß ein Nebeneffekt sein.«

»Das erzählen Sie mir so einfach? Ich könnte das doch … nicht gut finden.«

»Aber natürlich findest du das nicht gut. Ich fände das bei jedem anderen auch nicht gut! Aber ich hatte trotzdem Lust, dir das zu erzählen. Genauso, wie ich dir erzählen möchte, dass mir schon klar ist, was du mit deinen Freunden und einer sprechenden Maus gerade versuchst herauszufinden. Ihr möchtet so gerne wissen, was ich vorhabe. Und dein Pickel war kein Pickel, sondern ein Mikrofon. Für eine Bande Halbwüchsiger seid ihr prächtig ausgestattet.«

Max japste. »Woher wissen Sie das?«

Antoine lehnte sich zurück. »Ist dir eigentlich klar, warum ich keine Freunde habe, sondern nur Angestellte?«

Max schüttelte den Kopf.

»Angestellte halten zu einem, weil man sie bezahlt. Wenn dich einer verlässt, dann tut er es, weil ein anderer mehr bezahlt. Also bezahlst du noch ein bisschen mehr und schon hast du wieder einen Angestellten. Geld ist eine klare, messbare Größe. Aber Freundschaft? Freunde halten zu einem, weil sie halt Freunde sind. Weil es ihnen wichtig erscheint – aber du kannst dir nie

sicher sein, ob ihnen etwas anderes nicht wichtiger ist. Zum Beispiel ein schöner, blinkender Pokal beim Tag der offenen Tür.«

Pascal? Pascal hatte sie an Blanche verraten? Max konnte es nicht fassen. Er versuchte tapfer, sich zu wehren, aber er kam nicht dagegen an. Tränen traten ihm in die Augen.

Das Licht in Antoines Privatkino ging wieder an und Herr Blanche blickte ihm ins Gesicht. »Warum weinst du?«

Max zog die Nase hoch. »Ganz so blöd bin ich auch nicht. Sie haben mir alles erzählt, und was das heißt, kenne ich aus Filmen, die ich nur gucken darf, wenn Franziska da ist.« Er schniefte. »Wenn der Böse alles durchschaut und einem erzählt, was er vorhat, dann nur aus einem Grund: weil er einen drei Minuten später umbringt. Und alle anderen mit, also sind auch meine Eltern dran und Shakira und Juan und Pascal. Obwohl, der vielleicht nicht, weil er uns ja an Sie verraten hat. … Oder doch, die Verräter sterben am Schluss auch immer …« Jetzt brachen alle Dämme und Tränen stürzten ungehindert Max' Wangen herab.

»Du hörst sofort auf zu weinen«, sagte Antoine.

Auch wenn das Gefühl der Verzweiflung und Angst und Hoffnungslosigkeit weiterhin da war, stoppte die Tränenflut. Antoine reichte Max ein blütenweißes Taschentuch.

»Ich bringe dich nicht um. Deine Eltern auch nicht. Das wäre ja nun echt ungünstig, meine Marketingabteilung ausgerechnet vor der Kosmetikmesse in Paris zu liquidieren. Nein, ich bin einfach gespannt, wie weit ihr wohl kommt. Die Maus und ihre Schergen. So richtig viel habe ich dir ja eigentlich nicht erzählt.«

»Na ja, das mit der Weltherrschaft fand ich schon …«

Max biss sich auf die Lippen. Es war nicht gerade klug, Antoine jetzt davon zu überzeugen, dass es sehr wohl gute Gründe gab, ihn und alle möglichen Mitwisser um die Ecke zu bringen.

»Ja, du hast recht. Normalerweise wäre das sehr logisch mit Umbringen und so. Aber ich bin halt nicht normal.«

Max starrte ihn ungläubig an. »Also gehen wir jetzt einfach zurück zu meinen Eltern, und Sie tun so, als wäre nichts gewesen?«

»Ganz genau.« Antoine stand auf.

»Und ich? Ich kann doch nicht so tun!«

»Das musst du auch nicht. Ist dir heute nicht einige Male aufgefallen, wie wenig du dich kennst? Du hast drei Portionen Fisch verputzt, obwohl du Fisch hasst. Du bist freiwillig mit mir gegangen, obwohl du dich vor mir fürchtest. Du hattest richtig Lust auf meinen Pool, obwohl du gar nicht schwimmen kannst. Und kaum sage ich dir, jetzt ist Schluss mit Weinen, ist auch tatsächlich Schluss, obwohl du immer noch traurig bist. Weißt du, warum?«

Max vergaß das Kopfschütteln, weil ihm all das nun tatsächlich sehr, sehr merkwürdig vorkam.

Antoine sprach trotzdem weiter: »Weil du einfach alles tust, was ich sage. Das ist jetzt zu kompliziert zu erklären, hat was mit deinen Pillen, der Computerspielmelodie und Gehirnwellensynchronizität zu tun, aber macht ja auch nichts. Fakt ist: Seit du dieses Lied vorhin gehört hast, bin ich dein oberster Gebieter. Du bist quasi Wachs in meinen Händen, falls man in deinem Alter dieses schöne Bild schon kennt.«

Max, dem eben noch vor Angst und Sorge ganz elend war, spürte, wie sein Gesicht rot wurde. War das etwa Wut? Es fühlte sich irgendwie gut an.

»Sie spinnen doch total!«, schrie er. »Ich bin überhaupt kein Wachs in Ihren schmierigen Pfoten!«

Antoine nickte lächelnd und sagte dann mit gütiger Stimme:

»Du erinnerst dich an nichts außer eine schöne und interessante Hausführung mit Herrn Blanche. Er hat sehr viele Autos und Zimmer und ist eigentlich ganz nett. Aber jetzt war dir doch so langsam ein bisschen langweilig, weshalb du froh bist, dass wir nun zu deinen Eltern gehen.«

Ein leichter Schmerz zuckte durch Max' Kopf.

Er gähnte verstohlen. Klar, das Haus war echt beeindruckend, aber langsam reichte es ihm auch.

Juan betrachtete stolz das Handy auf dem Tisch. Es sah aus wie vorher und war nun doch so viel mehr.

»Shakira, es ist schon fast neun.« Die zaghafte Onkel-Wichmann-Stimme erklang wieder vor der Tür. »Ich meine nur, wegen deinem Besuch. Vielleicht machen sich seine Eltern Sorgen.«

»Na, eher Hoffnungen, dass er nicht mehr heimkommt. Aber er wollte eh gerade gehen«, erklärte Shakira. »Oder haben wir noch was zu bereden?« Sie wandte sich an Pascal.

»Ich wüsste nicht, was wir zu bereden haben. Ich nehm das Handy und die Maus mit.« Pascal stand auf.

»Juan und das Handy bleiben hier«, sagte Shakira.

»Warum entscheidest du das?«, beschwerte sich Pascal.

»Weil ich die Einzige bin, der ich hier vertrauen kann.«

Sie klopfte auf ihren Hasen, der leise klackerte.

Juan hatte den Eindruck, dass Pascal einen Moment lang irgendwie … ertappt gewirkt hatte. Aber das konnte auch täuschen.

Knapp eine Stunde später löschte Onkel Wichmann das Licht in Shakiras Zimmer. »Gute Nacht, Shakira.«

Die Tür klappte zu und seine Schritte entfernten sich auf dem Gang.

Das Mädchen seufzte. Unter der Bettdecke krabbelte Juan ein Stück weit nach oben, sodass sein Kopf frei lag. Shakira griff neben sich. Ein Klacken war zu hören. Das Nachtlicht an ihrem Bett warf einen Reigen unterschiedlicher Figuren – Clowns, Astronauten, Prinzessinnen, Cowboys – in beruhigendem grünen Licht an die Decke. Sie bewegten sich langsam. Dazu ertönte eine leise Melodie.

»Das ist schön«, sagte Juan.

»Von meinem Papa«, erklärte Shakira nach einer Weile. »Er hat es mir geschenkt, bevor er gehen musste.«

»Warum musste er gehen?« Juan schob sich noch ein Stückchen höher.

»Er hatte Streit. Mit meiner Mutter. Da hat sie ihn angezeigt. Dann hat die Polizei ihn abgeholt.«

»Oh.« Juan schwieg ein paar Sekunden. »Das muss ein böser Streit gewesen sein.«

Er spürte, wie Shakira mit den Achseln zuckte. »Das ist schon drei Jahre her. Ich erinnere mich kaum noch an meine Eltern. Manchmal will Onkel Wichmann mir was über sie erzählen. Aber dann hau ich schnell ab. Was Wichmann sagt, interessiert doch eh keinen.«

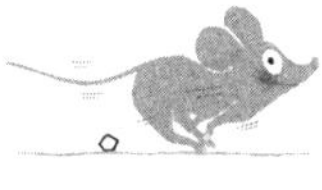

»Auf mich wirkt dein Onkel ziemlich nett«, bemerkte Juan vorsichtig. »Vielleicht solltest du ihm ab und zu zuhören.«

»Pffff. Der ist ein Idiot.«

Juan wartete, ob noch was kam. Es kam aber nichts.

»Kann es sein, dass für dich alle Idioten sind, Shakira?«

»Nein. Ich bin kein Idiot.« Sie umschloss Juan sanft mit ihren Händen und setzte ihn neben sich aufs Kopfkissen, bevor sie sich umdrehte. »Ich muss jetzt schlafen.«

Die Melodie wurde immer leiser, bevor sie ganz verstummte. Dabei verblassten auch die Lichter mehr und mehr, bis es völlig dunkel im Zimmer war. Der Atem des Mädchens wurde langsamer.

»Du bist auch kein Idiot«, nuschelte sie dann noch unverhofft.

»Immerhin etwas«, murmelte Juan und rollte sich ein.

NEUE FREIHEITEN

SHAKIRA

»Da ist es wieder. Mit einprogrammiertem Wochenplan.« Shakira drückte Max in der ersten großen Pause am Montag sein Smartphone in die Hand. Während sie zu den Büschen vor der Turnhalle liefen, ließen sich Shakira und der in ihrer Jackentasche steckende Juan vom frischgebackenen Besitzer eines runderneuerten Handys erzählen, wie das Abendessen bei Antoine Blanche gelaufen war. Viele Autos, viele Zimmer, leckeres Essen – nichts, was für die Mission von Belang war. Fast konnte man glauben, dass Max diesen Mann mochte, aber so bescheuert war ja wohl nicht mal er. Vermutlich versuchte er mit seinem verträumten Ton nur, den im Sicherheitsabstand von drei Metern unauffällig hinter ihnen hertrottenden Pascal neidisch zu machen. Shakira interessierte das nicht die Bohne. Sie wollte einfach, dass Max einigermaßen kapierte, welche Wunder der Technik ihm nun zur Verfügung standen.

»Wenn du das Ortungssystem abschalten möchtest, wählst du 3-8-3«, erklärte sie Max gerade. »Dann wissen deine Eltern nicht mehr, wo du bist. Sie wissen nur, wo du sein solltest. Wenn das Ortungssystem wieder normal laufen soll, drückst du 4-5-5. Wiederholen!«

Max wiederholte die Kombinationen noch dreimal, bis Shakira zufrieden war.

Pascal stand immer noch zwei Schritte neben ihnen und tat so, als ginge ihn das alles nichts an.

»Oh, das ist … toll«, murmelte Max.

»Ja, das ist es«, sagte Shakira. »Und notwendig. Nach der Schule schwänzt du nämlich deinen Finnischkurs. Wir schauen, ob wir mit Pascals Kinderchemiekasten irgendwas zu diesen Proben aus der Firma herausfinden können.«

»Ich habe kein Finnisch, sondern Japanisch«, korrigierte Max. Dann riss er entsetzt die Augen auf.

»Ich soll meinen Sprachkurs schwänzen? Wie soll das denn gehen? Selbst wenn das Ortungssystem vielleicht behauptet, ich sei da, die melden sich doch sofort bei meinen Eltern, wenn ich nicht erscheine.«

»Deswegen rufst du jetzt in der Sprachschule an und sagst, dass du nicht kommst«, erklärte Shakira.

»Mit meinem Handy kann ich nur meine Eltern, den Notarzt oder die Polizei anrufen!«

»Was denkst du denn, was ich den ganzen Abend gemacht habe? Du hast jetzt ein echtes Handy. Mit falschem Ortungssystem.«

»Ich kann damit jetzt … überall anrufen?«

»Ein Telefon, mit dem man telefonieren kann … Wunder der Technik …«, murmelte Pascal.

Max warf seinem Freund einen gereizten Blick zu. Shakira schnippte mit den Fingern, damit der Junge sich wieder auf das konzentrierte, was gerade anstand.

»Okay, aber … das wird trotzdem nicht klappen«, sagte er.

»Die erkennen doch sofort, dass ich das bin, und dann rufen sie meine Eltern an, und fragen, ob ich wirklich krank bin. Dann kriege ich richtig Ärger.«

»Jetzt kommt das Beste«, ertönte es aus Shakiras Jackentasche. Juans Kopf lugte heraus.

Shakira konnte sich ein stolzes Lächeln nicht verkneifen.

»Drück mal Raute und Stern gleichzeitig«, befahl sie.

Max gehorchte und schaute sie fragend an.

»Jetzt ruf Pascal an.«

»Ich brauch mal deine Nummer«, sagte Max zu Pascals Rücken. Der diktierte sie leise, und Max tippte. Pascals Tasche vibrierte, er holte sein Handy raus und ging ran.

»Pascal Schön. Nein, ich möchte nicht, dass jemand merkt, dass ich die Irre kenne.«

Er ging noch einen Schritt weiter weg.

»Ähm … und jetzt?«, fragte Max Shakira.

Pascal fuhr herum. »Warst du das?«

»Was?« Max war verwirrt, was Shakiras Lächeln noch verbreiterte.

Pascal nickte. »Okay, das ist echt beeindruckend. Wart mal, ich mach den Lautsprecher an.«

Er drückte eine Taste auf dem Handy und sah Max auffordernd an.

»Einfach mal drauflosquatschen. Das bist du nicht gewohnt, aber jetzt red halt mal was.«

»Aber ich weiß überhaupt nicht, was hier los ist!«, beschwerte sich Max.

»Aber ich weiß überhaupt nicht, was hier los ist«, kam es gleichzeitig aus Pascals Handy.

Max' Augen weiteten sich. Das war sein Satz. Aber die Stimme war die einer erwachsenen Frau.

Juan klatschte begeistert in die Pfoten. »Ist das nicht großartig?«, fiepste er.

MAX

»Global World Sprachenschule, Sie sprechen mit Tamara Shui. Wie kann ich Ihnen helfen?«, klang es in der zweiten großen Pause geradezu übernatürlich freundlich aus dem Handy.

»Hallo, hier ist Ma... äh, Mama Kühl«, stotterte Max und biss sich auf die Lippen. Er musste sich zusammennehmen. »Ich rufe an wegen Max. Also meinem Sohn Max.«

»Und das ist gut von Ihnen!«, schallte es ihm begeistert entgegen. »Denn egal, ob Finnisch, Suaheli, Russisch – ein paar Monate – in unseren Premiumpaketen sogar nur ein paar Wochen – und Sie werden glauben, er wäre zweisprachig aufgewachsen!«

»Hä?«, fragte Max.

»Ja, es klingt erstaunlich, aber schauen Sie mal auf die Kundenempfehlungen auf unserer Homepage! Fünf Sterne im Durchschnitt. Sicher, die Preise sind exklusiv, die Ergebnisse aber auch!«

Endlich kapierte Max, was diese Tamara wollte.

»Ach so ... äh ... nein danke. Mein ... also mein Sohn Max ist schon bei Ihnen angemeldet. Ich wollte ihnen nur Bescheid geben, dass er heute nicht zu Japanisch kommen kann. Weil er krank ist.«

»Ach so.« Plötzlich klang Tamara Shui gar nicht mehr so freundlich. »Dann hätten Sie im Sekretariat anrufen müssen.

Egal, ich gebe es weiter. Max Kühl, krank … die Teilnahmegebühr müssen Sie trotzdem tragen, das wissen Sie?«

»Ähm … ja«, behauptete Max.

»Gut.«

Tamara Shui hatte aufgelegt und Max hatte einen freien Nachmittag gewonnen.

»Hier lang.«

Pascal hatte einen Code an der Haustür eingegeben, war eingetreten und lief nun voran. Wie immer, wenn Max bei Pascal war, erkannte er das Haus nicht wieder. Weil Max so selten Zeit hatte, war er nur alle zwei bis drei Monate bei Pascal zu Besuch, aber jedes Mal hatten Pascals Eltern das Haus komplett umgestaltet. Statt mit einer Palmenfototapete beklebt, war der Flur nun in einem dezenten Blauton gestrichen. Auf der linken Seite hingen gerahmte Zertifikate, die Pascals Mutter für ihre Fortbildungen erhalten hatte, rechts hingen Urkunden von Pascals Vater, der jedes Jahr als »Architekt des Jahres« von einem Magazin ausgezeichnet wurde. Sie liefen an der Küche vorbei. Alle Möbel und Küchengeräte glänzten in Chrom. Beim letzten Mal hatte sie noch ausgesehen wie der Familientreffpunkt auf einem reichen italienischen Bauernhof, mit warmen Terrakottafliesen, antiquarischen wurmstichigen Möbeln und einem kleinen Kamin in der Ecke, in der nun ein silberner Kühlschrank mit Touchscreen stand.

Pascal bog ab und lief die Treppen hinunter. Bevor Max ihm und der ungewöhnlich schweigsamen Shakira folgte, warf er noch einen Blick ins Wohnzimmer. Das Ledersofa war ebenso neu wie der Fernseher, der bei jedem Besuch größer wurde.

Auch Pascals Zimmer war ganz neu. Beim vorletzten Besuch hatten in den Regalen noch Dutzende Plastikfiguren einer angesagten Zeichentrickserie gestanden, die Max natürlich nicht gucken durfte. Dann waren sie voller Videospielkonsolen, nun war hier ein richtiges kleines Chemielabor entstanden.

»Das ist dein Experimentierkasten? Den du zum Namenstag bekommen hast?«, fragte Max entgeistert.

Pascal zuckte mit den Schultern, als sei es das Normalste der Welt.

Juan war aus Shakiras Jackentasche gekrabbelt und hatte sich auf ihre Schulter gestellt. Er sah sich um.

»Etwas übertrieben als kleine Aufmerksamkeit«, sagte er dann. »Aber für unsere Zwecke genau richtig. Shakira, die Probe bitte.«

Shakira stellte Harvey auf den Boden, klappte seinen Kopf zurück und zog ein Reagenzglas aus seinem Körper, in das sie das Pulver umgeschüttet hatte, das Juan in der Firma gesammelt hatte.

Pascal nahm ihr das Glasröhrchen ab und betrachtete prüfend den Inhalt. »Wir lassen erst mal die Standardanalysen durchlaufen«, entschied er.

Er entkorkte das Reagenzglas und gab eine winzige Menge des Inhalts in einen Glaskolben, von dem mehrere Röhrchen zu verschiedenen Stationen in seinem Zimmer führten. Aus einem Kanister, der in einem der Regale stand, gab er etwas destilliertes Wasser dazu, verschloss den Kolben und entfachte mit dem Betätigen eines kleinen Schalters einen Bunsenbrenner, der das Gemisch nun erhitzte. Dann lief Pascal zum Computer, der rechts neben dem Gewirr aus Röhren, Kabeln, Fläschchen und Filtern stand, und schaltete ihn ein.

»Jetzt müssen wir noch warten«, sagte er.

»Das ist also das Spielzeug, mit dem Kinder die Wunderwelt der Chemie entdecken«, bemerkte Shakira.

»Genau«, bestätigte Pascal.

»Was genau machst *du* dabei, um die Wunderwelt der Chemie zu entdecken?«, fragte das Mädchen.

»Ich drücke auf zwei Knöpfe«, antwortete Pascal.

Juan lief die Versuchsanlage entlang und inspizierte deren einzelne Bestandteile. Dann kehrte er zurück, kletterte Max' Ärmel hoch und stellte sich auf dessen Schulter. Max fühlte, wie Juans Hinterpfoten ungeduldig auf- und abtrippelten.

»Ähm … wie lange müssen wir warten?«, fragte Max nach zwei schweigsamen Minuten. »Meine Mutter holt mich in einer Dreiviertelstunde vor der Sprachenschule ab.«

»Sonst dauert das nicht so lange.« Pascal klang ungewohnt unsicher.

»Vielleicht reichen zwei Knöpfe halt doch nicht für die Wunderwelt der Chemie«, vermutete Shakira.

In diesem Moment erwachte der angeschlossene Laserdrucker ratternd zum Leben. Und spuckte eine dicht bedruckte Seite Papier nach der anderen aus.

AUSWERTUNG DER ERGEBNISSE

»Wie stellst du dir das vor? Wir können Max doch nicht das ganze Wochenende hier allein lassen!«, zischte Frau Kühl.

Juan flitzte in die Küche und versteckte sich unter der Küchenbank. Der Junge hatte ein scharfes Öhrchen. Max hatte gleich gemerkt, dass seine Eltern in der Küche tuschelten, und Juan hatte den Spitzelauftrag gerne angenommen.

»Aber was sollen wir ihm denn sagen, was wir in Honolulu machen?«, fragte Herr Kühl.

»Urlaub«, antwortete seine Frau. »Max wirkt in letzter Zeit eh ein bisschen gestresst.«

»Urlaub? Für ein Wochenende nach Honolulu? Und was machen wir mit ihm bei der Trauerfeier? Bei der Testamentseröffnung?«

Jaja, dachte Juan. Gar nicht so einfach, wenn man vor seinem Kind verheimlichen wollte, dass der Opa gestorben war.

»Okay.« Die Mutter gab ihren Plan auf, den Jungen mitzunehmen. »Wir sagen ihm, dass wir auf ein Seminar müssen. Ich ruf Franziska vom Büro aus an. Hoffentlich kann sie ein ganzes Wochenende.«

Alles eine Frage des Geldes, dachte Juan und flitzte zurück zu Max.

»Ich habe eine Nachricht von Pascal. Und eine von Shakira. Schon toll, was so ein Handy kann, wenn man es lässt«, begrüßte ihn Max. »Was haben meine Eltern besprochen?«

»Wie sie vor dir verheimlichen können, dass sie am Wochenende zur Beerdigung von deinem Opa müssen.«

Max setzte sich missmutig aufs Bett. »Sie erzählen es mir einfach nicht. Sie lügen fröhlich weiter.«

Juan krabbelte an seinem Hosenbein hoch und tätschelte ihm beruhigend das Knie.

»Das machen alle Eltern. Mal mehr, mal weniger. Manchmal ist das auch ganz richtig.«

»Aber nicht, wenn der eigene Opa stirbt!«, widersprach Max.

»Ja, da schießen sie übers Ziel hinaus«, bestätigte ihn Juan. »Aber nimm es ihnen nicht übel. Sie sind nur Menschen und Menschen machen Fehler. Was schreiben denn unsere Komplizen?«

»Pascal hat die Inhaltsstoffe entschlüsselt. Er hat sie gestern noch per Mail an Shakira geschickt. Sie hat ihren Teil auch geschafft.«

»Okay, dann schauen wir uns die Ergebnisse nach der Schule an«, entschied Juan.

»Aber da habe ich Töpfern«, entgegnete Max.

»Du bist einfach gerade ein sehr, sehr kranker Junge mit einem sehr praktischen Smartphone«, sagte Juan.

SHAKIRA

Shakira stellte fest, dass sie mit Max' Handy echt ganze Arbeit geleistet hatte. Seine Krankmeldung hatte auch in der »Jungen Privatakademie zur Förderung der Feinmotorik und des kunsthandwerklichen Geschicks« problemlos geklappt. Ebenso ließ sich der Fahrdienst von der Schule dorthin dank einer erwachsenen Frauenstimme sofort überzeugen, dass seine Dienste nicht nötig waren. Daher waren sie nach Unterrichtsschluss sofort zu Shakira gegangen, um die Auswertungen zusammenzutragen.

Natürlich wäre Pascals Labor praktischer gewesen, weil aber dessen Mutter eine Homeshopping-Party veranstaltete, wollten die Kinder lästigen Fragen aus dem Weg gehen, warum sich ihr Sohn in seiner Freizeit mit einer ihrer Patientinnen herumtrieb.

Nachdem sich Shakira gewohnt unfreundlich Onkel Wichmanns Laptop geliehen und gnädig eine weitere Ladung Schokolade und Salzbrezeln akzeptiert hatte, schlug sie ihm ihre Zimmertür vor der Nase zu. Sie packte ihren Stoß Papier aufs Bett und klappte daneben den Computer auf. Auch Pascal zog seine Aufzeichnungen aus dem Rucksack und setzte sich. Juan krabbelte aus Max' Jackentasche und platzierte sich auf seine Schulter.

»Ist es nicht süß, wie dein Onkel sich freut, dass du Freunde hast?«, fragte er.

»Süß? Doof ist das. Man sieht doch, dass wir keine Freunde sind«, kommentierte Shakira. Dann wendete sie sich ihren Blättern zu. »Okay, Pascal hat die eine Hälfte der über hundert Inhaltsstoffe entschlüsselt. Ich glaube sogar korrekt.«

»Natürlich korrekt«, sagte Pascal. »Du bist nicht die einzige Hochbegabte hier.«

»Ich habe mir die andere Hälfte der Bestandteile vorgenommen und herausgefunden, wozu sie gut sind und wo sie vorkommen. Dabei ist ein ganz schön wildes Gemisch rausgekommen.«

Juan sprang von Max' Schulter, wuselte über die Blätter und schaute sie sich an.

»Das hier zum Beispiel ...« – Shakira zeigte auf einen unaussprechlich langen Namen auf einem von Pascals Ausdrucken – »... ist anscheinend reines Ginsengkonzentrat. Gibt man zum Beispiel alten Leuten, wenn denen das Gehirn einrostet. Verbessert aber auch die Durchblutung im Ohr.«

Irritiert hielt sie inne. Juan schien ihr gar nicht mehr zuzuhören. Mit seinen Pfötchen wischte er Pascals Blätter durch, schaute sie an, sprang dann rüber zu Shakiras Ergebnissen und verglich.

»Dann gibt es jede Menge Flunitrazepam und Temazepam, Antihistaminika, Neuroleptika, y-Hydroxybuttersäure«, sprach Shakira weiter.

»Aber nicht in der klassischen Variante – die sind alle modifiziert worden«, warf Pascal ein. Er zeigte auf Teile der Strukturformeln, die er rot umkringelt hatte.

Widerwillig gab Shakira ihm recht. »Das stimmt. Trotzdem: Üblicherweise benutzt man solche Mixturen nur als K.-o.-Tropfen.«

»Braucht man die zum Boxen?«, fragte Max.

Shakira und Pascal schüttelten in ungewohnter Gemeinsamkeit den Kopf.

»Nein«, sagte Pascal, »die nimmt man, um Leute willenlos zu machen.«

»Und was hat man davon?«, fragte Max. Da Shakira keine Ah-

nung hatte, guckte sie zu Pascal, aber der zuckte auch nur mit den Schultern.

»Na ja, zum Beispiel stellen Leute dann keine blöden Fragen und machen einfach, was man ihnen sagt«, behauptete sie dann. »Okay, so weit zu den Stoffen, die ich entschlüsselt habe. Was hast du rausgekriegt?« Sie schaute Pascal herausfordernd an.

»Och, auch noch ein paar schöne Sachen. Johanniskraut zum Beispiel – macht gute Laune, sagt die Werbung.«

»Bringt gar nichts«, knurrte Shakira.

»Wenn das nichts bringt: MDMA ist auch drin.«

»Besser bekannt als Ecstasy. Da hat man sehr gute Laune. Bis man ohnmächtig zusammenbricht«, bemerkte Shakira nickend.

»Damit man schön wach bleibt, gibt's noch einen Anteil Kokain«, sagte Pascal, »sowie seltsamerweise Fumilitat.«

Pascal wartete ab und lächelte triumphierend, als Shakira zu diesem Stoff rein gar nichts sagen konnte. »Ja, da muss man auf dem neuesten Stand in Sachen psychologischer Arzneimittelforschung sein«, hob er großspurig an. »Extra entwickelt für die Traumatherapie. Ausreichend konzentriert löscht es ganze Erinnerungen. Hier ist es aber so gering vorhanden, dass es eher den gegenteiligen Effekt hat. Es verbessert die Merkfähigkeit.«

Juan stellte sich auf dem Bett in die Mitte zwischen den zwei Stapeln und winkte. Shakira und die Jungs schauten ihn an.

»Also, wenn ich zusammenfassen darf: Neben wenigen pflanzlichen Komponenten besteht dieses Pulver hauptsächlich aus verbotenen Drogen und psychisch wirksamen Substanzen, die nur in die Hände von Fachleuten gehören.«

Pascal und Shakira sahen sich an und nickten dann.

Juan klatschte in die Pfoten.

»Das sollte reichen! Packt den Kram ein! Wir müssen los!«

Die Maus sprang vom Bett, und bevor sich die drei versahen, hatte Juan sich schon durch den Spalt unter Shakiras Zimmertür geschoben.

»Juan!«, rief Max entsetzt.

»Krass, wie dünn der sich machen kann«, bemerkte Pascal.

»Hinterher«, sagte Shakira, schob die herumliegenden Blätter zusammen und stopfte sie in ihren Rucksack. Dann packte sie ihren Hasen an den ausgeleierten Ohren und folgte Juan.

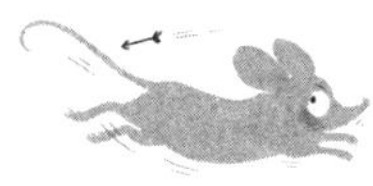

UNVERHOFFTE AUSFLÜGE

Juan lief. Er sprang die Stufen des Treppenhauses herunter, schob sich durch einen Spalt in der Eingangstür des Hauses und sauste die Straße entlang. Sein kleines Herz pochte, ob vor Aufregung oder Anstrengung war ihm völlig egal. Die Kinder hatten es tatsächlich geschafft! Erst jetzt, in diesem Zustand der völligen Euphorie, gestattete er sich, es zuzugeben: Er hatte gezweifelt. Mehr als gezweifelt.

In den nächtlichen Gesprächen mit dem Chef, bevor die Mission gestartet war, hatte er es immer wieder gesagt – wie sollte ein Kind das schaffen? Damals waren sie ja noch davon ausgegangen, dass nur Max ihnen helfen würde.

Doch der Chef hatte milde gelächelt, genickt – und dann gesagt: »Mein Enkel schafft das.«

Dann waren Shakira und Pascal dazugekommen. Kluge Kinder, keine Frage. Aber auch biestige Kinder. Richtig böse miteinander. Das hatte die Zweifel nicht verringert.

Aber Juan hatte sich getäuscht. Zu viert hatten sie es geschafft. Nun konnten sie dem Mann das Handwerk legen, der unzählige Mäuseleben auf dem Gewissen hatte. Der mit seinen Tierversuchen aus Juan das gemacht hatte, was er heute war.

Eine Maus mit außergewöhnlichen Fähigkeiten.

Beinahe lief Juan gedankenversunken an seinem Ziel vorbei, das er nun erreicht hatte. Er blieb abrupt stehen und drehte sich um.

Keuchend kamen erst Pascal, dann Shakira und zuletzt Max bei ihm an. Pascal blickte auf.

»Was wollen wir denn hier?«

»Räumungsverkauf!« stand groß an der Glastür, vor der die kleine Maus schon ungeduldig auf sie wartete.

Als Max wieder zu Atem gekommen war, blickte er hoch. Sie standen vor der Zoohandlung Tierfreund, in der sie Juan abgeholt hatten. Es war erst einige Wochen her. Max kam es vor wie ein anderes Leben.

»Ähm … bist du sicher, dass wir hier richtig sind?«, fragte Pascal die Maus. »Hier gibt es eigentlich nichts außer abnormal fette Verkäuferinnen.«

»Rein da!«, ordnete Juan an. Er krabbelte an Max' Bein hoch, sprang an den Schließer des Reißverschlusses von Max' Jacke und schwang sich daran rüber in die Tasche.

»Wenn die Maus es sagt.« Shakira zuckte die Schultern und drückte gegen die Tür. Sie öffnete sich mit einem leisen Klingeln und die Kinder schoben sich hinein.

Max schaute sich um. Es sah alles genauso aus wie beim letzten Mal. Nur schien über den weiterhin völlig ausgestorbenen Käfigen und Aquarien mittlerweile eine leichte Staubschicht zu

liegen. Außerdem stand in der Mitte der Gänge ein Gestell, auf dem ein Pappschild »Alles muss raus!« verkündete.

»Oha, Kundschaft«, rief eine Stimme. Aus dem Raum hinter der Kasse schob sich die beeindruckende Gestalt der Verkäuferin Dorothea Wuchtbrumm, erinnerte sich Max. Dazu brauchte er ihr Namensschild gar nicht mehr zu lesen.

»Kleine Frage zwischendurch«, sagte Pascal, der das Schild auch bemerkt hatte. »Was genau soll denn raus, wenn sie eigentlich nichts haben, was eine Zoohandlung normalerweise hat?«

»Ach, ich dachte, vielleicht sammelt ja jemand Glaskästen und andere Tiergefängnisse«, antwortete Frau Wuchtbrumm. »Außerdem stellen die Leute keine doofen Fragen mehr, warum es keine Tiere hier gibt, wenn sie denken, dass der Laden schließt.«

»Macht er denn nicht zu?«, fragte Max.

Die Frau lachte. »Streng genommen war er ja nie offen.«

Aus den Augenwinkeln sah Max, dass Pascal sich fest in den Handrücken kniff. Vermutlich musste er wieder mal prüfen, ob er nicht träumte. Max konnte es ihm nicht verdenken. Auch ihm kam das alles so gar nicht real vor.

»So, wie kann ich euch helfen?«, wechselte Frau Wuchtbrumm das Thema. Dann legte sie ihre Stirn in Falten, was aussah, als hätten zwei Fahrradreifen zu viel Luft bekommen. »Gibt's Probleme?«

Max wandte sich ratlos an seine beiden Mitstreiter, doch die sahen auch nicht viel klüger aus als er. Juan hatte sie zwar in einem Mördertempo hierhergelotst, was sie hier sollten, hatte er aber nicht gesagt.

Plötzlich bemerkte Max eine Bewegung in seiner Jackentasche. Bevor er sich versah, war Juan herausgeschlüpft und sprang auf die Theke.

Max' Herz blieb stehen. Was würde jetzt geschehen? Würde die Frau in Ohnmacht fallen, wenn sie eine Maus vor sich erblickte? Eine *sprechende* Maus?

»Wir haben Beweise!«, rief Juan.

Vor seinem geistigen Auge sah Max Dorothea Wuchtbrumm vornüber auf den Glastresen fallen, der unter ihrem Gewicht in tausend Stücke zersplitterte.

Frau Wuchtbrumm musterte Juan ein paar Sekunden sprachlos.

Dann schob sie sich hinter der Theke hervor, ging zur Tür und drehte dort das Schild mit der Aufschrift »Geschlossen« zur Straßenseite.

»Das nenne ich mal tolle Neuigkeiten«, sagte sie, als sie sich wieder ihren Besuchern zuwandte.

SHAKIRA

Dorothea Wuchtbrumm watschelte in aller Seelenruhe zurück zu ihrem Tresen. Was sollte das alles?, fragte sich Shakira. Keiner von ihnen dreien kannte diese Frau, und trotzdem bekam sie beim Anblick einer sprechenden Maus keinen Herzanfall, sondern lächelte sie versonnen an. Jetzt strich sie ihm sogar mit ihrem wurstigen Zeigefinger über den Kopf und Juan grinste glücklich.

»Na, dann bin ich mal gespannt«, sagte Frau Wuchtbrumm. Juan drehte sich. »Shakira, Pascal!«, rief er. »Her mit euren Aufzeichnungen!«

»Halt! Stopp! Ende Gelände!«, unterbrach Pascal und trat mit

wütenden Schritten an den Tresen. »Was soll das? Wir begeben uns hier in Lebensgefahr, ackern Tage und Nächte durch und sollen jetzt einer fetten Fremden einfach so unsere Ergebnisse aushändigen?«

»Das nennt sich vollschlank, du verzogene Kröte«, entgegnete Frau Wuchtbrumm. Der freundliche Ton ihrer Stimme passte gar nicht zu dem Satz, den sie gerade geäußert hatte. Mit diebischer Freude bemerkte Shakira, dass Pascal die Kinnlade herunterfiel.

»Warum sagst du immer so gemeine Sachen?«, fragte die Verkäuferin ihn.

»Das ist halt meine Meinung.« Pascal fand schnell zu seiner alten Überheblichkeit zurück.

»Ich habe auch zu allem und jedem meine Meinung, und 99 Prozent davon sind Unfug, weil ich es nicht besser weiß«, entgegnete Frau Wuchtbrumm. »Eine Meinung ist dann von Interesse, wenn sie die Welt besser, schöner oder verständlicher macht. Meinungen, die nur dazu da sind, andere runterzuputzen, damit man selbst sich besser fühlt, gibt es schon genug. Da muss keine einzige mehr ausgesprochen werden. Und jetzt rück mal raus, was ihr habt.«

Völlig verwirrt von dieser ungewohnten Kritik zog Pascal tatsächlich die Blätter aus seinem Rucksack.

»Moment«, rief Shakira. »Nur weil sie dir so lustig eine reinwürgt, hat sie trotzdem nicht mit allem recht.« Sie drehte sich mit verschränkten Armen zu Dorothea um.

»Wir kennen Sie wirklich nicht, und ich habe keine Ahnung, warum wir Ihnen vertrauen sollen!«

Die Frau schaute Juan an.

»Ich denke, es ist Zeit für einen kleinen Spezialeffekt, oder?«

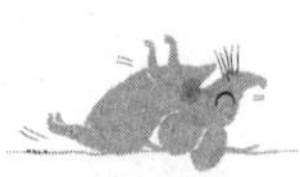

Juan nickte. Dorothea griff mit ihren spitzen Fingernägeln nach der dicken Warze an ihrem Doppelkinn und riss sie heraus.

Max wurde ganz flau, als er die Warze zwischen Frau Wuchtbrumms Fingernägeln betrachtete. Hatte sie das gerade wirklich getan? War das nicht das Ekelhafteste, was er je gesehen hatte? Und: Was war eigentlich dieses merkwürdig pfeifende Geräusch?

Er blickte hoch und das Grauen wurde noch grauenhafter.

Dorothea Wuchtbrumm schmolz.

Ihre drei Kinne fielen in sich zusammen. Die gewaltigen Brüste sanken ein. Ihre prallen Wangen verwandelten sich in schlaffe Falten. Die Stirn rollte wie eine Lawine über ihre Lider, bis es so aussah, als hätte sie gar keine Augen mehr.

»Ich glaub, ich muss kotzen«, hörte Max Pascal neben sich mit gar nicht mehr cooler Fiepsstimme krächzen. Das Pfeifen wurde noch ein bisschen lauter, bevor es in einem seltsamen Ton mündete, der fast wie ein Furz klang. Die Verwandlung hörte endlich auf.

Das, was Frau Wuchtbrumm gewesen war, stand reglos da. Es sah aus wie ein Besenstiel, auf den man Hautlappen und viel zu große Kleidung geworfen hatte.

»Na? War das beeindruckend, oder was?«, rief das Gebilde plötzlich.

Max schrie auf und Pascal gab einen überraschten Rülpser von sich.

»Nicht schlecht«, hörte Max Shakira neben sich. Juan hüpf-

te pfotenklatschend über den Tresen und rief dabei »Großartig! Großartig!«.

Der Besenstiel hob die Arme und zupfte die Kleidungsstücke von sich. Dann schob er die Hautlappen oben hinter sich.

Max blickte in ein bekanntes Gesicht.

»Opa?«, fragte er.

Nachdem sein Chef Wunibald Kühl sich demaskiert hatte, machte er im Hinterzimmer der Tierhandlung eine Kanne Kakao. Dann studierte er die Aufzeichnungen, während Shakira, Pascal und Max an ihren dampfenden Tassen nippten. Juan knabberte glücklich an einem Käsewürfel, den ihm Wunibald auf den Tisch gelegt hatte.

»Ja! Damit haben wir ihn«, sagte der Chef und schob die Blätter zu einem ordentlichen Stapel zusammen. »Gute Arbeit, Juan.« Die Maus zwinkerte dem Mann zu.

»Gute Arbeit, Kinder.«

»Wie?«, fragte Shakira. »Das war's? Aber wir haben doch keine Ahnung, was Antoine vorhat!«

»Ja, es bleiben etliche Fragen offen«, bestätigte Wunibald. »Wir wissen nicht genau, warum er eine offensichtlich leistungssteigernde, den eigenen Willen einschränkende Substanz entwickelt hat. Und warum ihre Wirkstoffe so seltsam dosiert sind, dass man sie entweder kiloweise in sich reinschaufeln müsste, um einen Effekt zu haben, oder sie über einen langen Zeitraum regelmäßig konsumieren muss. Wir wissen nicht, was er damit vorhat. Wir wissen nicht, warum er …« – er schaute noch einmal kopfschüttelnd auf einige Blätter, die ihn besonders zu irritieren schienen – »… wahrscheinlich Millionen dafür ausgegeben hat, um eigentlich feste Substanzen wasserlöslich zu machen. Es wäre interessant, das alles zu wissen. Aber wir brauchen es nicht. Er hat in seiner Firma etwas entwickelt, was garantiert weder Kosmetik noch eine Vitamintablette ist. Er hat dafür illegale Substanzen verwendet. Jetzt geben wir der Presse einen kleinen Hinweis und dann steht auch schon bald die Polizei vor seinem Haus.«

Wunibald sah die Kinder nacheinander an.

»Ich danke euch. Ich hoffe, es hat euch Spaß gemacht. Auch wenn es nicht ganz ungefährlich war.«

Pascal schaute verdattert drein. »Das heißt, unsere … Mission ist vorbei?«

Wunibald nickte.

»Ja. Antoine wird nun von anderen Stellen das Handwerk gelegt. Und Juan und ich wenden uns neuen Herausforderungen zu.«

»Wie?«, keuchte Max. »Du nimmst Juan wieder mit?«

Der Chef schaute seinen Enkel mitfühlend an. »Ich weiß, du hast ihn lieb gewonnen. Aber eine hochintelligente Maus mit Spezialausbildung ist kein Haustier. Auf ihn warten neue Aufgaben.«

Max kämpfte mit den Tränen, bemerkte Juan. Aus den Augenwinkeln sah er, dass sogar Shakira traurig wirkte. Und auch er selbst musste sich eingestehen, dass es ihm leidtat, die Kinder für seinen nächsten Einsatz verlassen zu müssen. Sie waren ihm wirklich ans Herz gewachsen.

»Aber ihr müsst euch nicht gleich verabschieden«, sagte der

Chef zu Max. »Ich muss jetzt erst mal nach Honolulu und deinen Eltern verraten, dass ich gar nicht tot bin. Das wäre ja gemein, wenn ich sie in dem Glauben ließe.«

Er kicherte, bevor er weitersprach.

»Solange lasse ich Juan bei dir. Dann könnt ihr euch richtig Lebewohl sagen.« Juan nickte Max aufmunternd zu.

Der Chef schaute auf die Uhr. »Und jetzt solltest du dich sputen, Enkelchen. Deine Eltern erwarten dich in zwanzig Minuten zu Hause.«

ALLES VORBEI

MAX

Jetzt flog alles auf, da war Max sich sicher. Er war noch nie zehn Minuten zu spät an einem Donnerstag nach Hause gekommen. Mit hängendem Kopf schloss er die Tür auf und erwartete zwei vor Sorge schlotternde Eltern im Flur. Aber da standen nur zwei Rollkoffer und zwei Reisetaschen. Er ging in die Küche. Dort sah er einen Rücken wie eine Schrankwand, der eigentlich erst am Wochenende hierhergehörte. Dahinter seine Mutter, die einen kleinen Laut des Erschreckens von sich gab.

»Max!«, rief sie. Dann wanderte ihr Blick zur Küchenuhr. »Du bist spät dran.«

»Nein«, log er und fühlte sich schlecht. »Ich bin vor zehn Minuten gekommen. Ich wollte nur euch und Derek nicht stören.«

Derek drehte sich mit dem strahlenden Standardlächeln um. »Mensch, mein Buddy stört doch nie!« Er boxte Max auf die Schulter. Max unterdrückte ein Stöhnen.

»Ähm ja, Großer … Derek hat heute einen … Sondereinsatz«, erklärte Max' Vater. »Wir müssen auf eine …« Er stockte.

Sagt mir doch einfach die Wahrheit, dachte Max.

»… Konferenz«, vollendete seine Mutter den Satz ihres Mannes. »Sehr überraschend und leider ohne Kinderbetreuung im Hotel. Daher mussten wir ein bisschen … umplanen. Ab morgen passt Franziska das ganze Wochenende auf dich auf. Aber für heute hat Derek sich bereit erklärt. Franziska hat ja schließlich morgen auch noch Schule.«

Ein Piepen ertönte. Papa zuckte zusammen und schaute auf sein Handy.

»Wir müssen los!« Er klopfte Derek dankbar auf die Schulter und wuschelte Max durch die Haare. »Ich hoffe, wir sind bis Sonntagabend zurück«, sagte er. »Dann feiern wir unser Wiedersehen bei der Eröffnungsparty vom Wasserwerk.«

Er griff sich seinen Koffer. Mama schüttelte dem Trainer die Hand, verzog nur ganz kurz vor Schmerz die Augen und gab Max einen Kuss.

»Du musst keine Angst haben. Wir rufen dich an! Sooft wir können.«

Dann waren beide aus der Tür.

»Ich habe gar keine Angst«, murmelte Max.

»Aber Lust auf eine Extrarunde Sport!« Derek lachte.

Max nickte gequält und murmelte, dass er sich noch schnell umziehen wollte. In seinem Zimmer angekommen, krabbelte Juan aus seiner Jacke und sprang auf den Schreibtisch.

»Du willst nicht zufällig mitkommen?«, fragte Max, während er in seinen Jogginganzug schlüpfte.

»Ach nein, ich brauche ein Schläfchen«, erwiderte Juan und gähnte. »Mir wird immer ein bisschen übel in deiner Tasche, wenn du rennst. Außerdem muss ich Abschied nehmen. Das war zwar nicht lange mein Zuhause hier …« – die Maus schwenkte ihren Kopf – »… aber es war ein Zuhause.«

Max merkte schon wieder, dass ihm die Augen brannten, aber Juan sollte nicht mitbekommen, wie traurig er war. Also nickte er nur schnell und verließ das Zimmer.

Auf der Treppe fuhr plötzlich ein heftiger Schmerz durch seinen Kopf. Ihm wurde eiskalt und etwas schwindlig, sodass er sich abstützen musste.

»Das Problem der Menschheit ist Dummheit.« Er hörte die Stimme Antoine Blanches so deutlich, als würde dieser direkt neben ihm stehen. Erschrocken schaute Max nach rechts, doch da war nur die Wand neben der Treppe mit dem Kunstdruck. Dann sah er Sterne. Antoine Blanche in einem seltsamen weißen Bademantel. Er lächelte ihn an und sagte: »Du bist Wachs in meinen Händen.«

Max' Magen hob sich.

Dann war alles wieder vorbei. Die Übelkeit war schlagartig verschwunden. Keine fremden Stimmen. Bis die von Derek kam, der ihn von unten musterte.

»Alles okay, Buddy?«

»Ähm … ja … mir war nur schwindlig.«

Derek zog die Stirn in Falten. »Nimmst du auch brav deine Wundertabletten? Du siehst irgendwie blass aus.«

»Mist. Die habe ich heute vergessen.« Max knallte sich die Hand an die Stirn.

»Na, so kann das nichts werden mit der Ehrenurkunde bei den Bundesjugendspielen.« Derek schüttelte den Kopf. »Also, wirf sie dir rein und dann powern wir uns richtig schön aus!«

SHAKIRA

Als Shakira von der Zoohandlung nach Hause gekommen war, hatte ein neuer Laptop auf ihrem Schreibtisch gestanden.

»Was soll das denn?«, hatte sie gefragt. Natürlich hatte sie gehört, dass Onkel Wichmann an ihre Zimmertür getreten war.

»Weil du meinen häufiger brauchst als ich. Das ist wahrscheinlich so, wenn man heute jung ist. Da dachte ich, dass vielleicht mal Zeit für was Moderneres ist. Mir reicht mein altes Ding, aber ihr seid ja ganz andere Sachen gewohnt.«

»Aha«, hatte Shakira gesagt. »Stimmt. Dein Laptop ist echt was fürs Museum.«

Dann hatten sie schweigend zu Abend gegessen – Senfeier, wie immer, wenn es keine Würstchen oder Kohlrouladen gab – und Onkel Wichmann hatte noch die Nachrichten geschaut und war zu Bett gegangen. Shakira hatte ihn nicht angesehen, als er ihr Gute Nacht gesagt hatte.

Er brauchte gar nicht zu versuchen, mit ihr einen auf heile Welt zu machen und zu glauben, mit Bestechung würde ihre Beziehung besser funktionieren. Sie wusste, dass er sie nur bei sich aufgenommen hatte, weil er das Pech hatte, der Bruder ihrer Mutter zu sein. Ja, bei dem Laptop hatte er ausnahmsweise mal mitgedacht, aber früher oder später würde er irgendwas dafür haben wollen. So waren Menschen nun mal. Oder noch schlimmer, er tat es aus echter Freundlichkeit. Dann musste sie anfangen, ihn zu mögen, und dann wäre auch er bald weg. So wie Mama und Papa weg waren. So wie Juan bald weg war.

Sie saß bis kurz vor zwölf an ihrem neuen Laptop und ersetzte die mitgelieferte Anfängersoftware durch den wirklich guten

Kram, und je länger sie arbeitete, desto besser wurde ihre Laune. Gerade hatte sie sich ein Programm heruntergeladen, das sich »MindSorter Xtreme« nannte und »endlich Ordnung in Ihren wirren Gedanken« versprach. War vermutlich gelogen, aber man konnte es mal ausprobieren. Sie hatte ja nichts fürs Herunterladen bezahlt. So etwas machten nur Amateure wie Wichmann.

Denn Shakira hatte tatsächlich wirre Gedanken, oder besser gesagt, sie hatte Fragen. Fragen, zu denen Wunibald Kühl zwar meinte, dass die Antwort darauf unwichtig wäre, aber was wusste der alte Mann schon?

Vielleicht geht es dir gar nicht um die Fragen, hörte sie plötzlich eine Stimme in ihren Gedanken.

Vielleicht möchtest du einfach nicht, dass es vorbei ist. Juans Stimme, erkannte Shakira.

Nun hatte sie also schon eine Maus im Kopf. Ihre Psychologin wäre bestimmt begeistert, wenn Shakira ihr das erzählen würde. Wie gut, dass sie ihr sowieso nie irgendwas erzählte. Shakira klickte das Symbol an, mit dem sie »MindSorter Xtreme« startete.

Vielleicht hat es dir einfach gefallen, eine Aufgabe zu haben.

Eine Sanduhr erschien, drehte sich einmal, und das Programm öffnete sich.

Eine Aufgabe, die du mit anderen lösen konntest. Die Juan-Stimme war echt hartnäckig.

WAS MÖCHTEN SIE WISSEN? stand auf dem Bildschirm. Darunter eine leere Zeile, in die man wohl eintippen sollte, was einen gerade beschäftigte.

Der Juan in ihrem Kopf ließ nicht locker. *Vielleicht fandst du es einfach schön, Freunde zu haben?*

»Blödsinn«, murmelte Shakira. »Ich mag nur keine unbeantworteten Fragen.«

Sie tippte ihre erste Frage in das Programm.

Max konnte nicht schlafen. Über eine Stunde war Derek mit ihm gejoggt. Dann hatten sie im Park noch eine schier unendliche Zahl von Verrenkungen ausgeführt, die angeblich alle für irgendwelche Muskelgruppen besonders toll waren, und dann hatte ihm sein Personal Trainer auch noch viel zu viel »Eiweißpfanne mit Fitnessgemüse« aufgedrängt. Also war Max theoretisch völlig erschöpft und vollgefressen. Praktisch war er jedoch hellwach. Das Bild von Antoine in diesem seltsamen weißen Aufzug ging ihm nicht aus dem Kopf. Seine Stimme, die Max vorhin auf der Treppe wie aus dem Nichts gehört hatte. Und wenn er das erfolgreich verdrängt hatte, fiel ihm wieder ein, dass Juan bald wieder weg wäre, und das machte Max zu traurig zum Schlafen.

Endlich kam die Müdigkeit doch. Sie kroch langsam die Beine hinauf, deckte ihn an den Schultern zu und …

Verräter!

Ein Schrei in seinem Kopf. Max fuhr hoch. Seine Stirn pochte. Er blickte zur Decke. Dort sah er wieder Antoine, der grinste. Dann verschwand er wieder.

Pascal ist ein Verräter!

Max schüttelte den Kopf. Was für ein Blödsinn! Was für ein ausgemachter Blödsinn. Es war wahrscheinlich doch richtig, dass seine Eltern ihn immer von allen Aufregungen fernhielten. Wenn

er wirklich mal was erlebte, was spannend, ja sogar gefährlich war, tickte er aus. Hörte Stimmen, hatte Wahnvorstellungen … und, ach ja, seine Tabletten am Abend hatte er auch mal wieder vergessen. Er stand auf, schlich zu seinem Schreibtisch, um Juan nicht zu wecken, und holte die Pillen aus der Schublade. Eigentlich war es ja egal, ob er sie nahm oder nicht, dachte Max. Viel leistungsfähiger war er nicht geworden, die Trainingseinheiten mit Derek waren genauso anstrengend wie am ersten Tag. Aber wenigstens konnte er sich morgen den vorwurfsvollen Blick seines Trainers ersparen, wenn er sie jetzt nahm.

Er schluckte die Tablette trocken herunter und griff sich sein Handy vom Tisch. Eigentlich hatte er da doch eine Erinnerung an die Tabletten drin gehabt. Shakiras Rumgebastele hatte sie wohl gelöscht.

Wie meine Erinnerung, dachte Max und wunderte sich über den Gedanken.

Das Handy vibrierte in seiner Hand.

Wer konnte das denn sein?, fragte sich Max erschrocken. Seine Eltern? Nein, doch nicht um diese Uhrzeit. In ihrer Lieblingszeitschrift »Pädagogik heute« stand doch immer, dass nichts schädlicher war für Kinder als zu wenig Schlaf.

Er blickte auf das erleuchtete Display. Statt einer Nummer standen Großbuchstaben als Anrufer darauf.

BADGIRL rief an.

»Hallo«, flüsterte Max, nachdem er abgenommen hatte.

»Mach die Stimmveränderung aus, du klingst gruselig«, ertönte es am anderen Ende. Max drückte die benötigte Tastenkombination.

»Besser?«, fragte er.

»Na ja, jetzt bist es zumindest sicher du.«

»Hallo, Shakira«, sagte Max. »Ich bin froh, dass du anrufst.«

»Werd mal nicht kitschig. Ich habe nachgedacht. Meine Gedanken sortiert.«

»Weshalb?«, fragte Max.

»Wegen der offenen Fragen. Warum Antoine Millionen für die Wasserlöslichkeit dieses Pulvers ausgegeben hat. Warum es so niedrig dosiert ist, dass man es eine ganze Weile lang regelmäßig nehmen muss.«

»Deshalb hat er das Wasserwerk gekauft«, sagte Max. »Dann kann er es in alle Leitungen einschleusen und die Menschen in unserer Stadt und den Dörfern drum herum nehmen es tage-, wochen- und monatelang unbemerkt zu sich. Wenn sie Kaffee kochen. Nudeln machen. Duschen, baden, es einfach trinken.«

Am anderen Ende war es eine Zeit lang still.

»Das stimmt«, sagte Shakira schließlich. »Aber wie bist du Schwachleister draufgekommen?«

Max zuckte aufrichtig überrascht mit den Schultern. »Keine Ahnung. Es ist mir einfach gerade eingefallen.«

FREITAG DER 13.

Am nächsten Tag gleich nach der Schule trafen sich Shakira und Max bei den Kühls, weil dort sturmfreie Bude war, bis abends Franziska eintreffen sollte. Auch Pascal war zu ihnen gestoßen, obwohl er heute Morgen nach einer Nachricht mit dem knappen Inhalt »Kein Bock auf Schule« den Unterricht geschwänzt hatte. Was Max jetzt übrigens mit »Der lustigen Welt der Naturwissenschaften« tat. Statt zum x-ten Mal dabei zuzugucken, wie irgendwas farbenprächtig verbrannte, sah Max nun in die großen sorgenvollen Augen von Juan. Die Maus hatte Shakiras und seinen Ausführungen genauso schweigsam zugehört wie Pascal.

»Und ihr meint, wir können nicht warten, bis der Chef zurück ist?«, fragte Juan noch einmal nach.

»Nein«, sagte Shakira. »Am Sonntag nimmt Antoine das Wasserwerk mit einem festlichen Empfang in Betrieb. Ich bin mir sicher, dann wird dieses Zeug ganz offiziell aus jedem Hahn in der Stadt strömen.«

Max nickte. »Wenn wir mit Opa keinen Kontakt aufnehmen können, müssen wir eben selbst was unternehmen.«

»Auf keinen Fall«, protestierte Juan. »Der Chef würde mir und sich nie verzeihen, wenn euch etwas zustößt.« Er überlegte für

einen kurzen Moment. »Gut. Dann ist wohl Zeit für das Notsignal. Wir brauchen einen Rechner.«

Max bemerkte überrascht, dass Shakira einen neuen Laptop aus ihrem Hasen zog und auf den Schreibtisch stellte. Sie klappte ihn auf und ließ sich von Juan eine Internetadresse diktieren. Ein Ladebalken ploppte auf.

»Das dauert ein bisschen«, erklärte Juan. »Der Chef hat Hunderte Verschlüsselungswege eingebaut, damit diese Verbindung sicher ist.«

»Und dann?«, fragte Shakira.

»Dann sind wir auf einer absolut sicheren Webseite. In diesem Moment wurde ein Signal abgesetzt. Wenn der Chef gerade nicht verhindert ist, wird er mit uns reden. Ansonsten können wir ihm eine Nachricht hinterlassen.«

Der Ladebalken verschwand und ein Fenster poppte auf. Man sah in einen anscheinend komplett verglasten Raum, in dem ein leerer Bürostuhl mit der Lehne zur Kamera stand. Dahinter etliche Monitore, auf denen Kurven und Daten hin- und herflitzten.

»Das ist Honolulu?«, fragte Pascal. »Das sieht aus wie dieses Horrorbergwerk in ›Herr der Ringe‹.«

Tatsächlich sah das, was hinter der Glaswand lag, verdächtig nach Fels aus. Eine dunkle Gestalt schritt ins Bild und setzte sich auf den Stuhl.

»Opa«, rief Max.

»Chef«, rief Juan.

Der Bürostuhl drehte sich schwungvoll, und man blickte in ein Gesicht, das man gut kannte.

Nur leider war es nicht das von Wunibald Kühl.

SHAKIRA

»Hallo, liebe Jugend«, sagte Antoine Blanche, und gegen ihren Willen schauderte es Shakira. »Schön, dass ihr es noch geschafft habt. Ich merke, ihr seid ein bisschen enttäuscht, mich zu sehen.«

»Die Untertreibung des Jahres«, murmelte Shakira.

»Tja, so ist das Leben. Immer wieder überraschend«, fuhr Antoine fort. »Nachdem euer Freund Pascal mir verraten hat, dass ihr mir auf den Fersen seid, habe ich natürlich nur die besten IT-Spezialisten darauf angesetzt, Herrn Kühls Umtriebe im Internet zu verfolgen. Auch wenn ich es süß finde, wie er und ihr versucht, meine Pläne in Sachen Weltherrschaft zu sabotieren – ich kann es natürlich nicht zulassen.«

Shakira drehte sich mit stechendem Blick zu Pascal. Der ging einen Schritt zurück, da auch Juan und Max ihn so anschauten.

»Pascal, ich hoffe, der Pokal hat einen Ehrenplatz bei dir bekommen.« Antoines Gesicht strahlte.

Pascal schwieg und blickte betreten zu Boden.

Shakira fasste sich als Erste und wandte sich zur Kamera. »Gut. Wenn wir Herrn Kühl nicht kontaktieren können, gehen wir halt zur Polizei. Ich zeichne dieses Video hier nämlich zufällig auf, Sie aufgeblasener Schnösel. Das ist zwar kein Beweis für irgendwas, es wird mit ihrem hübschen Satz zur Weltherrschaft aber genug Fragen aufwerfen, um zu verhindern, dass Sie ab übermorgen Ihr Gift ins Wasser pumpen.«

»Ups, habe ich Weltherrschaft gesagt?« Antoine riss dramatisch die Augen auf und hielt sich die Hand vor den Mund. Dann ließ er die Hand wieder sinken. Dahinter war nur noch sein einnehmendes Lächeln.

»Das mit der Videoaufzeichnung hätte ich mir denken können. Ehrlich gesagt: Ich habe es mir auch gedacht.«

Er beugte sich etwas vor und drückte eine Taste auf dem Rechner vor ihm. Ein Balken erschien am unteren Ende des Bildschirms von Shakiras Laptop, der sich rot füllte, während darüber die Worte LÖSCHE DATEI standen. Shakira schlug frustriert die Faust auf den Schreibtisch.

»Bevor ihr jetzt überlegt, eben ohne Aufzeichnung zur Polizei zu gehen: Denkt bitte daran, dass ich nicht nur Wunibald Kühls supergeheimen Geheimcode geknackt habe, sondern auch weiß, wo er gerade ist.«

Antoine legte den Kopf schräg. »Und sein Sohn. Und seine Schwiegertochter.«

Max verlor noch mehr Farbe im Gesicht und er war schon so blass wie ein Leichentuch.

»Also, lehnt euch einfach entspannt zurück, zockt ein paar Killerspiele – das machen Kinder doch gerne –, und lasst euch überraschen, was kommt. Und, ach ja, bringt mir beizeiten mal diese Maus vorbei.« Er schaute Juan an. »Eigentlich finde ich Haustiere langweilig. Ich habe mir mal einen Hamster aus dem Labor mitgehen lassen, aber der schläft nur und frisst und schläft dann wieder. Mit dir werde ich sicher sehr viel mehr Spaß haben.«

Antoine drückte einen Knopf auf der Tastatur vor sich.

MAX

Max schaute sprachlos auf den Bildschirm. Antoine Blanche drehte sich auf seinem Bürostuhl um und fragte: »Na? Wie fandet ihr mich?«

Max überlegte, was die Frage sollte, hoffte, dass vielleicht alles nur der Scherz eines exzentrischen, reichen Mannes war. Erst als Sibylle Schröcklich ins Bild kam und »Wunderbar, Antoine!« seufzte, kapierte Max, dass der Besitzer von Blanche Industries davon ausging, seine Zuschauer wären nicht mehr da. Angekündigt von einer Rauchwolke trat nun auch Eva-Maria Schröcklich ins Bild und blickte Antoine missmutig an.

»Ich frage ja selten den Mann, der mich gut bezahlt«, sagte sie, »aber ist das wirklich notwendig? Kinder sind unberechenbar und schwierig und machen immer nur Ärger.«

Antoine stand auf und rückte sich sein Jackett zurecht.

»Notwendig ist das natürlich nicht«, entgegnete er und zwinkerte Eva-Maria zu. »Aber es macht solchen Spaß!«

Die schüttelte den Kopf und ihr Blick strich über den Bildschirm. Dann hielt sie inne.

»Die Kinder sind noch online«, sagte sie.

Ihre Schwester Sibylle lächelte schüchtern in die Kamera, als wäre sie eine neue Klassenkameradin, die am ersten Schultag vorgestellt wird.

Antoine guckte kurz überrascht. »Hach, das liegt an der Maniküre heute Nachmittag«, erklärte er dann lachend. »Danach sind meine Fingerkuppen immer ganz weich und flutschen nur so über die Tastatur. Na ja, an Onkel Antoine kann man sich ja gar nicht sattsehen, nicht wahr, Kinder?« Er zwinkerte noch mal in die Kamera und drückte auf die Taste von vorhin, diesmal entschiedener. Nun wurde der Bildschirm schwarz.

VERRÄTER UND ANDERE PROBLEME

MAX

Nachdem er noch eine gefühlte Ewigkeit auf den schwarzen Bildschirm gestarrt hatte, drehte sich Max zu Pascal. In ihm brannte ein Gefühl, das er nie so intensiv gefühlt hatte. Es war Zorn.

»Du hast uns verraten?«, schrie er. So laute Töne war man von ihm nicht gewohnt und Pascal zuckte zusammen.

»Ich konnte doch nicht ahnen, dass er wirklich was Böses vorhat!«, stammelte er schließlich.

»Warum?« Eine Träne aus glitzernder, heißer Wut kroch aus Max' linkem Auge.

»Ich hatte die richtige Lösung! Aber er wollte mir trotzdem den Pokal nicht geben! Also habe ich ihm noch was erzählt. ›Wenn man in einem Geschäft noch nicht da ist, wo man hinwill, muss man was drauflegen!‹ Das sagt mein Papa immer!«, verteidigte sich Pascal.

»Ach okay«, sagte Shakira, die bemerkenswert ruhig geblieben war. »Du hast nicht kapiert, dass ›NARZISS‹ nicht die endgültige Lösung am Tag der offenen Tür war, und dachtest dir, dann lieferst du uns einfach alle mal dem Irren aus. Ich hab dich ja immer für einen Arsch gehalten, aber das übertrifft nun wirklich alle Arschhaftigkeit, die selbst ich mir vorstellen kann.«

Max' Handy piepste. Alle zuckten zusammen. Aber es war nur seine erneut eingestellte Erinnerung an die Tabletten.

Pascal hatte sich wieder gefangen. »Jetzt stellt euch nicht so an«, sagte er. »Das ist eh nichts, worum sich Kinder und Mäuse kümmern sollten. Das ist Erwachsenenkram, also Schwamm drüber.«

Max brannte die Sicherung durch. Er ballte seine Hand zur Faust und schmetterte sie Pascal ins Gesicht. Eigentlich erwartete er einen höhnischen Kommentar von Pascal über so einen Babyschlag. Stattdessen verschwand dessen Gesicht aber plötzlich nach unten.

»Solltest öfter mal wütend werden«, meinte Shakira anerkennend. »Dann läuft das mal richtig rund bei dir.«

Max schaute ungläubig vom am Boden liegenden Pascal auf seine immer noch geballte Faust. Shakira klappte Harveys Kopf zurück und zog eine Rolle Paketband aus seinem Inneren.

»Ich wusste doch, dass die irgendwann noch mal für was gut ist.«

»Was hast du vor?«, fragte Max.

»Na, den Verräter fesseln. Egal, was wir jetzt tun, ihn können wir dabei nicht brauchen.«

»Was geht hier eigentlich ab?«, ertönte plötzlich eine Stimme. Franziska stand in der Tür. Und ihr gefiel offensichtlich gar nicht, was sie sah.

Juan hatte sich hinter dem aufgeklappten Laptop versteckt, als er bemerkt hatte, dass jemand näher kam. Vorsichtig lugte er um die Ecke des Bildschirms.

Die Babysitterin. Die hatte ihnen gerade noch gefehlt!

»Geht's noch?«, keifte sie Max an. »Ich will hier einfaches Geld machen, indem du drei Tage still bist und tust, was ich sage, nämlich nichts. Und jetzt finde ich dich hier mit einem kopflosen Hasen, einem verwahrlosten Mädchen und einem toten Jungen? Das ist echt too much für zwanzig Euro die Stunde!« Ihr Blick blieb an Juans leerem Käfig hängen. »Wo ist eigentlich dein Insekt?«

Max drehte sich um. »Der ist … ausgebüxt«, behauptete er. Die Babysitterin wurde bleich. »Oh Gott«, krächzte sie. Der leere Käfig beunruhigte sie deutlich mehr als Pascals lebloser Kinderkörper zu ihren Füßen.

»Ich hasse Mäuse!« Sie war regelrecht blass.

Juan atmete aus. Endlich mal eine gute Nachricht. Wenn er Körpersprache und Stimme richtig deutete, gab es eine Möglichkeit, dieses Problem schnell aus der Welt zu schaffen. Er krabbelte hinter dem Bildschirm hervor.

Das Mädchen wurde noch blasser und zeigte mit einem Aufschrei auf ihn.

»Oh Gott, da ist sie.« Sie zitterte.

Das sollte klappen, dachte Juan und richtete sich auf.

»Teenagermädchen mit dunkler Seele!«, sagte er mit donnernder Stimme, die man seinem kleinen Brustkorb wahrscheinlich nicht zugetraut hätte. »Wir müssen reden!«

Es klappte. Die Babysitterin verdrehte die Augen und stürzte zu Boden.

SHAKIRA

Ein schrilles Piepsen ließ Shakira zusammenzucken. Der noch ganz in den Anblick des zweiten Ohnmachtsopfers versunkene Max fummelte sein Smartphone aus der Tasche.

»Ich muss meine Tabletten nehmen«, sagte er und zog bereits die Schublade seines Schreibtisches auf.

»Bist du bescheuert?«, fauchte Shakira. »Deine Tabletten sind gerade so was von Hupe! Wir müssen die beiden hier unschädlich machen, bevor sie wieder die Augen aufschlagen!«

»Wir können sie doch nicht umbringen!«, rief Max entsetzt.

Shakira verdrehte die Augen. Die Leute schienen ihr ja wirklich alles zuzutrauen. »Dazu habe nicht mal ich die Nerven. Wir schnüren sie zusammen und schließen sie hier ein.«

Max atmete offensichtlich erleichtert aus.

»Aber einschließen können wir sie nicht«, sagte er. »Mein Zimmer hat keinen Schlüssel.«

»Okay, dann rüber ins Bad mit ihnen.« Juan schaltete sich ein und schien Shakiras Pläne voll und ganz in Ordnung zu finden.

»Das hat auch keinen Schlüssel. ›Wer keine Geheimnisse hat, braucht keine Schlüssel‹, sagen meine Eltern immer«, erklärte Max.

»Ihr müsst doch einen verdammten abschließbaren Raum in diesem Haus haben!«, rief Shakira.

»Der Hobbykeller«, sagte Max nach einer Pause. »Da soll ich

nicht rein wegen der gefährlichen Werkzeuge und der ganzen Chemikalien. Aber mittlerweile vergessen meine Eltern, den Schlüssel abzuziehen, weil ich eigentlich zu groß bin, um mir was zu tun.«

»Puh«, stöhnte Shakira. »Das wird anstrengend. Egal, pack mal an.« Sie nickte in Richtung von Franziskas Füßen.

Im Wohnzimmer klingelte das Telefon. Max zuckte zusammen.

»Lass klingeln«, befahl Shakira.

»Das geht nicht«, sagte Max. »Das sind meine Eltern. Wenn Franziska sich nicht meldet, wissen die gleich, dass hier was nicht stimmt!«

»Dann geh ran. Ich kümmere mich um die beiden hier.«

Max wetzte aus dem Zimmer. Shakira entschied sich, mit Pascal anzufangen, und legte ihre Hände um seine Fußgelenke.

MAX

»Hallo!«, rief Max bemüht fröhlich ins Telefon.

»Max?« Seine Mutter klang alarmiert. »Wieso hat das so lange gedauert?«

»Wir haben … Musik gehört«, behauptete er. Er hörte dumpfe Schläge von der Treppe und fragte sich, was Shakira da machte.

»Du sollst nicht so laut Musik hören! Dein Gehör ist noch in der Entwicklung, das kann bleibende Schäden hinterlassen.«

Max trippelte von einem Bein aufs andere. »Ich weiß. Es war … für eine Hausaufgabe. Ich sollte Töne erkennen, das habe ich nur geschafft, wenn es etwas lauter war.«

Die dumpfen Schläge setzten wieder ein. Was war das nur?

Max hielt den Hörer zu und lief vom Wohnzimmer in den Flur. Mit schreckgeweiteten Augen beobachtete er, wie Shakira Pascal die Treppe runterrollte, wobei sie ihn von einer Stufe auf die andere knallen ließ. Auf einer der oberen Treppenstufen saß Juan und gab mit einem Schulterzucken zu verstehen, dass es halt nicht anders ging.

»Na gut, Schatz, aber jetzt dreht die Musik wieder leise. Unser Anschlussflug ist schon aufgerufen. Gib mir bitte noch mal Franziska.«

Max' Magen zog sich zusammen. »Die … die duscht gerade.«

»Na, dann soll sie kurz rauskommen. Ich muss ihr noch was sagen.«

Max wusste nicht, was er tun sollte. Also legte er erst mal einfach auf.

Shakira wischte sich den Schweiß von der Stirn und betrachtete ihr Werk. Franziska war schwerer als Pascal gewesen, aber sie hatte im Hobbykeller ein Rollbrett gefunden, das ihr den Transport erleichtert hatte. Klar, die beiden würden morgen ein paar blaue Flecken haben, aber es gab Schlimmeres.

Im Keller hatte sie Franziska und Pascal Rücken an Rücken gegeneinandergelehnt, was gar nicht einfach gewesen war, da sie immer wieder wegrutschten. Aber dann hatte es doch gehalten. Nun waren die beiden ein ordentlich geschnürtes Paket und sahen aus wie doch recht unterschiedlich gebaute siamesische Zwillinge. Aber irgendwas fehlte noch.

Urplötzlich klappten Franziskas Augenlider hoch. Sie betrachtete Shakira mit einem stechenden Blick.

»Wer auch immer du bist, du bist tot«, fauchte sie.

Als wäre das das Stichwort gewesen, erwachte auch Pascal wieder zum Leben. Nachdem er verstanden hatte, in welcher Situation er sich gerade befand, knurrte er Shakira an.

»Wenn du mich nicht sofort losmachst, schreie ich die ganze Nachbarschaft zusammen.«

Shakira riss noch zwei Stücke vom Paketband ab. Jetzt wusste sie, was sie vergessen hatte. Sie pappte jeweils einen Streifen auf Pascals und Franziskas Mund und trat dann zurück.

So war es perfekt. Die beiden schnaubten natürlich noch wild vor sich hin, aber das würde keiner hören. Shakira winkte ihnen zu, schloss den Hobbykeller ab und lief gerade die Treppen nach oben, als irgendwo im Haus wieder ein Telefon anfing zu klingeln.

Sie ging schneller. Verdammt, das war wirklich eine Hetzerei. Jetzt durften sie sich auch noch mit Max' nervigen Eltern herumschlagen. Die mussten ruhiggestellt werden, denn die tickten vermutlich bald aus, wenn sie nicht die Babysitterin hörten. Und wer wusste dann schon, was das für Folgen hatte? Dummerweise hatte sie aber auch keine zündende Idee, wie man das Elternproblem lösen sollte.

Das Telefon hörte auf zu klingeln. Sie stürmte in Max' Zimmer, doch dann bremste sie mitten im Lauf. Juan stand auf dem Teppich vor der Steckdose und hielt sich einen Finger an die Lippen, um Shakira um Ruhe zu bitten. Der Schwachmat sprach am Fenster in sein Handy.

Shakira konnte nicht anders, ihre Mundwinkel zuckten ein

bisschen. Keine schlechte Idee, die Max da gehabt hatte. Wirklich keine schlechte Idee.

»Hallo, Frau Kühl! Ich bin es, Franziska. Ja, ich weiß … tut mir leid, aber irgendwas scheint mit Ihrem Festnetzanschluss nicht zu stimmen.«

Juan kletterte das Kabel hoch und sprang auf den Schreibtisch, um besser sehen zu können. Er war stolz auf den Jungen. Angst war ein schlechter Ratgeber, aber Max hatte sich zusammengenommen, und prompt war ihm eine Lösung für sein Problem eingefallen.

»Nein, nein, sonst alles bestens«, sagte er gerade, und Juan wusste, dass Frau Kühl am anderen Ende durch den Stimmenwandler eine weibliche Stimme hörte. »Ich bin nur ein bisschen erkältet, aber ich konnte Ihnen ja nicht absagen, das hätte Ihnen nur unnötig Stress gemacht. Wenn was ist, rufen Sie einfach auf Max' Handy an. Um Ihr Festnetz können Sie sich ganz entspannt kümmern, wenn Sie wieder da sind. Genau. Tschüss!«

Max drückte die Auflegen-Taste und wischte sich den Schweiß von der Stirn.

»Ich hab meine Mutter noch nie so dreist angelogen«, murmelte er schuldbewusst.

»Dafür klang es ganz schön professionell«, sagte Shakira.

Juan staunte. Hatte Shakira den Jungen tatsächlich gelobt? Ein Lächeln schlich sich auf sein Gesicht.

»Okay, der Verräter und die Babysitterin sind keine Ge-

fahr mehr«, stellte Shakira fest. »Aber natürlich können wir sie nicht ewig einsperren, auch wenn das ein echter Gewinn für die Menschheit wäre. Also: Was tun wir jetzt?«

Max zuckte die Schultern. »Zur Polizei dürfen wir nicht. Opa und meine Eltern sind nicht da. Aber wie sollen wir das ohne einen Erwachsenen schaffen? Vielleicht kann uns dein Onkel helfen.«

Juan blickte zu dem Mädchen. Shakira stöhnte. »Klar. Mit Trantüte Wichmann haben wir genau den richtigen Partner bei der Rettung der Welt.«

»Oder Derek? Der ist wenigstens stark«, warf Max ein.

Juan schüttelte den Kopf. Okay, jetzt musste er sich wohl einschalten. »Der steht auf der Lohnliste von Antoine«, sagte er. »Das macht ihn nicht gerade vertrauenserweckend. Nein, Kinder, so leid es mir tut und so gefährlich es ist, ich glaube, es gibt nur eins.«

Shakira und Max schauten ihn erwartungsvoll an.

»Wir müssen ins Wasserwerk und Antoine dort selbst ausschalten.«

Max schluckte. Und Shakira nickte.

»Wie ich immer sage: Wenn man will, dass es richtig gemacht wird, muss man es selbst tun.«

AUFBRUCH

Max wusste gar nicht mehr, was jetzt abging. Er nutzte seine Ratlosigkeitspause, um die wieder mal überfälligen Tabletten von Derek einzuwerfen. Shakira tippte schon rastlos auf ihrem neuen Laptop herum.

»Ähm … was genau machst du da?«, fragte Max irgendwann.

»Wenn wir Antoines geheime Anlagen im Wasserwerk in die Luft sprengen wollen, sollten wir uns vielleicht ein bisschen vorbereiten«, antwortete Shakira.

Max spürte, wie ihm die Luft wegblieb. »Ähm … welche geheimen Anlagen?« Für die zweite Frage nach der Sprengung fühlte er sich noch nicht bereit.

Shakira tippte weiter und schwieg.

Juan übernahm die Antwort. »Nun ja, ein Wasserwerk hat eigentlich nur zwei Aufgaben: sauberes Trinkwasser in die Leitungen pumpen und dreckiges Abwasser wieder zu sauberem Trinkwasser machen. Also muss Antoine für das, was er vorhat, einige bauliche Veränderungen vorgenommen haben.«

»Und das hat er auch«, sagte Shakira. »Hier!«

Sie zeigte auf den Bildschirm. Es war eine Luftaufnahme eines großen Gebäudes. Davor lagen mehrere kreisrunde Vertiefungen.

»Ist das das Wasserwerk?«, fragte Max und rückte näher heran.

»Die Aufnahmen sind von Dezember. Kurz bevor Antoine es gekauft hat. Und hier …« – Shakira drückte Enter – »… seht ihr es im Februar.«

Das Bild hatte sich ganz schön verändert. Max erkannte Kräne und aufgeschüttete Berge voller Erde und Sand und eine noch lückenhafte Mauer um das Gebäude herum. Neben dem Bild poppte eine Zeitungsmeldung auf.

UNSER NEUES WASSERWERK – SCHÖNER UND SICHERER!

Unter der Schlagzeile war ein Bild vom wie üblich lächelnden Antoine.

Shakira deutete auf die aufgeschüttete Erde. »Antoine hat die gesamte Fläche um das Kraftwerk umgraben lassen.«

Max las den Text des Zeitungsartikels. Es war ein Interview mit dem neuen Besitzer.

»Mitarbeiter sollen sich wohlfühlen«, las er vor. »Deswegen schaffen wir endlich eine angemessene Anzahl an Parkplätzen sowie eine grüne Gartenlandschaft mit Blumen, Bäumen und Grillmöglichkeiten um das Gelände.«

Shakira gab ein humorloses Lachen von sich. »Oh ja«, sagte sie. »Die Frage ist nur, wozu er beim Anlegen eines solchen Parks diese Maschinen braucht?«

Mit einem Klick vergrößerte sie einen Ausschnitt auf dem Bild. Nun erkannte Max ein Fahrzeug, das aussah wie aus einem Science-Fiction-Film.

»Oh«, bemerkte Juan. »Ein Caterpillar 2xd. Wird ausschließlich im Tiefbau verwendet.«

»Ganz genau«, bestätigte Shakira. »Antoine hat weniger umgegraben als sich eingegraben. Und damit das keiner mitbekommt …« – der Bildschirm zeigte wieder die Gesamtansicht, und Shakira fuhr mit einem Bleistift die unregelmäßige Linie darauf ab –, »… hat er diese Mauer hochgezogen. Und in nur ein paar Monaten das hier gebaut.«

Sie drückte wieder Enter. In Umrissen waren das Wasserwerk und die Mauer noch zu erkennen, aber nun war eine zweite Ebene dazugekommen.

»Ist das … ein Röntgenbild?«, fragte Max.

»Ja, so ungefähr. Wie man hier sieht« – sie zog ein paar neu dazugekommene Linien nach –, »hat das Wasserwerk unterirdischen Zuwachs bekommen.«

»Shakira, das ist beeindruckend«, kommentierte Juan. »Aber wo sind eigentlich diese Bilder her? Das ist ein bisschen mehr als Google Maps.«

»BND«, erklärte Shakira. »Oder CIA. Oder war es doch von den Russen? Ich weiß es gar nicht mehr so genau.«

»Das sind Geheimdienstbilder?«, fragte Max fassungslos. »Aber … warum unternehmen die denn nichts?«

Shakira rollte die Augen. »Weil die nicht interessiert, ob was am Schönhainer Wasserwerk gebastelt wird. Dazu sind wir zu unwichtig. Und deshalb fliegen solche Aufnahmen auch irgendwo im Netz rum.«

»Gut«, sagte Juan. »Also wissen wir schon mal ungefähr, wo wir hinmüssen. Wenn wir erst mal da sind, müssen wir dafür sorgen, dass diese Anlage niemals ihren Betrieb aufnimmt.«

»Aber wie sollen wir das denn machen? Das mit dem Sprengen habt ihr doch wohl nicht ernst gemeint! Abgesehen davon, dass man dazu Sprengstoff bräuchte«, bemerkte Max.

»Wo du recht hast, hast du recht«, sagte Shakira ungewohnt entgegenkommend. »Na, das überlegen wir uns, wenn wir da

sind. Denn das ist, ehrlich gesagt, unser erstes Problem. Wir kommen nie an dieser Mauer vorbei. Sie ist hoch und mit Kameras gespickt. Außerdem sind an den zwei Zufahrten natürlich Wachleute postiert.«

Juan krabbelte die Tastatur entlang und betrachtete das Röntgenbild.

Als er sich umdrehte, lächelte er. »Shakira, gehe ich recht in der Annahme, dass das hier …« – er deutete mit der linken Pfote auf einige tief liegende Linien – »… unterirdische Gänge sind?«

Shakira nickte. »Das ist der Zulauf aus der Kanalisation.«

»Gibt's eine Karte von der Kanalisation?«, fragte Juan.

»In den Archiven der Stadtverwaltung bestimmt«, überlegte Shakira.

»Verdammt«, stöhnte Max. »Wir können ja schlecht im Rathaus einbrechen.«

»Ach, Schwachmatchen«, seufzte Shakira, während sie schon wieder anfing zu tippen. »Du denkst einfach immer noch viel zu analog.« Sie öffnete ein Programm und surfte inzwischen weiter zur Homepage der Stadtverwaltung.

»Kein Mensch braucht heutzutage noch schwarze Masken und ein Brecheisen, um an geheime Unterlagen zu kommen. Ein Klick und die richtige Software genügen.«

Wenn er den heutigen Tag überleben würde, gab es sehr viele Dinge, die Max seinen Eltern niemals erzählen durfte. Ein niedergeschlagener Pascal. Eine an ihn gefesselte Franziska. Ein Hackerangriff auf die Stadtverwaltung, bei dem sich Shakira in ein paar Minuten die Kanalisationspläne Schönhains in ihr fotografisches Gedächtnis gespeichert hatte. Da war der Ausflug kurz nach

Mitternacht ins Stadtzentrum noch das Harmloseste. Wahnsinn, dachte Max. So spät war er noch nie allein unterwegs gewesen. Eigentlich war er noch nie wirklich allein unterwegs gewesen, bis sein Telefon manipuliert worden war.

Vor ihm bog Shakira ab in eine Seitenstraße, die genauso ruhig und verlassen war wie ganz Schönhain um diese Uhrzeit. Ein Absperrband markierte eine Baustelle. Eine tiefe Grube, deren Grund in der Dunkelheit nicht zu sehen war. Shakira holte Juan aus ihrem Hasen.

»Hier geht's rein«, erklärte die Maus. »Max, hast du die Taschenlampe?«

Als Antwort schaltete Max sie ein. Juan nickte.

»Shakira, bist du sicher, dass du den Hasen mitnehmen willst? Da unten ist es nass und dreckig.«

Shakira hob ihr Plüschmonster hoch und drückte es an sich.

»Harvey kommt mit«, stellte sie klar.

Max leuchtete in das Loch. Er erkannte eine Tür an der einen Seite.

»Das ist ganz schön tief«, sagte er unbehaglich.

Juan nickte bedauernd. »Eine Leiter wäre schön gewesen.«

»Was machen wir jetzt?«, fragte Max.

Doch Shakira achtete mal wieder nicht auf seinen, wie er fand, berechtigten Einwand. Sie befestigte Harvey mit einer Sicherheitsnadel am Schulterteil ihres Pullovers, umschloss Juan sicher in ihrer Hand und sprang.

SHAKIRA

Wenn man den Gestank ignorierte, war das eigentlich ganz cool hier, fand Shakira. Zwischen schmalen Stegen verlief ein gemächlicher Dreckfluss, genährt von den Abwässern der ganzen Stadt. Aus zahlreichen Öffnungen in den Wänden spülten die Schönhainer ihren Dreck weg. Tagsüber musste man hier vermutlich ständig Abwasserfontänen ausweichen, aber um diese Uhrzeit ging kaum einer auf die Toilette, nahm ein Bad oder wusch seine Wäsche.

Max leuchtete unbehaglich auf die trübe Brühe vor seinen Füßen.

»Ist das etwa Kacke?«, fragte er, als ein längliches braunes Etwas vorbeischwamm.

»Nein, das ist ein Schokoriegel, und wir sind im Schlaraffenland«, ätzte Shakira. »Ich hoffe, du hast nicht deine Sonntagsklamotten an.«

»Was heißt das denn?«, fragte Max entsetzt. »Du willst doch da nicht etwa durchschwimmen?«

Shakira musterte ihn finster. »So etwas Ekelhaftes bringe nicht mal ich. Abgesehen davon wissen wir ja alle, dass du da ein gewisses Handicap hast. Aber die Alternative ist auch nicht gerade Zucker.« Sie deutete nach vorn. »Wenn du mal nach rechts leuchtest, siehst du, dass der Weg dort aufhört. Das heißt, uns bleiben nur die Lüftungsschächte über den Durchgängen. Eng, aber machbar. Vollgepackt mit Spinnen, garantiert. Zwischen den Schächten kommen allerdings immer wieder Stege, da geht's dann ein bisschen schneller.«

Max leuchtete den Lüftungsschacht an. »Immer noch besser als die Ekelbrühe«, murmelte er.

DIE EINGEWEIDE DER STADT

MAX

Schönhain war eine kleine Stadt. Wenn man aber durch ihre Unterwelt reiste, wurde sie Berlin.

New York. Tokio. Es war Max vorgekommen, als wäre er eine Ewigkeit auf schmalen Simsen neben dem nach Fäulnis und Schlimmerem riechenden Strom balanciert. Wäre Jahre durch einen engen Luftschacht nach dem anderen gekrochen, nur sein eigenes Schnaufen in den Ohren, weil sogar Shakira irgendwann keine Kraft mehr für ihre aufmunternden Beleidigungen hatte. Zwischendurch linste er auf das Display seines Handys und konnte nicht fassen, dass dieser Albtraum unter den Straßen der Stadt gerade mal seit einer Stunde andauerte. Als er sich aus dem nächsten Luftschacht fallen ließ – ihm kam es vor wie der tausendste, in Wahrheit war es vielleicht der vierte –, hörte er ein unheilvolles Grollen. Ein neues Geräusch in dieser Welt, die sonst nur das gleichmäßige Gluckern des Kanalflusses und das aus den Wänden zischende Fauchen neuer Abwässerschwälle kannte.

»Wir brauchen mehr Licht«, ertönte neben ihm Shakiras Stimme.

Max fischte die Taschenlampe hervor und knipste sie an.

Tatsächlich sah es hier auch anders aus. Der schmale Gang

hatte sich in eine Art Kuppel geöffnet und der Abwasserstrom endete hier in einem gammeligen See. Und nicht nur er. Von allen Seiten mündeten hier die Schmutzwasserflüsse der Stadt. Zwischen den einzelnen Einströmungen lagen Plattformen, die Shakira jetzt entlanghüpfte, gefolgt von Juan.

Max holte tief Luft und sprang den beiden hinterher.

Der Lärm war ohrenbetäubend, aber Shakira fand es toll. Hier endete also alles Wasser von Schönhain, wenn es seine Dienste getan hatte. Hier starb es sozusagen, bevor es wiedergeboren wurde. Der See stieß an ein feinmaschiges Gitter, das sogenannte Fallgitter, Shakira hatte das mal irgendwo gelesen. Es war dazu da, den groben Dreck herauszufiltern, bevor das Wasser einige Meter in die Tiefe stürzte. Grober Dreck war auch ausreichend vorhanden. An einer Ecke hing sogar ein altes Fahrrad. Danach würde das Schmutzwasser noch durch mehrere Gruben fließen, immer feinstufigere Filterungen durchlaufen, bevor es – leicht mit Fluor und Jod versehen – wieder bereit wäre, aus Wasserhähnen und Duschköpfen zu strömen.

Shakira seufzte. Schon bald wären Fluor und Jod nicht mehr das Einzige, was die Schönhainer gratis in ihrem Trinkwasser mitgeliefert bekamen. Wenn es ihnen nicht gelang, Antoine zu stoppen.

»Von hier aus sollten wir in die Anlage kommen«, unterbrach Juan ihre Gedanken.

»Und wie?« Shakira sah sich um. Außer dem See, der nach dem Fallgitter in die Tiefe stürzte, entdeckte sie keinen Zugang.

»Ähm … ja … tut mir leid«, druckste Juan herum. »Aber es sieht so aus, als müssten wir …« Er zeigte auf eine etwa einen halben Meter breite Metallröhre, die links vom Fallgitter aus der Wand ragte.

»Nicht schon wieder ein Luftschacht!«, stöhnte Max.

Plötzlich schoss etwas aus der Öffnung und klatschte auf die Oberfläche des Sees. Es war eine Bananenschale.

»Es ist kein Luftschacht«, sagte Juan. »Es ist das Abfallrohr.«

Die Kinder würden länger als er brauchen, natürlich. Aber vielleicht war das auch gut so. So konnte Juan die Lage checken. Er flitzte die steile, in mehreren Kurven verlaufende Röhre entlang, bis sie abrupt endete und senkrecht nach oben verlief. Drei dünne Lichtstreifen verrieten Juan, dass in etwa sechzig Zentimetern Höhe der Ausgang sein musste. Er suchte mit seinen Hinterläufen festen Stand und stieß sich ab, verlagerte die Füße nach rechts, stieß sich erneut ab, wiederholte das Gleiche noch einmal, als er links aufkam, und dann griff er mit den Vorderpfoten nach dem Lichtstrahl. Er zog sich nach oben und drückte den Kopf gegen die Decke, die nachgab.

Sehr gut. Eine Klappe.

Vorsichtig streckte Juan sein Köpfchen heraus und sah sich um. In Sekunden erfassten seine geschulten Sinne die Umgebung. Er steckte in einer Mülltonne, die mitten auf einem mit engmaschigem Gitter bedeckten Steg stand, der eine gigantische Höhle durchtrennte. Links und rechts vom Steg lagen zwei gro-

ße, leere Becken, über denen an mächtigen, gelb lackierten Metallarmen unheilvoll riesige … Schneebesen schwebten. Am vorderen Ende des Steges zeugte nur eine schmale betonierte Straße von menschlichem Gestaltungswillen. Sie verlief an beeindruckenden Felsformationen vorbei in einen nur diffus beleuchteten Tunnel, der vermutlich nach draußen führte. Diese Zufahrt war offensichtlich genau für das an ihr geparkte viersitzige Gefährt konstruiert worden, das geradezu niedlich wirkte. Ein ClubCart, erkannte Juan. Diese putzigen Flitzer waren sonst nur auf Golfplätzen üblich.

Juans Blick wandte sich zur Gegenseite. Hier endete der Steg vor einer beeindruckenden Felswand. An dieser führten links und rechts zwei Eisentreppen über bestimmt jeweils hundert Stufen zu einem imposanten Metallgerüst, in dessen Mitte ein futuristisch anmutender Glaskasten voller Computer und Monitore stand.

Juan atmete tief aus. Er begriff, was Antoine hier geschaffen hatte. Nicht weniger als eine gigantische unterirdische Höhlenfestung für seine teuflischen Pläne. Und dort oben in diesem Glaskasten musste sie sein: die Zentrale des Bösen.

Gleich darauf hörte er Stimmen hinter sich und zog den Kopf ein Stück zurück.

»Wo bleiben sie nur?«, fragte eine davon ganz in der Nähe des Mülleimers. Eindeutig Antoine Blanches warmer, sympathisch klingender Bariton.

»Vielleicht ist es besser, wenn die Kinder nicht kommen. Wir haben doch später noch genug Zeit für sie«, bemerkte ein schüchternes, sanftes Stimmchen. Sibylle Schröcklich.

»Möchtest du andeuten, dass dein Antoine seine Zeit auf

Nebensächlichkeiten verschwendet?« Juan hörte förmlich, wie Blanche lächelte.

Er linste durch den winzigen Spalt nach draußen. Nun kam auch Eva-Maria, gehüllt in eine Wolke aus Rauch, an Juans Mülleimer vorbei. Na toll, alle drei auf einmal.

»Keine Sorge, meiner Schwester würde niemals ein kritisches Wort zu dir über die Lippen kommen«, schnaubte sie. »Etwa, dass du Kindergeburtstage veranstaltest, statt dich auf das zu konzentrieren, für was du eigentlich deine Millionen rausgepfeffert hast.«

»Ach, meine gestrenge Freundin mit der sonderbaren Frisur, wie recht du hast. Antoine will immer zu viel spielen. Kommt, wir machen noch eine Testrunde!«

Dynamisch verfiel Antoine in einen Laufschritt und spurtete die linke der Treppen hoch. Juan schlüpfte aus dem Mülleimer und folgte den langsameren Schwestern an der Kante des Metallgitters.

»Er hat so eine kindliche Begeisterung«, seufzte Sibylle.

»Er hat einen Dachschaden«, entgegnete Eva-Maria. »Was man unter anderem daran merkt, dass er ein gigantisches Rührgerät hat bauen lassen für eine Substanz, die sich sowieso von selbst im Wasser löst.«

»Er fand es halt schön«, sagte Sibylle und ging auch die Stufen hoch. »Kommst du nicht mit?«

»Noch mehr kindliche Begeisterung und ich muss kotzen«, antwortete ihre Schwester. »Ich schau lieber mal nach meinen Minkas.«

Juan schluckte. Sie hatte also ihre kleinen Todesmaschinen mitgebracht. Tatsächlich verschwand sie jetzt hinter einer dicken

Eisentür, die etwa zwanzig Meter neben der Treppe, die Sibylle gerade hochging, in einen Raum führte, den Juan niemals sehen wollte.

Juan setzte sich auf die Hinterpfoten und beobachtete Sibylle. Sie folgte Antoine in den Glaskasten mit den vielen Computern und Schaltanlagen, wo Blanche bereits mit den Kontrollen begonnen hatte.

»Los geht's!«, donnerte Antoines vergnügte Stimme in sattem Dolby Surround durch die gesamte Höhle.

Natürlich. In dieser unterirdischen Geheimanlage gab es auch ein Lautsprechersystem vom Feinsten.

Es plätscherte neben Juan. Er schaute, woher das Geräusch kam. Das Becken neben ihm füllte sich mit Wasser. Ein Blick zur anderen Seite verriet, dass auch dieses nun befüllt wurde. Weißes Pulver rieselte aus einer Öffnung in der Mitte der Halterung der Schneebesen, die nun langsam herunterfuhren. Sie tauchten ins Wasser und begannen, mit elektrischem Surren zu arbeiten. Juan schnupperte. Ein fast nicht wahrnehmbarer säuerlicher Geruch stieg ihm in die Nase.

»Maus«, hörte Juan eine trockene, leise Stimme. Er schaute wieder auf.

Eva-Maria war zurück und stand zwischen den Aufgängen der beiden Treppen. Sie hob den Arm und zeigte auf ihn.

»Maus!«, brüllte sie und rannte los.

Juan drehte sich um und gab Vollgas. Egal, was nun auf die Kinder zukam – je weiter er diese Irre von ihnen fortlotste, umso besser.

SHAKIRA

Shakira hatte Max den Vortritt und zwei Minuten Vorsprung gelassen. Eine gute Entscheidung. Sein Schnauben und die gelegentlichen »Iiehs«, wenn er eine bislang unbekannte Form Dreck auf der glatten Metalloberfläche entdeckte, während er sich mühselig hinaufquetschte, waren angenehm leise. Außerdem hatte Max den gröbsten Schmutz schon mit seinen Klamotten weggewischt, bis Shakira an die jeweilige Stelle gelangte.

Ein Licht kam ihr entgegen. Es war wunderschön. Es kam näher, immer näher, und dann schlüpfte es ihr zwischen den aufgestützten Armen und Knien hindurch.

Shakira schaute dem friedlichen Schein kurz mit einem ungewöhnlich verträumten Gefühl hinterher, bevor ihr gesunder Menschenverstand zurückkehrte.

»War das etwa die Taschenlampe?«, rief sie hinauf.

»Juan ist weg!«, antwortete Max, der ihr viel zu nah klang für den gegebenen Vorsprung. Na super, der Schussel hatte aus Panik über den verschwundenen Gefährten die Lampe losgelassen.

»Worauf wartest du dann?«, fragte sie. »Hinterher!«

Etwas Übelriechendes, Halbweiches drückte sich in Shakiras Gesicht. Sie zog ihren Kopf ein bisschen zurück.

»Das war dein Fuß«, stellte sie angewidert fest.

»Ich glaube, wir sind schon da«, flüsterte Max. »Über mir ist eine Klappe!«

»Na dann rein in die Höhle des Löwen!«, ordnete Shakira an.

»Aber was, wenn sie uns hier erwarten?«

Der Typ konnte einem echt den letzten Nerv rauben. »Mag sein, dass die uns erwarten, aber bestimmt nicht am Plumpsklo oder an der Abfalltonne.«

Max rührte sich immer noch nicht.

Da war wohl etwas künstliche Begeisterung nötig. Shakira griff sich in den Nacken und hielt mit der einen Hand Harvey fest, während sie mit der anderen die Sicherheitsnadel löste, mit der sie den Hasen an ihrem Pulli befestigt hatte.

Sie prüfte mit der Kuppe des Zeigefingers, ob die Nadel spitz genug war. War sie.

Dann pikste sie zu.

SPOT ON

MAX

Max flog.

Das Stechen in seinem Hintern fühlte sich an wie ein Raketenantrieb. Er schoss in die Höhe, sah Licht, Wasser, die aufgerissenen Augen einer blonden Frau in einem weit entfernten Glaskasten. Dann landete er mit Knien und Ellbogen auf einem harten Gitter.

»Aua«, stöhnte er. Hinter sich hörte er ein Klackern. Er drehte sich um. Neben der Mülltonne, aus der er wohl gerade geflogen war, lag Harvey. Shakira stemmte sich durch die Klappe und schaute blinzelnd nach oben. Erst jetzt wurde Max klar, dass sie sich im Licht eines riesigen Scheinwerfers befanden.

»Okay, du hattest recht«, brummte sie. »Sie haben uns erwartet.«

Wie zur Bestätigung erklang lautstark eine Melodie, erst ruhig und düster, bevor sie urplötzlich schrill, schnell und fordernd wurde.

Max durchfuhr wieder ein Stechen – schlimmer, viel schlimmer als Shakiras Nadelstich, und diesmal hinter seiner Stirn. Er kannte dieses Gefühl, fiel ihm ein, und er kannte diese Melodie. Von dem Besuch in Antoines Haus. Bilder schossen ihm durch den Kopf. Von Fisch, den er eigentlich nicht aß, aber mit Heiß-

hunger verschlang. Von einem riesigen Fuhrpark teurer Autos. Von einem Swimmingpool, in den er sich stürzen wollte, obwohl er gar nicht schwimmen konnte.

»Also, die Musik ist schon mal kacke«, murmelte Shakira, die mit Harvey neben ihn schlurfte. »Da kriegt man ja Kopfweh von.«

»Herzlich willkommen, liebe Kinder!«, ertönte Antoines Stimme.

»Oder sollte ich lieber sagen: Willkommen, liebe Versuchstiere?«

Max schluckte. Das klang nicht gut.

»Ihr wollt mir hier das Handwerk legen. Ihr seid mir auf die Schliche gekommen. Ihr habt klug und überlegt den richtigen Weg in diese streng geheime Anlage gefunden – das ist eine erstaunliche Leistung für Kinder in eurem Alter. Und es tut mir ein bisschen leid, euch sagen zu müssen: Das habt ihr alleine mir zu verdanken.«

Antoine trat aus dem Glaskasten und schlenderte einen von einem Geländer geschützten, metallenen Balkon entlang. Ein Scheinwerfer war zum Leben erwacht und folgte anscheinend automatisch Antoines Schritten. Hinter ihm lief etwas schüchtern Sibylle Schröcklich. Sie achtete sehr darauf, nicht in den Lichtkegel zu treten.

»Maus! Ich krieg dich, Maus!«, schrie eine schrille Stimme irgendwo, doch Max konnte seinen Blick nicht von Antoine dort oben abwenden.

»Den wunderbaren Ursprung dieser Musik kennt ihr sicherlich nicht, weil ihr noch zu jung seid«, sagte Antoine. Er ließ sich Zeit, zur Treppe an der linken Seite des Balkons zu gelangen, als könnte er sich an der Aussicht auf zwei ihm ausgelieferte Kinder einfach nicht sattsehen. »Es ist die Titelmelodie eines Computerspiels. ›Mouse On The Run‹ – ein vergessener Klassiker. Man spielte darin ein Versuchstier, das aus einem Labor flieht. Gott, wie oft bin ich an der fiesen Stelle mit den Säurefässern gescheitert!«

Antoine schüttelte lächelnd den Kopf.

»Warum erzählen Sie uns den Dreck?«, schrie Shakira. »Uns interessiert das nicht die Bohne!«

»Weil ihr mir zuhören werdet. Weil ihr mir zuhören müsst.«

Max spürte wieder dieses dumpfe Pochen im Kopf.

»Ich muss gar nichts!« Shakira schnaufte.

Antoine setzte sich in Bewegung und nahm die Treppe in Angriff, die er betont langsam herunterstieg.

»Oh doch, mein Kind, das musst du. Weil ich es will. Genauso wie Max dir jetzt für dein ungebührliches Betragen eine Ohrfeige geben wird. Weil ich es will.«

»Das würde er sich nicht mal trauen, wenn er es …«

Bevor Shakira ihren Satz beenden konnte, hatte Max ihr schon eine runtergehauen.

Er schaute sie schockiert an und rechnete mit nicht weniger als seinem Tod.

Mann, hatte die Frau eine Ausdauer, dachte Juan. Auch wenn es durchaus lästig war, dass sie ihm so hartnäckig an den Fersen klebte, ein bisschen bewunderte er sie. Er hatte nicht erwartet, dass unter diesen merkwürdigen Haaren und

in diesem nicht gerade schlanken Körper so ein sportliches Naturell steckte.

Er hatte Haken geschlagen, war hin und her gerannt, und doch hatte sie ihn nicht aus den Augen verloren. Eigentlich hatte Juan im Bereich der Wasserbecken bei den Kindern bleiben wollen, doch auf dem Steg war er zu gut zu erkennen. Deswegen war er in den schwach beleuchteten, naturbelassenen Bereich der Höhle neben der Zufahrt gejagt, der mit gewaltigen Steinbrocken und aus den Wänden ragenden, spitzen Vorsprüngen seiner Verfolgerin das Leben schwer machte. Als er das Atmen der Katzenfrau endlich nicht mehr dicht hinter sich hörte, verbarg sich Juan hinter einem Felsen. Er fühlte sich merkwürdig an. Juan klopfte mit seiner Pfote dagegen.

Plastik, dachte er. Von wegen naturbelassen! Das war alles genauso echt wie Antoine Blanches wohltätiger Charakter.

»Maus? Maus?«

Die Stimme wurde leiser. Sehr gut. Die Frau hatte die Spur verloren. Schon hörte er gar nichts mehr. Nur noch unverständliche, aber eindeutig wütende Rufe von Shakira, und die künstlich durch Lautsprecher verstärkten Worte von Antoine, die aber auch zu weit weg waren, um ihren Inhalt zu verstehen.

Juan setzte sich auf und lauschte. Was war das? Es hörte sich an wie ein leises elektronisches Flirren. War das ein Teil der Technik dieser Höhle? Juan reckte witternd die Nase in die Höhe, während er überlegte, wo er das schon mal gehört hatte. Es war in Wunibald Kühls Unterricht gewesen … im Unterrichtsmodul »Moderne Waffen- und Spionagetechnik« – ja, genau das. Dieses leise »Fiiiiiiiieeeeee«, das machten …

… Wärmebrillen. Die auch in völliger Dunkelheit und durch

Gegenstände hindurch deutlich zeigten, wo sich Lebewesen versteckten.

Verdammt. Wenn die Katzenfrau eine Wärmebrille –

Weiter kam er mit seinem Gedanken nicht.

Finger schlossen sich fest um seine Brust.

»Maus!«, hörte er die befriedigte Stimme der Frau, die ihn hochhob.

SHAKIRA

»Du bist tot«, zischte Shakira, während sie überlegte, ob sie Max die Faust aufs Auge, die Nase oder doch eher in den Bauch rammen sollte.

»Du wirst ihm nichts tun«, sagte Antoine, der in der Mitte der Treppe angekommen war.

»Ach ja? Und warum nicht?«

»Weil ich dir befehle, dass du ihm kein Haar krümmst.«

Irgendetwas hielt Shakira ab, Max nun einfach den wohlverdienten Schlag zu verpassen.

»Und weil Sie das befehlen, tue ich das nicht?«

»Ganz genau.« Antoine hatte das Ende der Treppe erreicht und kam nun auf seine Besucher zu.

»Diese hübsche Melodie, die wir gerade hören …« – stimmt, die grausige Musik war ja immer noch da –, »… hat bei dir ein Areal in deinem Gehirn aktiviert, das durch regelmäßige Zufuhr einer hochwirksamen Chemikalienkombination exakt auf meine Stimme reagiert. Sie sorgt dafür, dass du meine Befehle bedingungslos befolgst. So wie Max das auch tut. Den habe ich schon

bei seinem kleinen Besuch bei mir aktiviert. Was haben seine Eltern blöd geguckt, als ich dieses Lied einspielte, aber es funktioniert echt bombig, finde ich. Max, hüpf doch mal.«

Der Schwachmat hüpfte. Shakira drehte sich wieder zu Antoine. »Sie haben das Zeug nur erfunden, damit alle nach Ihrer Pfeife tanzen?«

»Gott bewahre! Du hältst mich ja wirklich für einen Unmenschen.«

Die Frau neben Antoine schüttelte leicht den Kopf, als wäre das für einen geisteskranken Multimillionär eine völlig abwegige Behauptung.

»Nein, ich will nicht weniger als die Welt retten. Sie steht am Abgrund. Weißt du, warum?«

»Wegen Kosmetikherstellern, denen ein Hobby fehlt?«

»Wie frech. Max, hau ihr doch noch eine runter.«

Bevor Shakira sich ducken konnte, hatte sie schon wieder Max' Hand auf der Backe. »Entschuldigung«, stammelte er.

»Tja, und wieder kannst du nicht zurückschlagen, weil ich es nicht will. Blöd, nicht? Aber dafür bist du klug. Hochbegabt. Ein bis dahin unauffälliges Mädchen, das plötzlich eine Klasse überspringt. Eine erstaunliche Entwicklung. Genau wie bei Pascal, der noch vor einigen Monaten maximal mittelmäßig war und auf einmal nur noch Einsen schreibt. Auch Max Kühl holt ja gerade auf – selbst in Fächern, die ihm bislang als Bücher mit sieben Siegeln erschienen. Ihr seid die Ersten, die ich intelligent gemacht habe. Weil es das ist, was die Welt braucht: Intelligenz. Die Dummheit ist der größte Feind unserer Welt, und deswegen habe ich ein Mittel erfunden, das den bedauerlichen Mangel an Intelligenz auf dieser Erde für immer beheben wird.«

»Wie wollen Sie uns denn mit Ihrem Gift konstant versorgt haben? Es ist doch noch gar nicht im Trinkwasser«, sagte Shakira.

»Ja, das war problematisch. Es gab so viele Probleme.« Er seufzte theatralisch und breitete die Arme aus. Als wäre das ein Befehl, stieg das Wasser in dem nun vollständig gefüllten Becken nicht mehr weiter an. »Zum einen haben wir herausgefunden, dass unser Mittel nur bei Kindern wirkt«, erklärte Antoine. »Das war schon bei den Versuchstieren so. Ab einem gewissen Alter hätten wir ihnen genauso gut Bachblüten geben können. Da passierte einfach nichts mehr. Was heißt, dass es einfach noch ein paar Jährchen dauern wird, bis meine Bemühungen Früchte tragen. Bis die Kinder dieser Stadt endlich alt genug sind, als Politiker, Unternehmer oder Steuerberater die Fäden der Welt in die Hand zu nehmen.«

»Ich hab sie!«, schrie es hinter Shakira. Sie drehte sich um. Eva-Maria Schröcklich, deren gewöhnungsbedürftige Frisur reichlich zerzaust wirkte, kam den Weg zwischen den Becken hergelaufen. Ihr rechter Arm zuckte hin und her, als hätte er ein eigenes Leben.

Die Faust der schrecklichen Katzenfrau umklammerte Juans kleinen Körper wie ein Schraubstock. Es war dunkel. Es war eng. Und es war aussichtslos. Eine gewöhnliche Maus hätte aufgegeben. Eine gewöhnliche Maus wäre aber wahrscheinlich auch schon tot oder bewusstlos. Doch Juan war keine gewöhnliche Maus. Juan hatte die Unterrichtseinheit

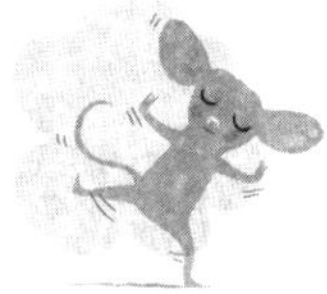

»Verhalten in aussichtslosen Situationen« seinerzeit mit einem »Ausgezeichnet« abgeschlossen. Also tat er, was er gelernt hatte. Ruhig bleiben. Ruhig atmen – was gut war, es gab eh kaum Luft zum Atmen. Dann spannte er seine Muskelpartien nach dem Kühl-Prinzip an – die von Wunibald Kühl entwickelte Methode, die auf verblüffende Weise zeigte, wie viel Kraft in einem Mäusekörper steckte. Er begann mit der linkten Hüfte. Die Faust um Juan fuhr nach links unten. Er spannte die Bauchmuskeln. Die Faust flog nach vorn.

Die rechte Schulter. Die Faust riss nach rechts oben.

»Macht das die Maus?«, hörte er Antoines Stimme.

»Ja! Ich habe keine Ahnung, wie sie das schafft. Sie ist wirklich außergewöhnlich!«, keuchte Eva-Maria Schröcklich. »Wir hätten länger mit den Versuchstieren arbeiten sollen. Von solchen Entwicklungen waren selbst unsere besten Ergebnisse weit entfernt.«

»An dem kleinen Kerl werde ich meine Freude haben«, sagte Antoine.

»Nein!«, rief Max.

»Doch, Max. Klar, du magst die Maus. Aber es wäre dir eine Ehre, sie mir zu überlassen.«

»Ich freue mich, wenn Sie Juan nehmen«, sagte Max.

Juan war schockiert. Der Junge klang aufrichtig begeistert!

»Nichts da«, ging Eva-Maria dazwischen. »Ich habe die Maus gefangen! Du hast deinen öden Hamster, und das auch nur, weil Sibylle es dir erlaubt hat. Alle Versuchstiere gehen in unseren Besitz über, das ist vertraglich geregelt. Die Mausi gehört mir! Und ich werde sie nun meinen kleinen Lieblingen schenken.«

Juan spürte, wie ihm der Schweiß ausbrach. Es konnte viel-

leicht Schlimmeres geben, als als Spielzeug für einen verwöhnten Fabrikantensohn zu enden. Er spannte wieder die Bauchmuskeln.

»Ja, da wird er wieder lebendig«, kicherte die Frau. »Das werden die Schätze mögen.«

»Schade«, hörte er die leiser werdende Stimme Antoines. Die Frau lief irgendwohin. Er hörte das Ächzen einer schweren Stahltür.

Dann war er frei. Er flog. Rings um ihn herum war alles weiß. Strahlend weiß.

Er landete und minderte die Schwere des Aufpralls durch die richtige Abrolltechnik. Hinter ihm schlug die Tür zu.

Er atmete tief ein.

Die Luft roch nach Tod.

»Na, wen haben wir denn da?«, schnurrte es hinter ihm.

Langsam drehte Juan sich um.

Er blickte in fünfzehn leuchtende Augen mit sehr schmalen Pupillen.

Eine unerwartete Wendung

Shakira

Shakira wollte der schrecklichen Frau hinterherstürzen, an ihren fürchterlichen Haaren ziehen und ihr Juan entreißen.

»Hiergeblieben«, sagte Antoine, und Shakira wurde entsetzlicherweise klar, dass sie keine andere Wahl hatte, als ihm zu gehorchen. Max, der schon losgelaufen war, blieb stehen und trottete zurück.

Antoine zuckte mit den Schultern und schaute Shakira an.

»Tja, wie du siehst: Ihr müsst mir folgen. Weil ich euch konstant mit meinem kleinen Wundermittel versorgt habe. Bei dir verschreibt es deine Psychologin. Sie glaubt tatsächlich, es sind Antidepressiva, und hat sich sehr gefreut, dass der Pharmavertreter ihr dieses Paris-Wochenende geschenkt hat. Pascals Arzt ist eher so der Abenteuertyp. Den hat ein kostenloser Fallschirmsprung von den Vorzügen des neuen ADS-Medikaments überzeugt.« Antoines Blick wanderte zu Max.

»Wie haben Sie Derek bestochen? Neues Auto? Kostenlose Blondierung?«, fragte Max.

»Ach, den musste ich nicht bestechen. Dem habe ich einfach erzählt, dass das ein ganz tolles Nahrungsergänzungsmittel für junge Sportler ist. Diese Muskeltypen sind einfach herrlich gutgläubig.«

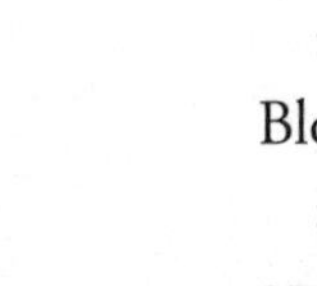

»Deswegen sind wir also hochbegabt. Deswegen müssen wir Ihren Befehlen gehorchen. Weil Sie uns Ihr Zeug untergejubelt haben«, sagte Shakira düster.

»Genau«, nickte Antoine. »Leider gab es erst noch Nebenwirkungen. Bei dir und Pascal haben wir festgestellt, dass ihr nicht nur schlau werdet, sondern leider auch wahnsinnig asozial. Ihr habt zwar lauter Einsen geschrieben, aber gleichzeitig gingen alle guten Manieren flöten, und ihr habt euch wie die letzten Drecksäcke benommen. Was ich natürlich nicht zulassen konnte. Klar, in erster Linie geht die Welt an der Dummheit zugrunde, aber in zweiter Linie an schlechten Manieren.«

Eva-Maria Schröcklich war zurückgekehrt und stellte sich neben Antoine.

»Aber das haben wir hingekriegt«, ergänzte sie. Sie zeigte auf Max, der sehr unglücklich dreinblickte. »Er ist auch schlau geworden, aber noch genauso ein gutmütiges Bübchen wie vorher.«

»Allerdings hat er uns das nächste Problem noch einmal verdeutlicht«, sagte Antoine.

»Nämlich dass man die Einnahme nicht dem Anwender überlassen kann. Hochbegabung schließt Schusseligkeit leider nicht aus. Deshalb mussten wir sicherstellen, dass unsere zukünftigen Retter, also alle Kinder dieser Stadt, ganz automatisch ihre nötige Dosis einnehmen. Und zwar regelmäßig. Ab Sonntag, wenn wir das Wasserwerk mit einer fetten Party als neuen Teil von Blanche Industries eröffnen, ist es so weit. Egal, ob die Kinder sich einen Tee machen, ihre Suppe löffeln, duschen oder ins Schwimmbad gehen – unser Wundermittel ist immer dabei. Als unbemerkter Bestandteil des täglichen Lebens.«

Er lächelte zufrieden.

Sibylle, die immer noch hinter Antoine stand, klatschte und strahlte glücklich.

Irgendwie war das nicht normal, dachte Shakira. Das war mehr als die Höflichkeit einer gut bezahlten Angestellten. Die war völlig verschossen in den Irren!

Antoine nickte ihr huldvoll zu.

»Vielen Dank«, sagte er.

»Was machen Sie jetzt mit uns?«, fragte Shakira.

»Also erst mal begleite ich euch nach Hause und besteche eure Babysitterin, ein sehr gieriges Mädchen. Keine schöne Charaktereigenschaft, aber wahnsinnig praktisch. Dann befehle ich euch, alles zu vergessen. Meinen Plan. Die Maus. Eure Recherchen. Und freue mich auf euren Besuch zur Eröffnung. Dann wollen wir mal.«

Antoine ging los, Max trottete ihm hinterher.

»Sie haben doch was übersehen«, sagte Shakira, während sie mitlief.

Antoine drehte sich um.

»Ach ja? Was denn?«

»Dass ich niemals auch nur eine Pille nehmen würde, die mir die bescheuerte Frau Dr. Schön verschrieben hat.«

Shakira rannte los, rempelte Sibylle zur Seite und stürzte zur Treppe.

Juan ahnte nicht, was sich draußen vor der Eisentür abspielte, denn plötzlich fühlte er sich wieder ganz klein. Die kleine Maus, die in einem von Dutzenden Käfigen in einem Labor gefangen war und zusah, wie eine ältere Maus oder ein zu schwaches Meerschweinchen weggebracht wurden. Schon in frühester Kindheit hatte er begriffen, dass es einen Ort wie diesen hier gab. Keines der fortgeschafften Tiere hatten sie jemals wiedergesehen. Wie auch? Wenn etwas für eine Maus das Ende bedeutete, war es wohl ein Raum voller Katzen.

Angstvoll hatte Juan damals darüber nachgedacht, wie es in diesem Raum wohl wäre. Er hatte ihn sich schwarz und dunkel vorgestellt. Wie falsch er gelegen hatte! Alles in diesem Ort war gleißend hell. Die Wände waren weiß. Die Ruhekissen, die überall verteilt waren. Die eleganten Kratzbäume, die sich zur Decke streckten. Die Porzellantellerchen, auf denen delikat aussehende Leckereien lagen.

Die Katzen selbst hingegen hatte er sich immer weiß vorgestellt. Weiß, flauschig, fett, mit gemeinen, flachen Gesichtern und kaum zu unterscheiden in ihrer eintönigen Katzenschönheit.

Auch hier hatte er völlig danebengelegen, bemerkte er, als er sich erst einmal von ihren bohrenden Blicken losgerissen hatte. Sie waren außerordentlich vielfältig – schwarz, rot, ocker, gestreift, mit Flecken oder Punkten. Sie waren nicht fett. Sie waren eher dünn.

Und sie waren eindeutig die hässlichsten Katzen, die Juan je gesehen hatte.

Als hätten sie ein Signal bekommen, standen sie alle gleichzeitig auf und setzten langsam eine Pfote vor die andere.

Juan wich ebenso langsam zurück, während er ihr verstörendes Äußeres wahrnahm. Der rot gestreifte Kater an der Seite hatte nur noch ein Auge. Das andere war ihm anscheinend zugenäht worden. Eine Katze schien unter einer seltsamen Hautkrankheit zu leiden. Ihr Pelz wies zahlreiche nackte Stellen auf. Und der schwarze dürre Kater mit dem weißen Punkt auf der Stirn – hatte er tatsächlich zwei Schwänze?

Juans eigener Schwanz stieß an die kalte Metalltür. Der Schwarze kam immer näher.

»Hallo, mein Freund«, schnurrte er bedrohlich. Er streckte seine Pfote nach Juan aus.

Juans Vorderbeinchen fuhren aus und klammerten sie ein.

»Meine Freunde suche ich mir immer noch selber aus«, sagte er, bevor er den zweischwänzigen Kater mit einer Drehung ans andere Ende des Raumes schleuderte.

MAX

»Du bleibst hier«, raunte Antoine Max zu. Sofort fühlte sich der Junge wie festgenagelt. Hilflos musste er mit ansehen, wie Antoine lossprintete. Die Schröcklichs hatten sich schon vorher aus ihrer viel zu kurzen Schockstarre gelöst und nahmen die Verfolgung auf. Shakira war schnell auf die Treppe gesprintet, hatte aber gerade mal ein Dutzend Stufen Vorsprung. Und im Gegensatz zu den Erwachsenen musste sie jede Treppenstufe einzeln nehmen und schaffte nicht zwei auf einmal. Die Frauen waren nur noch zehn Stufen hinter ihr und auch Antoine war bereits am Fuß der Treppe angekommen.

Was fummelt sie jetzt an ihrem blöden Hasen rum?, dachte Max entsetzt. Statt sich ganz darauf zu konzentrieren, die Treppe hochzujagen, verschwendete Shakira wertvolle Zeit damit, Harvey von ihrer Schulter zu lösen.

Eva-Maria Schröcklich überholte ihre Schwester und war nur noch acht Stufen hinter Shakira. Antoine hatte fast zu Sibylle aufgeschlossen, während Shakira gerade mal die Hälfte der Treppe hinter sich gebracht hatte.

»Schneller!«, schrie Max. Anfeuern hatte Antoine ihm ja nicht verboten. Doch Shakira ignorierte es nicht nur, nein, sie blieb sogar stehen. Nur noch sechs Stufen, bis Eva-Maria sie packen konnte.

Shakira hatte ihren Hasen am Bauch gegriffen und drehte sich um.

Vier Stufen für Eva-Maria und ihre Verbündeten waren jetzt beide direkt hinter ihr.

Shakira riss Harvey entzwei.

Aus seinem Bauch kullerten Hunderte rot gestreifte Pillen auf die Stufen.

Eva-Maria rutschte aus und fiel mit ausgebreiteten Armen nach hinten. Antoine und Sibylle wurden von ihr mitgerissen. Zu dritt purzelten sie alle Stufen der steilen Treppe hinunter, während Shakira nun ihren Weg nach oben schnell, aber ohne Eile fortsetzte. Sie lief auf dem Balkon zum Glaskasten, wo sie noch einmal triumphierend zu ihren Widersachern nach unten schaute, die sich belämmert die schmerzenden Stirnen rieben.

»Nur mal so zur Info, Herr Blanche«, rief sie. »*Ich* brauche ihre gottverdammten Tabletten nicht. Ich bin so hochbegabt und asozial, wie ich bin!«

Dann lief sie in den Glaskasten und begriff offensichtlich sofort, wie sie die beiden Türen verriegeln konnte, denn die bislang neutrale Beleuchtung der Einsatzzentrale nahm nun einen rötlichen Ton an.

JUAN

Der zweischwänzige Kater prallte gegen die Wand und glitt daran herunter. Juan sah sich hastig um.

»Das war aber nicht nett«, sagte die Katze mit den kahlen Stellen und setzte sich in Bewegung.

Juan rannte los. Von links und rechts stürzten zwei der hässlichen Viecher auf ihn zu. Er sprang, drehte eine Pirouette und konzentrierte all seine Kraft in der linken Hinterpfote, die kurz nacheinander gegen zwei Katzenköpfe prallte. Er hörte ein zweifaches »Autsch!«, während er sich im Fallen abrollte und weiterhastete. Aus den Augenwinkeln sah er, dass der Einäugige sich nun aus der Gruppe löste und ihm auf den Fersen war.

Vor Juan ragte ein Kletterbaum in die Höhe. Er schlug seine Krällchen hinein und zog sich in schnellen Sprüngen nach oben. Mit zwei Sätzen war der Einäugige am Fuße des Baumes angekommen und kletterte ihm hinterher.

Weiter nach oben. Immer weiter nach oben.

Juan war schnell, doch der Kater war größer und legte mit einem Satz die dreifache Höhe zurück. Ein Windhauch streifte Juans Schwanz, als dicht darunter eine Pfote ihre Krallen in den Stoff schlug. Barthaare kitzelten seinen Po.

Er spannte den Rücken an, bis er hart wie Stahl war, und ließ sich auf das Gesicht seines Verfolgers fallen, den es in die Tiefe riss.

Juan hatte keine Zeit, sich über das erschöpfte Stöhnen unter sich zu freuen, sondern begann seinen Aufstieg von vorn.

In Sekunden hatte er die Plattform am Ende des Kratzbaums erreicht. Der Kater lag immer noch unten und schaute mit seinem einen Auge verdutzt drein. Juan klatschte in die Pfoten und drehte sich um.

Auf der Plattform des Kratzbaums gegenüber saß der Zweischwänzige und setzte zum Sprung an.

Juan richtete sich auf und ging in die Abwehrstellung, die er in Karate gelernt hatte.

»Ich muss dir was sagen«, verkündete der Zweischwänzige.

»Ach ja? Was denn?«, fragte Juan.

»Du hättest besser auf den Kratzbaum hinter dir geachtet.«

Eine Pfote traf Juan auf der rechten Seite und fegte ihn direkt in die Menge der auf ihn wartenden Katzen.

IM GLAS HAUS

SHAKIRA

Shakira sah sich im Kontrollzentrum um. Oh ja, das war es. Das Kontrollzentrum und damit das Herz dieses streng geheimen Irrsinns. Computer, die wahrscheinlich teurer waren als alles, was Onkel Wichmann in seinem ganzen Leben je verdient hatte. Hochauflösende Monitore. Die gesamte Anlage im Blick. Max stand immer noch unweit des Mülleimers zwischen den Becken wie festgenagelt. Tja, so was passierte halt, wenn man alles schluckte, was Erwachsene einem in den Rachen warfen.

Sie hörte Schritte auf dem Balkon und drehte sich zur Seite. Antoine marschierte schnurstracks auf das gläserne Kontrollzentrum zu. Auch wenn er sich um einen forschen Schritt bemühte, bemerkte Shakira befriedigt, dass er mit dem linken Fuß etwas vorsichtiger auftrat. Hinter ihm humpelten deutlich langsamer die Geschwister Schröcklich heran.

Antoine war an der Glastür angekommen und überzeugte sich, dass die Tür tatsächlich geschlossen war. Er sah Shakira mit mildem Lächeln an.

»Gut, mein Kind«, seufzte er. »Du hast uns wirklich überrascht. Du hast deine Pillen nie genommen. Du hast dich meinem Einfluss entzogen. Glückwunsch. Dir ist es gelungen, in unser Hauptquartier zu gelangen. Noch mal Glückwunsch. Aber ganz ehrlich: Was jetzt?« Er beugte den Kopf fragend vor.

»Bei einem normalen Bösewicht, der bei seinen schurkischen Plänen darauf achtet, dass alles so zweckmäßig, sicher und sinnvoll wie möglich ist, würde mir das gar nichts bringen«, gab Shakira zu. »Aber bei jemanden, der sich statt einem praktischen unterirdischen Labor eine Gruselhöhle wie in einem billigen Agentenfilm baut, bin ich mir da nicht so sicher. Noch dazu, wenn er unglaublich teure Mischgeräte für eine sowieso komplett wasserlösliche Substanz einbauen lässt, nur weil sie so beeindruckend aussehen. Bei so einem Kerl vermute ich einfach mal, dass der einen ebenso unsinnigen wie gefährlichen und wahrscheinlich bestens sichtbaren Knopf zur Selbstzerstörung mit eingebaut hat.«

Antoines Mühe, keinerlei Regung zuzulassen, sagte mehr als tausend Worte.

Shakira nickte. »Na dann werfe ich mal einen Blick auf Ihren Computer.« Sie schaute auf den Bildschirm, der eine Passworteingabe verlangte. Drei Benutzer waren anklickbar: ABlanche, ESchroecklich, SSchroecklich.

Shakira blickte auf. Antoine lächelte.

»Und du möchtest jetzt ein Passwort erraten? Dann können wir hier zusammen deinen siebzigsten Geburtstag feiern. Wahrscheinlich sogar den hundertsten. Ach nein …« – er tätschelte sich leicht auf die Stirn – »… bis dahin bist du ja verdurstet.«

Sibylle Schröcklich, die stumm neben Antoine stand, wischte fürsorglich ein Staubkörnchen von seinem Kragen.

Shakira unterdrückte ihr Grinsen. Sie bemühte sich um einen beleidigten Gesichtsausdruck. »Für jemanden Ende zwanzig sind Sie ganz schön eingebildet!«, blaffte sie trotzig.

Antoine verzog geschmeichelt den Mund. »Meine Liebe, das sind die Vorzüge, wenn man sich selbst um die Herrenlinie seiner Kosmetikfirma kümmert: Ich bin schon fünfunddreißig.«

»Danke«, sagte Shakira und gab ihr Grinsen frei.

»Wussten Sie, dass es theoretisch zwar unendlich viele Passwörter gibt, praktisch aber 67,5 Prozent aller Verliebten sich für den Namen desjenigen entscheiden, in den sie verliebt sind? Natürlich mit dem Geburtsjahr.« Sie nickte der Blonden aufmunternd zu. Antoine drehte sich mit fassungslosem Gesicht zu ihr.

Shakira klickte »SSchroecklich« an und tippte in die darunter nun sichtbare Zeile Antoines Namen und sein Geburtsjahr.

Die Benutzeroberfläche wurde freigegeben. Shakira tat enttäuscht, als sie auf den Bildschirm zeigte.

»Och Menno, da ist ja gar nichts, was Selbstzerstörung heißt.« Sie zuckte mit den Schultern. »Na ja, dann klick ich halt stattdessen mal auf diesen Totenkopf mit SZ auf der Stirn. Ich bin so gespannt, ob ich ganz ohne Wunderpillen kapiert habe, für was SZ eine Abkürzung sein könnte …«

»Blöde Kuh!« Antoine gab Sibylle eine schallende Ohrfeige. Sie zuckte zusammen, während ihr zorniger Chef sich ihrer Schwester zuwandte.

»Eva-Maria! Schnappen Sie sich irgendeinen Laptop und hacken Sie das System!« Er stampfte über den Steg in Richtung Treppe.

»Und was machen Sie?«, rief Eva-Maria ihm hinterher.

»Ich übe mich in der Kunst der Erpressung«, verstand Shakira, während sie ihren neuen Lieblingsbutton anklickte.

»Noch zehn Minuten bis zur Selbstzerstörung«, erklärte eine freundliche, aber bestimmte Frauenstimme.

MAX

Max war verzweifelt. Da oben spielten sich Dramen ab, Shakira war im Kontrollzentrum eingesperrt und er konnte nichts tun. Auch nicht, wenn in zehn Minuten hier alles in die Luft flog, wie eine angenehme Frauenstimme mit Dolby-Surround-Verstärkung gerade verkündete. Er, Max, war gefangen in seinem eigenen Körper, auf Antoines Befehl. Nur weil er Dereks blöde Pillen regelmäßig geschluckt hatte.

Obwohl … besonders regelmäßig hatte er das doch gar nicht getan?

Sein Kopf schmerzte, aber es war ein aufmunterndes Pochen.

Eigentlich hatte er doch mindestens jedes zweite Mal vergessen, die Dinger zu nehmen.

Max fühlte, wie die Spannung, die seinen Körper im Würgegriff hielt, etwas nachließ. Er war noch gefesselt, aber er bemerkte, dass er zumindest seine Arme etwas bewegen konnte. Langsam schob er seine Hand in die Jackentasche und ertastete sein Handy.

Seine neu gewonnene Freiheit würde nicht reichen, um Hilfe herbeizutelefonieren (seine Eltern oder gleich die Polizei). Wobei das sowieso keine gute Idee gewesen wäre, denn das hätte nur Antoines mögliche Hintermänner auf den Plan gerufen. Aber vielleicht musste er auch niemanden kontaktieren.

Antoine kam die Treppe herunter, gefolgt von Eva-Maria Schröcklich. Er warf Max einen Blick zu, der den Jungen befürchten ließ, dass er – warum auch immer – zu ihm wollte.

Max tastete weiter. Er hoffte, dass er die richtigen Zahlen zum Entsperren – 4-5-5 – auch blind ertippte. Wenn sie es waren, würde auf irgendeinem Server in der Welt das erfundene Bewe-

gungsprofil von Max Kühl jetzt ausgeschaltet. Und auf den Handys seiner Eltern würde eine dringende Nachricht eingehen, dass ihr Sohn sich an einem Ort befand, an dem er sicherlich nicht kurz nach drei Uhr morgens zu sein hatte.

Er konnte gerade noch seine Hand unauffällig aus der Tasche ziehen, da war Antoine schon bei Max angekommen und schaute ihn mit kaltem Blick an.

Zu acht. Sie waren zu acht. Auch wenn es ihm nichts brachte, Juan war stolz auf sich. Es war wirklich alles andere als eine Schande, wenn nur acht Katzen eine Maus in Schach halten konnten. Jeweils zwei pressten mit aufgestapelten Vorderpfoten seine Glieder auf den Boden. Ihre Gesichter waren angespannt, rechneten sie wohl jederzeit mit einer neuen, überraschenden Finte von der Maus des Todes. Doch die würde nicht mehr kommen. Juan hatte aufgegeben, seit eine Frauenstimme die baldige Selbstzerstörung der Anlage bekannt gegeben hatte.

Die Mission war erfüllt. Was mit ihm nun geschah, war bedauerlich, aber egal. Trotzdem fühlte er Traurigkeit in seinem Herzen.

Nie wieder würde er in Wunibald Kühls freundliches Gesicht blicken. Nie wieder Shakira an die guten Sitten erinnern. Und nie erfahren, was aus Max wurde, diesem schüchternen, ängstlichen Jungen, in dem trotzdem das Zeug steckte, die Welt zu retten. Doch egal. Die Mission war erfüllt.

Der Zweischwänzige schob sich durch seine Artgenossen. Riesig erschien sein Gesicht über Juan.

»Wenn ich mir was wünschen darf«, sagte Juan, »mach es schnell. Nicht lang rumtatschen, schnüffeln und spielen.«

Der Zweischwänzige legte seinen Kopf schräg, als hätte er nicht recht verstanden.

»Einfach Mund auf und einmal feste zubeißen!«, wurde Juan deutlicher.

»Bäh!« Der Kater verzog angewidert das Gesicht. Den anderen Katzen entfuhren spontan ein paar Würgegeräusche. Dann entspannten sich die Gesichtszüge des Zweischwänzigen wieder.

»Entschuldigung«, sagte er. »Aber wir sind Veganer. Überzeugte Veganer. Deshalb bringt uns allein die Vorstellung, Fleisch zu essen, immer etwas aus der Fassung.«

Seine Kollegen nickten zustimmend.

»Ich glaube, wir können ihn jetzt loslassen«, erklärte der Einäugige, der Juans linkes Hinterbein hielt. Die anderen nickten. Der Druck ließ nach und Juan richtete sich mit fragendem Blick auf.

»Ihr seid Veganer?« Er konnte es nicht fassen. »Katzen sind keine Veganer!«

»Wer das durchgemacht hat, was wir durchgemacht haben, könnte niemals einem anderen Tier etwas zuleide tun«, korrigierte Kater Zweischwanz.

»Bitte?«, fragte Juan. »Du hast deine gierige Pfote ausgestreckt, um mich mit deinen messerscharfen Krallen zu zerfetzen!«

Der Kater guckte empört. »Ich habe dich freundlich begrüßt und wollte dir die Hand schütteln. Das macht man so, wenn man jemanden kennenlernt. Aber du hast mich ja stattdessen lieber durch die Gegend gepfeffert.«

»Noch acht Minuten bis zur Selbstzerstörung«, warf die Frau-

enstimme ein, aber das interessierte Juan gerade gar nicht. Er blickte immer noch drein wie der Ochs vorm Berg.

»Er war einfach ein bisschen aufgeregt«, beschwichtigte der Einäugige seinen Artgenossen. »Und er hat halt ein etwas klassisches Bild vom Verhältnis Maus/Katze.« Der Kater wandte sich Juan zu. »Wir sind … wir waren Versuchskatzen«, erklärte er. »In den Laboren von Future Medicals.«

»Future Medicals«, überlegte Juan. »Wurden die nicht vor drei Jahren geschlossen? Weil sie ein Nervengift als Botox-Ersatz verkauft haben?«

Die Katze mit den kahlen Stellen nickte. »Ja, das war die offizielle Geschichte. Nachdem unsere Besitzerin den Laden ans Messer geliefert hatte, nahm sie uns mit. Weil wir ihr so leidgetan haben.«

»Eure Besitzerin? Meint ihr Eva-Maria Schröcklich? Die skrupellose Wissenschaftlerin, die mit ihrer Schwester schon so viel Unheil angerichtet hat?«

Die Katzen brachen in schallendes Gelächter aus. Erst als die Selbstzerstörung in sieben Minuten angekündigt wurde, fingen sie sich wieder.

»Entschuldige.« Der Einäugige wischte sich eine Träne aus seinem einzigen Auge.

»Wir finden das immer wieder so erheiternd, dass alle Bösewichter dieser Welt das einfach noch nicht kapiert haben. Die sehen immer nur die beiden Genies, die ihre wahnwitzigen Ideen realisieren. Und verstehen nicht, dass diese Genies der Grund sind, warum diese Ideen dann trotzdem scheitern.«

Die Stahltür flog auf. Eva-Maria Schröcklich kam hereingestürmt.

SHAKIRA

Shakira versuchte, die Lage im Überblick zu behalten. Während die Betonfrau eben durch eine Eisentür und damit außer Sichtweite gelaufen war, stand ihre schüchterne Schwester Sibylle immer noch vor der verriegelten Eingangstür des verglasten Kontrollzentrums. Fassungslos hielt sie sich die Wange, die noch von der Ohrfeige glühte, die Antoine ihr gegeben hatte.

Tja, dachte Shakira, das lernt jeder irgendwann. Diejenigen, die du am meisten liebst, tun dir immer am meisten weh. Sie sah nach unten.

Auf dem Gittersteg zwischen den Wasserbecken hatte Antoine Blanche sich bedrohlich vor Max aufgebaut.

Er packte den Jungen und hob sein Gesicht in Richtung des Kontrollzentrums.

»Schalt sofort die Selbstzerstörung aus, du Mistgöre!«, schrie er Shakira zu. »Sonst siehst du deinen Freund hier nicht mehr wieder!«

Antoine Blanche wirkte gar nicht mehr so weltmännisch wie sonst.

Shakira starrte ihn an. Dann schüttelte sie den Kopf. Der bluffte doch nur!

»Dann lebe mit deiner Schuld«, rief Antoine. Ohne weitere Warnung gab er dem regungslosen Max einen Stoß, und Shakira musste zusehen, wie er wie ein Stein in das Becken platschte.

»Wäre ja auch zu schön, wenn mal was nach Plan liefe«, fluchte Eva-Maria Schröcklich, während sie ihren Labormantel in die Ecke pfefferte. Er war gepolstert, bemerkte Juan, weshalb sie pummeliger gewirkt hatte, als sie tatsächlich war. Darunter trug sie einen eleganten Blazer. Sie rannte zum vordersten Kratzbaum und tastete unter dessen Plattform. Er klappte auf.

»Wenigstens bin ich die bescheuerte Perücke endlich los«, murmelte sie und wischte sich die betonartigen Haare vom Kopf. Darunter lag eine sportliche Kurzhaarfrisur.

Juan lief auf sie zu.

Noch begriff er nicht recht, was hier gespielt wurde. Aber in seinem Mäusehirn ratterte es. Sie schaute ihn an.

»Für eine sprechende Maus bist du ganz schön still«, sagte sie.

»Für eine geldgierige Wissenschaftlerin, die für jedes fiese Unternehmen arbeitet, sind Sie ganz schön engagiert«, antwortete Juan.

»Ich bin Wissenschaftlerin und ich arbeite für jedes fiese Unternehmen. Um es dann auffliegen zu lassen. Ach ja, und geldgierig bin ich durchaus auch. Aber nur weil man für die gute Sache kämpft, muss man sich deswegen noch lange nicht schlecht bezahlen lassen.« Sie zog ein silbernes Kästchen aus dem Kratzbaum und drückte einen Knopf darauf. Ein grünes Lämpchen leuchtete auf.

»Noch sechs Minuten bis zur Selbstzerstörung«, informierte die Frauenstimme.

»Stress, nichts als Stress«, murmelte Frau Schröcklich.

EIN ECHT BLÖDER TOD

MAX

Max sank.

Er hatte noch ein bisschen gezappelt – soweit es sein Widerstand gegen Antoine zuließ –, aber das reichte nicht. Doch selbst wenn er völlige Freiheit gehabt hätte, was hätte es genutzt?

Seine Kleidung sog sich voll und zog Max nach unten. Er kam am Boden des Beckens an.

Das war mal ein echt total doofer Tod, dachte Max. Da lag er nun in einer hoch konzentrierten Flüssigkeit, die einen superintelligent machte, und er starb, weil er nicht schwimmen konnte. Die Luft reichte nicht mehr lange. Automatisch öffnete er den Mund ein bisschen, um einzuatmen, und presste dann die Lippen wieder fest aufeinander. Die Flüssigkeit schmeckte sauer, fiel ihm auf. Es brannte immer stärker in seinen Lungen.

Das hat echt keinen Sinn mehr, dachte Max. Er musste einfach einatmen. So dringend, dass er es nicht mehr lange herauszögern konnte. Vielleicht zehn Sekunden. Oder noch fünf.

Nein. Er tat es jetzt.

Das Kästchen in Frau Schröcklichs Hand war ein Funkgerät, erkannte Juan, als plötzlich eine Männerstimme daraus ertönte. »Operation Blanche abschließen?«, fragte sie.

»Operation Blanche abschließen«, bestätigte Eva-Maria. »Wir brauchen den Hubschrauber. In fünf Minuten.« Während sie zwei Elektroschockpistolen aus dem Geheimfach nahm und sich an den Gürtel steckte, wandte sie sich wieder an Juan. »Du kennst den Weg durch die Kanalisation, nicht wahr?«

Er nickte.

»Noch fünf Minuten«, sagte Frau Weltuntergang.

»Die Zeit ist zu knapp für meine Schätze.« Eva-Maria zeigte auf die Katzen, die sie alle ganz verliebt musterten.

Sie ging in die hintere Ecke des Raumes, schob das dort stehende Katzenklo zur Seite und entfernte die Platte von dem Loch, auf dem dieses stand.

»Von hier aus gelangt man zum Abfallrohr, durch das ihr gekommen seid«, sagte sie. »Bitte, führ meine Kleinen sicher nach draußen. Sie waren noch nie alleine unterwegs.«

»Aber ich muss den Kindern helfen!«, protestierte Juan.

»Bitte«, wiederholte Eva-Maria und ging in die Knie. Sie strich Juan sanft über den Kopf.

»Um die Kinder kümmere ich mich. Aber ich schaffe es nicht, auch noch meine Lieblinge in Sicherheit zu bringen.«

»Gut«, lenkte Juan ein. »Dann ist das wohl mein Job.«

SHAKIRA

Shakira war wie erstarrt. Antoine hatte Max ins Wasser gestoßen und machte keine Anstalten, ihm zu helfen.

Wenn sie Blanche jetzt nicht Folge leisten würde, wäre Max tot.

Na und?, schrie es in ihrem Kopf. Was kümmert dich der Schwachmat?

Ihr Finger wanderte zu dem roten X in der Mitte des Bildschirms, das die Selbstzerstörungssequenz beenden würde.

Das war ja das Problem. Der Schwachmat kümmerte sie doch. Sie durfte nicht zulassen, dass er starb!

Sie drückte das X.

»Selbstzerstörung in vier Minuten«, sagte die Frauenstimme unbeeindruckt.

Shakira starrte auf den Bildschirm.

Es klopfte ans Glas.

Es war die Blonde.

»Tut mir leid, Shakira«, sagte sie. »Meine Schwester wollte sichergehen, dass hier nichts übrig bleibt, wenn Antoine überführt ist. Der Selbstzerstörungsmechanismus kann nicht mehr ausgeschaltet werden, wenn er einmal in Gang gesetzt ist. Du musst jetzt los.«

Shakira sah sie wortlos an. Sie hatte keine Ahnung, wovon die Frau sprach. Und wusste zum ersten Mal seit Ewigkeiten nicht, was sie tun sollte.

»Mach die Tür auf und lass mich an den Rechner«, sagte Sibylle Schröcklich. »Ich muss versuchen, zumindest deinen Freund zu retten.«

Shakira schüttelte den Kopf.

Die Frau sah plötzlich überhaupt nicht mehr schüchtern aus, sondern nur noch sehr, sehr ernst. »Ich weiß, du vertraust mir nicht«, sagte sie. »Ich weiß, du vertraust niemandem. Aber auch wenn es wehtut: Manchmal ist Vertrauen die einzige Chance, die man hat.«

Das Wasser strömte in Max ein. In seinen Bauch. In seine Lunge. Überall die pure Intelligenz – um ihn herum, in ihm drin. Max würde schlau sterben. So intelligent, dass kein raffinierter Psychomechanismus ihn an die Befehle eines größenwahnsinnigen Fabrikantensohnes mehr binden konnte. So intelligent, dass er wusste, dass panische Angst vor dem Wasser völlig überflüssig war. Schwimmen war schließlich leicht. Der Bewegungsablauf war eigentlich simpel. Jemand wie er musste das nicht üben. Das konnte man einfach.

Und wenn man schwimmen konnte, musste man natürlich auch nicht ertrinken.

Max brachte sich in die richtige Position und ging in die Knie. In Sekundenbruchteilen berechnete er, unbeeindruckt von dem Würgereiz und dem brennenden Gefühl in der Lunge, den besten Austrittswinkel.

Dann stieß er sich ab und katapultierte sich wie ein Torpedo durch das Wasser.

SHAKIRA

Shakira traf die Entscheidung im Bruchteil einer Sekunde. Sie entriegelte die Tür. Es gab ein summendes Geräusch, das rote Sperrlicht wurde weiß und Sibylle Schröcklich huschte herein.

Sie wischte über den Touchscreen, auf dem weiterhin die Uhr eingeblendet war.

»Wir müssen das Wasser ablassen«, erklärte sie.

Mit bangem Blick beobachtete Shakira die Becken. Antoine schaute herausfordernd zu ihr hinauf und tippte auf seine Armbanduhr.

Plötzlich schoss etwas aus dem Becken und landete hinter Antoine. Shakira riss die Augen auf.

Das war Max!

»Ich glaube, wir müssen das Wasser doch nicht ablassen«, murmelte Shakira.

Frau Schröcklich sah nach oben. »Umso besser«, sagte sie. »Dann kümmern wir uns um Antoine.«

Sie drückte auf den Bildschirm. Die Schreibtischplatte teilte sich und ein Hebel mit einem dicken Knubbel an der Spitze fuhr heraus.

»Ein Joystick«, kommentierte Sibylle. »Mit so was hat man früher Computerspiele bedient. Der Mann ist so kindisch.« Die Wissenschaftlerin schüttelte den Kopf.

»Was bedient man heute damit?«, fragte Shakira.

»Viel zu große Schneebesen«, antwortete Sibylle.

MAX

Antoine fuhr herum und betrachtete den tropfenden Max, der ihn mit funkelnden Augen anstarrte.

»Was soll das?«, schrie Antoine. »Du sollst dich nicht rühren, hab ich gesagt! Eine Erpressung funktioniert nicht, wenn jeder einfach macht, was er will!«

Max wischte sich Wasser aus dem Gesicht und schüttelte sich die Tropfen von der Hand.

»Tut mir leid, Herr Blanche. Für Ihre Befehle bin ich mittlerweile zu hochbegabt.«

Antoine schüttelte ärgerlich den Kopf.

»Dass das hier alles nicht so funktioniert, wie es soll, ist schon kränkend genug«, sagte er und schob sich die Hand unter seine Anzugjacke. »Aber dass du mich jetzt auch noch zu einem Allerweltsbösewicht machst, der über Leichen geht – das verzeihe ich dir nie.«

Antoine zog seine Hand wieder hervor. In ihr hielt er eine silberne Pistole mit ungewöhnlich langem Lauf, den er nun auf Max richtete.

»Sie wollen ein Kind erschießen?«, fragte Max.

»Jaja, jetzt mach mir auch noch ein schlechtes Gewissen«, quengelte Herr Blanche. »Aber um deine Frage zu beantworten. Anschießen. Erst mal werde ich dich anschießen. Schmerzhaft, aber nicht tödlich. Erschießen werde ich dich erst, wenn deine verrückte Freundin endlich spurt. Alle anderen erschieße ich dann natürlich auch. Mir wird jetzt schon ganz schlecht, wenn ich daran denke.«

»Noch zwei Minuten bis zur Selbstzerstörung«, vermeldete die ruhige Frauenstimme.

»Schalt die Selbstzerstörung aus!«, rief Antoine über seine

Schulter in Richtung Kontrollzentrum, ohne Max aus den Augen zu lassen.

Mit einem klickenden Geräusch spannte Antoine den Lauf. Max schloss die Augen.

Ein Schuss krachte. Ein metallisches »Pling« ertönte, was Max ein seltsames Geräusch für eine fleischdurchbohrende Kugel fand. Er öffnete die Augen. Doch er konnte Antoine nicht mehr sehen. Sein Blick war versperrt durch den riesigen gelben Greifarm der Mischmaschine.

»Er hätte es tatsächlich getan«, murmelte Frau Schröcklich. Ihre Finger zitterten auf dem Kontrollhebel.

»Wie konnte ich mich nur in diesen Typen verlieben? Sicher, er sieht gut aus, das tun viele. Aber die sind dann wenigstens nur langweilig oder oberflächlich und nicht gleich komplett irre.«

Shakira schubste sie zur Seite. »Lassen Sie uns das zu Ende bringen, bevor wir Ihr Liebesleben analysieren.« Sie riss den Steuerknüppel zur Seite. Der Schneebesen fuhr ruckartig nach hinten. Unten warf Antoine erschrocken die Arme nach oben und hing nun an dem über dem Becken stehenden Arm.

»Kann man das irgendwie festmachen?«, fragte Shakira, während die Maschinenstimme bekannt gab, dass eine weitere Minute verstrichen war. Sibylle griff sich an den Hinterkopf und zog ihr Haarband hervor. »Das liegt an dieser Rolle«, erklärte sie, während sie ein Ende des Haarbandes am Joystick befestigte.

»Wenn man immer das naive Dummchen bei diesen Jobs spielen muss, fängt man halt irgendwann auch an, sich wie eines zu verhalten.« Sibylle streifte das andere Ende des Haarbandes über die Tischplatte, sodass der Knüppel nun dauerhaft nach rechts zeigte. Unten drehte sich der Greifarm mit einem Antoine, der lauter und lauter schrie, passend dazu immer schneller.

»Das nächste Mal spiele ich die Schreckschraube, dann kann Eva-Maria mal das Dusselchen geben. Und wir müssen hier jetzt schleunigst raus.«

»Schön, dass wir da einer Meinung sind«, sagte Shakira und stürmte ihr voran aus der Zentrale.

MAX

Max betrachtete staunend den über ihm schwingenden Antoine. Lange würde er sich nicht mehr halten können, dachte er.

Hinter sich hörte er ein Hupen. Er drehte sich um. Eine unbekannte Frau winkte ihm vom Steuer eines lustigen Wagens zu, der aussah wie die Dinger, die über Golfplätze fuhren.

»Ein bisschen Tempo wäre jetzt angebracht«, rief sie. Er erkannte die Stimme und musste genauer hinschauen. War diese elegante Dame tatsächlich Eva-Maria Schröcklich?

»Komm schon, Schwachmat.« Shakira stand neben ihm. Bevor Max wusste, was er tat, hatte er sie schon umarmt. Sie versteifte sich erst, dann schubste sie ihn weg.

»Ist gut jetzt«, sagte sie. »Ab in die Karre.«

Sie zog ihn an seinem Ärmel zu dem Golfmobil, in dem sich Sibylle gerade zu ihrer Schwester auf den Beifahrersitz warf.

»Noch zehn Sekunden bis zur Selbstzerstörung.«

Max schaute nach oben. »Lassen wir Antoine einfach hier?«, fragte er, während er sich mit Shakira auf die Hinterbank des Wagens klemmte.

Die Schreie wurden leiser. Einige Meter vor ihnen landete Antoine auf der Fahrbahn.

»Den sammeln wir auf dem Weg ein«, erklärte Eva-Maria Schröcklich und trat aufs Gas.

NICHTS WIE RAUS

JUAN

Zum Glück hatte Juan nur einen Kilometer vor dem Wasserwerk einen Ausgang gefunden. Dank seiner überlegenen Kräfte katapultierte er den Kanaldeckel aus seiner Halterung.

Ein Autofahrer, der am Rand der nächtlichen Landstraße an einem Baum sein Geschäft verrichtete, sah verwundert drein, als aus dem aufgeploppten Kanal eine Maus gefolgt von acht beeindruckend hässlichen Katzen flutete.

»Don't drink and drive«, hörte Juan den Mann murmeln, während er zielstrebig mit seiner Gefolgschaft zurück zum Wasserwerk rannte.

MAX

»Selbstzerstörung startet jetzt«, erklärte die Computerstimme. Das Gefährt jagte so schnell es konnte auf den Ausgang zu. Max krallte sich tiefer in Antoines Jackett, den er mit Shakira hinter dem Wagen herschleifte. Das war bestimmt nicht angenehm, aber Mitleid erzeugte Antoines ständiges »Aua! Aua! Aua!« trotzdem nicht.

Eine Explosion erschütterte die nun schon einige Hundert

Meter hinter ihnen liegende unterirdische Haupthalle. Die Glaszentrale verwandelte sich in einen funkelnden Regen. Eine zweite Explosion ließ die Greifarme in die Becken stürzen. Nun zündeten im Sekundentakt Bomben im Gang hinter ihnen. Der Luftdruck erfasste Max' Gesicht.

Er drehte sich zum Fahrerhaus. Eva-Maria drückte auf einen Knopf am Armaturenbrett. Vor ihnen senkte sich eine schmale Rampe aus der Decke.

Die nächste Explosion schleuderte das Fahrzeug mit seinen Insassen aus der Tiefe zurück an die Oberfläche.

SHAKIRA

Shakiras Nacken knackste, als der Wagen unsanft auf dem Grillplatz vor dem Wasserwerk landete. Still und friedlich lag es im Mondschein.

Sibylle drehte sich zu den Kindern um. »Alles okay bei euch?« Shakira betastete ihren Nacken und nickte dann gemeinsam mit Max. Sie ließen Antoine los, der auf den Rasen plumpste und sich schwankend aufrichtete.

»Das ist noch nicht vorbei«, sagte er mit zittriger Stimme. Es war eher ein Flüstern.

Über sich hörte Shakira das Rauschen von Rotorblättern. Sie blickte nach oben. Ein Lichtpunkt fuhr über den Himmel und näherte sich schnell.

»Ich komme davon. Männer wie ich kommen immer davon!« Antoines Stimme hatte beunruhigend schnell wieder zur alten Festigkeit gefunden.

»Aber garantiert nicht jetzt«, ertönte es unter ihm.

Antoine drehte sich um. Im Gras stand mit verschränkten Armen Juan. Hinter ihm saßen außergewöhnlich unansehnliche Katzen und leckten sich über ihre ausgefahrenen Krallen.

Wind fuhr Shakira durchs Haar. Der Hubschrauber setzte zur Landung an. Ein weiteres Geräusch mischte sich in den Rotorenlärm. Es waren Polizeisirenen, die langsam lauter wurden.

»Okay, es wird Zeit«, sagte Eva-Maria. Sie zog eine Elektroschockpistole vom Gürtel und richtete sie auf Antoine.

»Nicht bewegen«, befahl sie. »Tut zwar enorm weh, ist aber immer noch angenehmer als acht Killerkatzen, die dir dein ach-so-schönes Gesicht zerkratzen.«

Antoine hob missmutig die Hände.

»Darf ich?«, fragte Sibylle schüchtern. Ihre Schwester sah sie kurz misstrauisch an und reichte ihr dann die Pistole.

»Das hier ist für die Ohrfeige«, bemerkte Sibylle und drückte ab. »Und für alles andere auch.«

Es ertönte ein elektrisches Flirren. Dann sank Antoine bewusstlos zu Boden.

Der Hubschrauber setzte auf. Ein Mann mit geschlossenem Helm stieg aus und schob die Hintertür auf.

Juan krabbelte einer zweischwänzigen Katze auf den Rücken. Gefolgt von ihren Artgenossen ging sie voran und sprang in den Helikopter.

»Schon mal Hubschrauber geflogen?«, fragte Eva-Maria Shakira und Max, nachdem sie dem Piloten zugenickt hatte.

Beide schüttelten den Kopf.

»Dann wird's aber Zeit. Der Job an sich ist echt nicht immer schön, aber der Hubschrauber … der ist einfach geil.«

DIE WELT VON OBEN

MAX

Max betrachtete nachdenklich das unter ihnen immer kleiner werdende Wasserwerk. Auf der Zufahrtsstraße erschienen nun mehrere blaue, kreisende Lichter. Die Polizei war eingetroffen. Gleich würden sie einen bewusstlosen Antoine entdecken. Was dann kam, war völlig ungewiss.

»Sag mal, Schwachmat«, riss ihn Shakiras Stimme aus seinen Gedanken. »Wie hast du die Nummer im Mischbecken hinbekommen? Für jemanden, der nicht schwimmen kann, sah das ganz schön professionell aus.«

»Das war doch nicht ich«, seufzte Max. »Ich lag halt in dieser Brühe, die hat mir das quasi in Sekundenschnelle beigebracht.«

Die neben Shakira sitzende Eva-Maria Schröcklich lächelte ihn sanft an.

»Das glaube ich nicht«, sagte sie, während sich ihre Schwester an ihre Schulter lehnte.

»Ich hätte niemals zugelassen, dass Antoine dieses Zeug tatsächlich in die Wasserleitungen bringt. Ich habe die Kartons beim Umzug zwischen der Fabrik und dem Wasserwerk austauschen lassen. Das, worin du gebadet hast, war Ascorbinsäure.«

Max fühlte plötzlich ein merkwürdiges Kribbeln am Körper.

»Säure?«, fragte er panisch. Plötzlich juckte es ihn am ganzen Körper

»Ascorbinsäure«, seufzte Shakira augenrollend. »Das ist Vitamin C. Du hast in Vitamin C gebadet.« Sie kicherte.

»Aber Vitamin C macht doch nicht schlau«, wunderte sich Max.

Juan, der sich bislang im hinteren Bereich des Hubschraubers mit den Katzen unterhalten hatte, kam über die Lehne auf Max' Schulter gekrabbelt.

»Tja, Max«, sagte er. »Das kann ja wohl nur eins bedeuten: dass du auch völlig ohne Wundermittel ganz schön was auf dem Kasten hast.«

Eigentlich erwartete Max, dass Shakira nun einen höhnischen Kommentar von sich gab. Aber sie nickte nur.

»Okay, Antoine kommt ins Gefängnis«, sagte Shakira. »Aber was ist mit Pascal und dieser ätzenden Babysitterin?«

»Die werden – wie ihr übrigens auch – zum nötigen Stillschweigen verpflichtet«, erklärte Eva-Maria.

»Wie bitte?«, fragte Shakira. »Keiner darf was erzählen? Darüber, was Antoine gemacht hat? Was er vorgehabt hat?«

»Über einiges dürft ihr sprechen«, warf Sibylle ein. »Aber halt nicht über alles. Wir werden euch eine offizielle Version vorlegen, an die ihr euch dann zu halten habt.«

»Aber warum?«, beschwerte Shakira sich.

»Um keinen auf dumme Gedanken zu bringen«, erklärte

Sibylle. »Gute Ideen – die werden schnell vergessen. Aber wenn jemand sich was richtig Fieses ausgedacht hat – und dann auch noch bewiesen hat, dass es funktioniert –, das will jeder haben. Also sorgen wir dafür, dass niemand jemals davon erfährt.«

Shakira nickte widerwillig. Da war was dran. Aber andererseits …

»Moment, das mit den Spinnenbeinen in der Leberwurst kam doch trotzdem raus!«, protestierte sie.

»Glaub mir, du willst nicht wissen, was statt den Spinnenbeinen das eigentliche Problem mit der Wurst war«, seufzte Eva-Maria.

»Franziska wird nicht stillhalten«, schaltete sich Max ein. »Die weiß zwar, wie man Leute zum Schweigen bringt, aber andersrum wird's schwierig.«

»Oh, die erlebt gerade einen ziemlich beeindruckenden Auftritt«, sagte Eva-Maria. »Wollt ihr zugucken?«

MAX

Max beugte sich vor und betrachtete den Monitor des Laptops, den Eva-Maria vor ihm aufgeklappt hatte. In wackligen Bildern sah er den Rücken eines bulligen Mannes im Tarnanzug, der die Kellertreppe im Haus der Kühls runterpolterte. Er trug einen Helm, der den gesamten Kopf bedeckte. In einem solchen Helm – den ein bestimmt ebenso stämmiger Mann trug, der neben dem Riesen lief – war wohl auch die Kamera, die diese Aufnahmen machte. Der erste Mann trat die Tür des Handwerksraums auf, die Kamera folgte ihm und fokussierte sich auf die Gefangenen.

Pascal und Franziska erwachten gleichzeitig. Ihre Augen wanderten zu den zwei monströsen Gestalten über sich. Als der eine der beiden ein gewaltiges Messer aus seinem Gürtel zog, begannen sie zu quieken.

Der Mann kniete sich zu ihnen und durchtrennte erst ihre Fuß- und dann die Handfesseln. Die Babysitterin riss sich das Klebeband vom Mund und fing sofort an herumzuschreien.

»Sind Sie bescheuert, mich so zu erschrecken? Sind Sie von der Polizei? Wenn ja, möchte ich Anzeige erstatten. Und einen Anwalt sprechen. Ich werde dieses Kind verklagen. Seine Eltern. Sie beide werde ich auch verklagen, weil Sie mich so erschreckt haben!«

»Wir sind nicht von der Polizei. Wir sind von einer Organisation, die du nicht kennst und über die du kein Wort verlieren wirst, wenn wir wieder weg sind.«

Franziska schaute ihn entgeistert an. »Ich … ich werde Sie gleich noch ein bisschen hysterisch anschreien!«, verkündete sie. »Aber jetzt muss ich erst mal ganz dringend aufs Klo!« Damit wetzte sie aus der Tür. Die Kamera schaute ihr hinterher.

»So was lässt man auf seine Kinder aufpassen?«, hörte man eine Stimme murmeln. Dann drehte sich das Bild zurück.

Pascal richtete sich auf, rieb sich die verspannten Glieder und zog sich dann den Klebestreifen vom Mund.

»Wie … wie geht es meinen Freunden?«, fragte er mit einem schüchternen Ton, den man lange nicht mehr aus seinem Mund gehört hatte. Es schien, als würde er Max, Shakira und Juan direkt angucken.

Der Mann mit dem Messer klappte seinen Helm auf. Er hatte überraschend freundliche Augen.

»Denen geht es gut«, sagte er, und Pascal atmete erleichtert auf.
»Das werden die mir nie verzeihen«, flüsterte er.
»Doch, das werden sie«, flüsterte Max.

AUF ZU NEUEN UFERN

MAX

Max spähte ins Wohnzimmer. Franziska schnarchte auf der Couch. Vermutlich träumte sie davon, was sie mit dem Schweigegeld, das die Organisation der Schröcklichs ihr zahlte, machen würde. Sie warf sich unruhig auf die andere Seite und stöhnte. Vielleicht träumte sie doch eher davon, was man mit ihr anstellte, wenn sie doch nicht schwieg. Max schloss leise die Tür und ging aus der Haustür. Auf dem Rasen saßen Pascal, Shakira und Juan und betrachteten den Sonnenaufgang.

Wahnsinn, dachte Max. Vor nicht einmal drei Stunden hatte er auf dem Boden eines Wasserbeckens gelegen und gedacht, alles wäre aus. Und jetzt setzte er sich zu seinen Freunden, und das Einzige, was von den Ereignissen dieser Nacht übrig blieb, war ein dröhnender Schädel von dem ganz schön komplizierten Alibi, das ihnen die Schröcklichs eingetrichtert hatten, um die wahre Geschichte von Antoine Blanche und seinen Plänen zu vertuschen.

Sie saßen schweigend nebeneinander und sahen der Sonne zu, wie sie sich Stück für Stück weiter nach oben schob.

»Gut, Kinder, ich gestehe, es fällt mir schwer«, sagte Juan. »Aber es ist Zeit für den Abschied.«

Max fühlte, wie sein Herz fast in den Magen sank.

»Kannst du nicht einfach hierbleiben?«, fragte er.

»Nein, mein Lieber. Dein Opa und ich haben noch einiges vor, und deshalb musst du deinen Eltern erzählen, dass ich weggelaufen bin.«

»Ich kriege nie wieder ein Haustier«, murmelte Max und fügte für sich im Stillen hinzu, dass eh kein anderes Tier Juan ersetzen konnte.

»Vielleicht«, gab Juan zu und stellte sich direkt vor Max.

»Aber sieh es mal so: Du verlierst ein Haustier. Aber dafür hast du einen Freund zurückbekommen.« Die Maus schaute zu Pascal.

»Ich hoffe, du kannst damit leben, dass ich nicht mehr hochbegabt bin«, sagte Pascal und boxte Max auf die Schulter, der lächelnd zurückboxte.

»Und du hast eine neue Freundin gewonnen. Es gibt schlechtere Deals im Leben.« Jetzt schaute Juan zu Shakira, die nichts sagte. Max bemerkte, dass sie ihre zitternde Unterlippe beherrschen musste.

»Shakira und Pascal, ihr solltet jetzt auch nach Hause. Sonst werdet ihr vermisst, wenn ihr nicht in euren Betten liegt.«

»Pff«, sagte Pascal. »Meine Eltern würden das wahrscheinlich erst in zwei Wochen merken, wenn das Frühstück, das sie mir hinstellen, langsam schimmelt.«

»Wichmann würde wohl tatsächlich durchdrehen. Vermutlich ist der schon wach, wenn ich ankomme. Na ja, ich hol auf dem Heimweg einfach Brötchen und behaupte, ich wollte ihm eine Freude machen. Er hat heute Geburtstag.«

Juan lächelte ihr zu und verneigte sich. »Macht es gut, Kinder. Es war eine Ehre, mit euch zusammenzuarbeiten.«

Dann drehte er sich um und ging.

Am Gartenzaun drehte Juan sich noch einmal um und winkte den Kindern zu. Sie winkten traurig zurück, und Juan bemerkte mit einem gewissen Stolz, dass an Shakiras Wange eine Träne herunterlief. Dann flitzte er los. Den Bürgersteig entlang. Zwei Häuser weiter sah er eine hinter einem Busch lauernde fette Katze, die ihn gierig fixierte.

»Erstens: Lausiges Versteck«, rief Juan ihr zu. »Und zweitens: Du willst nicht erleben, was ich mit dir mache, wenn du dich mit mir anlegst.«

Die Katze schaute gleichzeitig verdutzt und beleidigt drein, aber rührte sich keinen Zentimeter, als Juan vorbeiraste. Er lief weiter, die Straße entlang, zur ehemaligen Tierhandlung, wo Wunibald Kühl ihn abholen würde.

Und dann würde es weitergehen. Es gab noch so viele Bösewichter, denen man das Handwerk legen musste. Noch so viele finstere Pläne, die durchkreuzt werden wollten. Und Juan würde zur Stelle sein. Er war ja schließlich nicht umsonst die Maus des Todes.

ZEUGNISTAG

MAX

Auch wenn ihre Leistungen in letzter Zeit eingebrochen waren, sahen Max' und Pascals Zeugnisse ganz gut aus. Shakiras Zeugnis war sowieso der Hammer. Sie steckte es ohne weitere Bemerkungen einfach in ihre Schultasche.

»Steht die Einladung noch?«, fragte sie.

Max nickte. Die drei gingen durch das Schultor und liefen die Fußgängerzone entlang. Max schaute verträumt nach oben und genoss die Sonnenstrahlen. »Bin ich froh, dass ich diesen blöden Fahrdienst los bin«, murmelte er.

»Ich hätte ja nicht gedacht, dass deine Eltern das mitmachen«, gestand Pascal. »Wie hast du das denn hinbekommen?«

»Ich hab ihnen gesagt, dass jemand, der ihrem kriminellen Chef das Handwerk legt, während sie einen Scheintoten in Honolulu besuchen, sehr wohl alleine zur Schule gehen kann.«

»Ach, da ist er schon wieder«, bemerkte Shakira und zeigte auf den Zeitungsausschnitt am Kiosk, der in die ehemalige Zoohandlung Tierfreund eingezogen war.

Sie sahen den grinsenden Antoine und darüber die Frage, welche die Medien schon seit Wochen beschäftigte:

»Was sollte das?«

»Irgendwie bescheuert, dass alle denken, Antoine wollte unerlaubterweise Vitamin C ins Trinkwasser schleusen. Dafür kriegt er laut Papas Anwaltsfreund höchstens drei Jahre«, kommentierte Pascal missmutig. »Und das auch nur, weil die Behörden bei verschwiegenen Inhaltsstoffen so streng sind und er keine Baugenehmigung für sein unterirdisches Labor hatte.«

»Immerhin durften wir unsere Heldenrolle behalten«, erklärte Shakira. »Aber schon blöd, dass wir den wirklich geilen Kram – die Explosionen, die Horrorkatzen, den Hubschrauber – weglassen mussten.«

»Ich bin ganz froh«, sagte Max. »Sonst wäre mein Fahrdienst jetzt ein Panzerwagen mit Polizeieskorte.«

Sie bogen ab und liefen die Straße zu den Kühls entlang.

»Manchmal frage ich mich, ob Antoine nicht recht hatte«, überlegte Max laut. »Ich meine, Menschen sind oft dumm und machen dumme Sachen. Es wäre doch schön, wenn alle klug wären.«

»Ja, das wäre es«, sagte Shakira und öffnete das Gatter an der Einfahrt. »Aber so funktioniert es halt nicht. Echte Klugheit kannst du nicht in Pillen pressen oder als Pulver verkaufen. Echte Klugheit muss man sich selbst hart erarbeiten. So wie die Schröcklichs.«

»Wo die wohl gerade stecken?«, fragte sich Max.

»Das konnten sie uns kaum verraten«, antwortete Shakira. »Aber ich bin mir sicher, irgendwo auf dieser Welt reibt sich gerade ein fieser Industrieller die Hände, weil er glaubt, die fähigsten Wissenschaftlerinnen des Planeten für seine wahnsinnigen Pläne gewonnen zu haben.«

Die Haustür schwang auf und Max' Mutter lächelte die drei an.

Seit Mama und Papa die vorübergehende Leitung der Firma übertragen bekommen und die Marketingabteilungen kurzerhand zusammengelegt hatten, konnten sie ihre Arbeitstage freier gestalten.

»Ah, wir haben Besuch. Wie schön«, begrüßte sie die Kinder und winkte sie herein. Sie nahmen auf der Terrasse Platz. Mama summte ein Liedchen in der Küche und brachte dann ein Tablett mit drei Gläsern. Eiswürfel klirrten in einer verlockend aussehenden schwarzen Flüssigkeit.

»Ist das Cola?«, fragte Max erstaunt.

»Echte Cola«, bestätigte seine Mutter. »Voller Zucker und Farbstoffen und Konservierungsmitteln. Du hast ja gesagt, dass du endlich ein ganz normales Kind sein willst. Du siehst, ich bemühe mich.«

»Wow.« Pascal nickte anerkennend. »Eltern können sich ändern. Das hätte ich nicht gedacht.«

»Onkel Wichmann ändert sich nicht«, sagte Shakira.

Bevor Max anmerken konnte, dass er dieses Urteil zu hart fand, kam seine Mutter zurück und legte eine Karte auf den Tisch.

»Opa hat geschrieben. Ihm geht's gut. Zu gut, wie üblich, aber ich bin trotzdem froh, dass er lebt.«

Max betrachtete die Karte. Wunibald Kühl lächelte mit einem albernen Hut in die Kamera, ebenso wie Juan. Im Hintergrund ragte der Eiffelturm in die Höhe.

»Ich frage mich nur, was immer diese albernen Fotomontagen mit dieser Maus sollen. Aber ich glaube, ich werde deinen Großvater nie verstehen.« Kopfschüttelnd verschwand Mama im Haus.

Shakira, Max und Pascal nahmen ihre Gläser und prosteten sich mit einem verschwörerischen Lächeln zu.

Natürlich magellan©

FSC
www.fsc.org
MIX
Papier aus verantwortungsvollen Quellen
FSC® C083411

Wir pflanzen Bäume
Für unsere Umwelt
www.magellanverlag.de

Hergestellt in Deutschland
Gedruckt auf FSC®-Papier
Lösungsmittelfreier Klebstoff
Drucklack auf Wasserbasis

1. Auflage 2019

Text: Mario Fesler
Illustrationen: Eva Schöffmann-Davidov
Umschlaggestaltung: Christian Keller
unter Verwendung einer Illustration von Eva Schöffmann-Davidov
Druck: CPI, Leck
ISBN 978-3-7348-4719-6

www.magellanverlag.de